ANNA CASANOVAS
Las reglas del juego

Editado por Harlequin Ibérica.
Una división de HarperCollins Ibérica, S.A.
Núñez de Balboa, 56
28001 Madrid

© 2013 Anna Turró Casanovas
© 2013 Harlequin Ibérica, S.A.
Las reglas del juego, n.º 173 - 1.5.14

Todos los derechos están reservados incluidos los de reproducción, total o parcial. Esta edición ha sido publicada con autorización de Harlequin Books S.A.
Esta es una obra de ficción. Nombres, caracteres, lugares, y situaciones son producto de la imaginación del autor o son utilizados ficticiamente, y cualquier parecido con personas, vivas o muertas, establecimientos de negocios (comerciales), hechos o situaciones son pura coincidencia.
® Harlequin, TOP NOVEL y logotipo Harlequin son marcas registradas por Harlequin Enterprises Limited.
® y ™ son marcas registradas por Harlequin Enterprises Limited y sus filiales, utilizadas con licencia. Las marcas que lleven ® están registradas en la Oficina Española de Patentes y Marcas y en otros países.
Imagen de cubierta utilizada con permiso de Dreamstime.com.

I.S.B.N.: 978-84-687-4164-2

Para Marc, Ágata y Olivia

Primera regla del fútbol americano:

El ataque es la mejor defensa.

CAPÍTULO 1

La cena de celebración iba a tener lugar en el restaurante más exclusivo de Boston. La directiva del club había reservado todo el local para agasajar a sus jugadores, a sus familias y a todo el equipo técnico de los Patriots tras una de las mejores temporadas de la historia. Sin embargo, el personal de L'Escalier había tenido el acierto de no decorar el establecimiento hasta conocer el resultado del partido. La cena se llevaría a cabo tanto si el equipo ganaba o no la codiciada Super Bowl, pero el ambiente sería distinto, así como las pancartas y el resto de sorpresas previstas para esa noche. El menú sería el mismo.

Perdieron.

Fue un gran partido. Lucharon por la victoria hasta el final, pero perdieron.

Los New England Patriots habían perdido la Super Bowl.

En el vestuario los jugadores estaban furiosos con el re-

Las reglas del juego

sultado, pero satisfechos con su actuación y con el espectáculo que habían ofrecido a sus seguidores durante toda la temporada. Era una lástima que no hubiesen podido alzarse con el título, una injusticia, a pesar de que los New York Giants habían hecho un gran partido y se merecían la victoria.

Al menos habían perdido frente a un equipo excepcional, y ahora no tenían más remedio que asumirlo y empezar a prepararse para la siguiente temporada.

La cena les iría bien para relajarse y para pasar un rato agradable sin la presión que habían soportado durante los últimos meses. Todos los jugadores parecían estar más o menos resignados mientras se duchaban y se vestían para la cena. El único que seguía sentado en la banqueta sujetando el casco entre los dedos era Kev MacMurray, Huracán Mac, uno de los principales quarterbacks y capitán de los Patriots.

—Ya sé que a las mujeres les gusta tu look rebelde, Mac, pero dudo que en L'Escalier te dejen entrar sudado y cubierto de barro. Y te sigue sangrando la ceja —le dijo Tim, su mejor amigo y también jugador del equipo que solía ocupar la posición de corredor.

Mac lanzó el casco contra la puerta de su taquilla. El ruido del metal resonó en el vestuario, pero nadie le hizo caso. Todos estaban habituados al temperamento de su capitán.

—Tendríamos que haber ganado —farfulló—. Si en la última jugada...

—Ya no hay nada que hacer, Mac —Tim lo interrumpió lanzándole una toalla a la cara—. Ve a ducharte. Ponte el traje y vamos a la fiesta. Después puedes llamar a una de tus amigas y seguro que la afortunada en cuestión se pasará el resto de la noche consolándote y demostrándote lo maravilloso que eres.

—Tendríamos que haber ganado —repitió, aunque se puso en pie y se quitó furioso la camiseta.

—Ganaremos el año que viene. Ve a ducharte.

Mac se quitó los protectores y notó que el hombro le dolía más de lo que creía.

—Esta noche me apetece emborracharme, ¿vamos a ese club, ese del que nunca recuerdo el nombre, después de la cena?

—Sunset, y lo siento, pero no. No puedo.

—Oh, no, no me digas que la señorita Remilgada no te deja salir después de las doce.

—No la llames así, o dentro de dos meses tendrás que llamarme señor Remilgado.

—No me recuerdes que vas a casarte con esa estirada. Joder, Tim, estás cometiendo un error.

—No es verdad y lo sabes, por eso eres mi padrino. Vamos, date prisa, seguro que Susan me está esperando fuera.

—No te deja ni respirar. —Soltó el aire entre dientes para contener una punzada de dolor y cogió la toalla. Se estaba haciendo viejo, y su cuerpo insistía en recordárselo—. Está bien, joder, iré a ducharme y me vestiré para la maldita cena, pero tú y tu carcelera podéis iros sin mí. Nos encontraremos en el restaurante.

Tim, que ya estaba a medio vestir, se detuvo un segundo mientras se abrochaba los gemelos de la camisa y miró a Mac directamente a los ojos. Llevaban tantos años siendo amigos que reconocían cuando el otro mentía.

Las reglas del juego

—No irás a dejarnos plantados, ¿eh, capitán?

—No, pero lárgate de aquí antes de que cambie de opinión —dijo dándole la espalda para dirigirse hacia la ducha con una toalla alrededor de la cintura—. Y dile a la señorita Estirada que no se acerque a mí. Después de haber perdido contra los Giants no estoy de humor para soportar sus comentarios sarcásticos.

Mac caminó por el vestidor ignorando las distintas conversaciones que mantenían sus compañeros a su alrededor. A la gran mayoría de ellos les quedaban muchos partidos por jugar, pero a él ya no. Todavía no sabía qué iba a hacer, qué iba a tener que hacer, y la incertidumbre lo estaba matando. Era eso o una úlcera.

Entró en la ducha y dejó que el agua caliente borrase de su cuerpo los restos de sangre y de barro que todavía tenía pegados en el rostro y en el cuello. Apoyó las manos en la pared que tenía enfrente y dirigió el chorro de agua hacia la nuca. Se estaba haciendo viejo. Hacía unos meses había cumplido treinta y cinco años y sus huesos empezaban a quejarse. Treinta y cinco años. Joder. Sacudió la cabeza bajo el agua igual que un perro al salir del mar. Dios. Últimamente no podía dejar de pensar en eso, en su edad, en lo que había conseguido en la vida.

Todo.

Nada.

Volvió a sacudir la cabeza y con una mano giró el grifo del agua fría al máximo. El repentino cambio de temperatura le hizo soltar una maldición, pero se quedó inmóvil bajo el chorro. Él nunca había perdido el tiempo pensando en esa clase de cosas y le desconcertaba ver que ahora lo hacía. Tonterías. Echó los hombros hacia atrás un par de veces. Lo único que pasaba era que llevaba demasiados meses sin relajarse. La temporada había sido muy dura y aunque el equipo tenía cuatro capitanes, todos siempre recurrían a él. «Porque eres el más viejo de todos, joder, Mac.» Cogió el jabón y se dispuso a realizar los movimientos mecánicos necesarios para ducharse. Lo único que necesitaba era dormir, descansar un poco y echar un polvo. O unos cuantos. Si Tim no estuviese a punto de casarse con la señorita Frígida, esa misma noche podrían salir y emborracharse hasta que saliese el sol. Mac podía salir solo, o con cualquier otro compañero de equipo, los más jóvenes siempre se apuntaban, pero ninguno entendía su sentido del humor como Tim. Lógico, se conocían desde los diez años, cuando ambos coincidieron en aquel estúpido y elitista campamento de verano.

Y ahora Tim iba a casarse con esa periodista estirada y remilgada que seguro que lo convertiría en un pelele en menos de un año.

Se enjabonó el pelo y se obligó a dejar de pensar en Pantalones de Acero, como había bautizado a Susan en su mente, además del montón de nombres con los que se dirigía a ella siempre que coincidían. Algo que, desafortunadamente, sucedía con relativa frecuencia. Por suerte o por desgracia el sentimiento era completamente mutuo; a él Susana Lobato Paterson tampoco podía soportarlo, y no hacía ningún esfuerzo por disimularlo, aunque probablemente era un poco más discreta que él.

A Mac le molestaba todo de ella, empezando porque fuese tan estirada que incluso se había quitado la última «a» del nombre. El padre de Susana era un médico español que se había trasladado a los Estados Unidos con su única hija cuando enviudó. Tim le contó en una ocasión que se suponía que padre e hija iban a quedarse solo una temporada, pero el doctor Lobato rehízo su vida y se establecieron allí. En aquel entonces Susan tenía solo diez años, aquel era uno de los pocos detalles que conocía Mac, y que su padre había vuelto a casarse con una enfermera de Boston.

Lo que no sabía era por qué Susana había decidido convertirse en Susan.

A ella le molestaba que él la llamase por ese nombre, y él lo hacía solo para hacerla enfadar de verdad. Lo reservaba para ocasiones especiales porque sabía que a la que pronunciaba la última «a» ella lo miraba con los ojos helados y vacíos, y él, aunque sentía cierta satisfacción al hacerla enfadar, se quedaba con una extraña sensación en el estómago. Probablemente porque Tim siempre le daba un codazo cuando lo hacía.

Quizá la cena no estaría tan mal, se dijo mientras se anudaba de nuevo la toalla alrededor de la cintura al salir de la ducha, olvidándose por completo de la horrible prometida de su mejor amigo. Era absurdo que se preocupase por ella, probablemente dejaría de verla cuando estuviese casada con Tim. Y Tim, a pesar de las bromas que Mac le hacía, seguiría siendo el mismo de siempre.

Haber perdido la Super Bowl le estaba afectando más de lo que creía, lo mejor sería que se vistiera y que saliera del estadio cuanto antes.

El restaurante donde iban a celebrar la fiesta (de consolación) era exquisito y seguro que alguna de las animadoras o camareras o periodistas invitadas terminaría yéndose con él. Sí, suspiró satisfecho mientras se rociaba un poco de colonia, comería, bebería y pasaría el resto de la noche en la cama con una mujer atractiva. Aunque eso también empezaba a aburrirlo; había incluso ocasiones en las que el esfuerzo por seducir a una mujer no merecía la pena, porque al final sentía como si ellas solo quisiesen acostarse con Huracán Mac y no con el hombre que había detrás del nombre.

¿Cuándo había empezado a importarle que lo utilizasen? Hubo una época en la que eso le habría parecido un halago.

«Porque entonces eras joven y estúpido.»

—Espabila, Mac —se dijo a sí mismo entre dientes.

Él no quería declaraciones de amor y tampoco estaba dispuesto a ofrecerlas, pero, para variar, le gustaría que a la mujer que compartiese cama con él le importase mínimamente quién era, y no solo buscara satisfacer el morbo de acostarse con uno de los capitanes de los Patriots. Era como si lo tratasen como ese cromo que les faltaba para terminar una colección interminable de sementales de la liga de fútbol profesional.

Lo mejor sería que dejase de darle vueltas al tema. Siempre que perdía un partido se ponía pensativo y, si ese partido era el más importante de la temporada, podía pasarse horas analizando el porqué de cada jugada. Se abrochó la camisa y se puso la corbata negra alrededor del cuello. Al día siguiente empezaban sus vacaciones y cuando volviesen a comenzar los entrenamientos estaría en plena forma. No iba a dejar que la Super Bowl se le escapase otra vez de entre los dedos.

Para la cena de esa noche, Susan había elegido un vestido negro hasta las rodillas, que dejaba la espalda completamente al descubierto. El vestido tenía un escote barco que la cubría de hombro a hombro y después la tela se deslizaba por los laterales de su cuerpo dejando la columna vertebral al desnudo.

Jamás había tenido una prenda tan sensual, tan insinuante, y si esa tarde Pamela no hubiese estado con ella en la tienda de ropa, seguiría sin tenerla. Era demasiado estrecho, demasiado corto, demasiado provocativo, demasiado caro. En una palabra: demasiado. Pero Pamela no descansó hasta que Susan le dio la tarjeta de crédito al dependiente y le dijo que se lo llevaba. Pamela, su amiga y cámara del mismo programa, sabía exactamente qué tenía que hacer para convencerla: decirle que jamás se atrevería a ponérselo. Una táctica infalible.

Susan picó el azuelo.

Y Pamela tenía razón, al menos en parte. Jamás se pondría ese vestido tal como le había aconsejado el dependiente, pero con una americana tapándole la espalda y el larguísimo collar de perlas que había heredado de su abuela materna, se convertía en un vestido negro sin más, en un fondo de armario. Y podía ponérselo sin problemas.

Susan estuvo más de media hora maquillándose y recogiéndose el pelo. Cuando terminó se plantó frente al espejo que tenía en el dormitorio y observó el reflejo con detenimiento. Era como si estuviese viendo a otra persona. Estaba muy guapa. No era tan insegura como para no reconocer que estaba atractiva con ese vestido, y se sentía extraña, tenía cosquillas en la espalda y le sudaban las manos.

Un presentimiento.

Esa noche iba a suceder algo importante. Suspiró y sacudió la cabeza. Siempre que tenía un presentimiento recordaba a su madre diciéndole que los escalofríos solían indicar que algo bueno iba a suceder. Era una historia absurda y ella sabía perfectamente que no era cierta, pero no podía negar que era como si esa noche fuese distinta a las demás.

Volvió a centrarse en su reflejo e intentó ser objetiva. A una parte de ella le habría gustado ser capaz de ir así al campo de fútbol, seguro que a Tim le gustaría. «Y a todos los hombres que te vean pasar», le dijo una voz en su cabeza. Pero también fue esa voz la que le recordó que entonces perdería el respeto que tanto le había costado ganar. El mundo estaba lleno de mujeres que habían recurrido al físico para llegar a donde querían, y ella no las juzgaba por ello, cada cual utilizaba las armas que quería para conseguir su objetivo. Pero si quería que la tomasen en serio en su profesión, eso era lo último que tenía que hacer.

Susan tenía un doctorado en Económicas y su tesis había versado sobre el flujo de las finanzas en la globalización de los mercados. Sí, de pequeña la habían llamado empollona, cuatro ojos, pardilla y un sinfín de variaciones de los mismos términos. Hasta que llegó a la adolescencia y entonces los chicos empezaron a darle la razón sin escucharla y las chicas empezaron a ignorarla o a criticarla. Ni su padre ni sus hermanos entendían por qué había decidido entrar en el mundo de la televisión si tanto le molestaba que se fijasen en ella. Pero ella estaba convencida de que podía explicar las noticias de economía de un modo más interesante, más convincente y más útil.

Esa era su máxima aspiración, aunque nunca se lo había contado a nadie aparte de su jefe, Joseph Gillmor, probablemente uno de los últimos periodistas que quedaban en el país. Un año antes, Joe le había dado cinco minutos fijos en las noticias de la noche, la franja horaria más disputada de la televisión y, si todo seguía según lo previsto en un par de años tendría su propio programa de economía. No sería nada escandaloso y seguro que al principio no tendría demasiada audiencia, pero era un comienzo.

Poco a poco la iban tomando en serio y Susan sabía que si aparecía en la cena de los Patriots colgada del brazo de su prometido como si fuese una Barbie más perdería el respeto que tanto le había costado ganarse. Bastantes comentarios jocosos había tenido que aguantar con motivo de que su novio fuese jugador de fútbol profesional, y eso que Timothy Delany, Tim, era el heredero de una de las familias más influyentes de los Estados Unidos. Su padre, su abuelo y su bisabuelo habían sido congresistas, y todo el mundo daba por hecho que Tim terminaría siéndolo cuando se le pasase la tontería del fútbol. Él ni lo confirmaba ni lo negaba y ella no sabía qué pensar.

Se puso los pendientes que este le regaló cuando le pidió que se casase con él tres meses atrás, a juego con un espectacular diamante que también llevaba en la mano derecha, y giró levemente la espalda hacia el espejo para observar el efecto del escote; al ver de nuevo el reflejo de la piel desnuda pensó en la cara que pondría MacMurray cuando la viese.

—Seguro que hoy no se atreverá a llamarme Pantalones de Acero a la cara —dijo en voz alta retocándose el pintalabios. Sonrió y cogió un pañuelo de papel para dar el beso de rigor y quitarse el exceso de color y acto seguido se puso la americana.

ANNA CASANOVAS

Salió del apartamento con una sonrisa y se subió al taxi que la estaba esperando para llevarla al estadio. Susan vivía en una zona bastante céntrica de la ciudad y si no hubiese sido por los tacones que llevaba esa noche probablemente habría cogido el metro.

Ahora realmente la ayudaría sentarse en un vagón y perderse por los rostros de los otros pasajeros. Era una de sus aficiones preferidas; observar los rostros de la gente. En ocasiones una mueca, un movimiento de ceja, la comisura de un labio, decía más que mil palabras. Observó un segundo al taxista. Era un hombre de unos cuarenta años, se estaba quedando calvo y parecía un actor italiano o un miembro de la mafia. El semáforo que tenían delante cambió a ámbar y el vehículo que los precedía decidió cumplir con el código de circulación y pararse.

Por el retrovisor, Susan vio que el taxista se mordía el labio inferior para contenerse y fulminaba con la mirada la nuca del otro conductor.

Sí, un rostro podía reflejar mucho. El de Tim desprendía ternura y en ocasiones algo de tristeza. Y el de Mac... la mayoría de las veces le resultaba indescifrable. Aunque dado que él no tenía ningún reparo en verbalizar lo que pensaba de ella, no le hacía falta deducirlo de sus facciones.

No sabía muy bien por qué había pensado en MacMurray en aquel preciso instante, pero el mejor amigo de Tim nunca le había gustado. Todavía no lograba entender que ese hombre tan engreído, estúpido y superficial prácticamente hubiese crecido con su prometido.

Ella nunca había intentado separar a Tim de MacMurray, no era de esa clase de mujeres que controlan las amistades de sus parejas, pero Tim no era ningún tonto y sabía perfectamente que su prometida y el capitán del equipo no podían soportarse.

Todavía recordaba el día que conoció a Mac. Estaba muy nerviosa porque Tim le gustaba y tenía el presentimiento de que si su mejor amigo la vetaba, no volvería a llamarla, una teoría adolescente, pero que probablemente seguía funcionando con los hombres de cualquier edad. Fue una cena bastante tensa con un par de momentos incómodos, pero Susan creyó que había ido relativamente bien... hasta que salió del baño y oyó a MacMurray diciéndole a Tim que no perdiese el tiempo con ella porque era «una farsante estirada que parecía más frígida que un témpano de hielo». A lo que siguió: «Una mujer que se esfuerza tanto por aparentar lo que no es no puede estar bien de la cabeza».

Suspiró. Era absurdo que ese recuerdo siguiera doliéndole. Tim y ella iban a casarse. A formar una familia. Mac podía irse al infierno.

El taxista reanudó la marcha con una maniobra algo apresurada y ella se llevó instintivamente una mano al recogido para asegurarse de que no se le había soltado ningún mechón de pelo. De esa nefasta cena hacía ya un año, y Tim y ella estaban comprometidos, así que era más que evidente que Tim había desoído por completo los consejos de su «mejor amigo»; sin embargo, a ella seguía empapándosele la espalda de sudor al recordarlo. ¿Por qué diablos había dicho eso MacMurray? De todas las cosas que podía haberle dicho, ¿por qué precisamente la había llamado farsante...? Nadie excepto ella sabía que así era como se sentía en ocasiones. Y de todas las personas del mundo, ¿por qué tenía que ser Mac la única que se había dado cuenta? ¿O tal vez solo había sido casualidad, un tiro a ciegas?

El estadio apareció al fondo y el conductor guio el taxi hasta la entrada para miembros de la junta, jugadores e invitados selectos.

Aunque Susan era periodista nunca cubría los deportes y le parecía un abuso utilizar la entrada de prensa. Y ese día sería una temeridad. Además, ella únicamente estaba allí como prometida de Tim.

—Ya hemos llegado —anunció el taxista antes de comunicarle el importe de la carrera.

Susan le pagó y se dirigió hacia la puerta que ya le había abierto un miembro del personal de seguridad.

—Buenas noches, Rob —lo saludó al reconocerlo—. ¿Tim ha salido ya del vestuario?

—Buenas noches, señorita Lobato. Todavía no hemos visto al señor Delany, y tampoco al capitán MacMurray. Puede pasar y esperarlos en una de las salas para invitados.

—Gracias, Rob —se despidió del guarda con una sonrisa.

Caminó por la laberíntica planta inferior del estadio y frunció el cejo al comprobar que Rob había dado por hecho que Tim y Mac estaban juntos. Esos dos eran muy amigos; Susan no pudo evitar preguntarse qué habría pasado entre Mac y ella si no hubiese oído lo que este le había dicho a Tim en esa cena.

¿Serían amigos? ¿Se llevarían bien?

MacMurray nunca le habría gustado, en realidad tenía ganas de estrangularlo solo con verlo, pero quizá habrían podido tener una relación más cordial, al menos por el bien de Tim. Se le aflojó el cejo y sonrió de nuevo al pensar en Tim y, como si lo hubiese conjurado con la mente, este apareció en el pasillo por el que ella estaba caminando.

—Estás preciosa —le dijo él a su espalda.

Susan suspiró aliviada y se dio media vuelta

—Tú también —respondió ella reparando en lo guapo que estaba con su traje y recién duchado. Suspiró y se acercó a él—. Siento que hayas perdido.

—Hemos jugado bien —dijo Tim encogiéndose de hombros—. Ganaremos la próxima vez.

—Seguro.

Tim colocó las manos en su cintura y se agachó para darle un discreto beso en los labios.

—No quiero estropearte el maquillaje —se disculpó al apartarse.

—Llevo el pintalabios en el bolso —insinuó Susan acercándose un poco más a él.

—Y los periodistas de todos los canales de deportes del país están al final del pasillo, incluido el de tu programa, señorita Lobato.

Susan se quedó mirándolo un segundo. La calma que desprendía Tim era probablemente lo primero que la había atraído de él cuando lo conoció y uno de los motivos por los que había aceptado convertirse en su esposa, pero apenas una hora antes ese mismo hombre prácticamente le había arrancado la cabeza a un jugador de los Giants porque le había arrebatado el balón.

¿Dónde estaba toda esa pasión ahora? ¿La reservaba solo para el terreno de juego?

«Estás siendo una estúpida, Susana, no tendrías que haberte quedado hasta las tantas leyendo esa novela. Tú no quieres que te bese ahora.»

Y esa era la pura verdad.

A pesar de que lo había provocado y de que estaba flirteando incluso con él, Susan no quería que la besase allí, en medio de ese pasillo donde podía verlos cualquiera.

—Tienes razón. —Se apartó y se conformó con estrechar los dedos de Tim. Él le devolvió el gesto y salieron juntos a enfrentarse con los micrófonos.

Siempre que lo acompañaba, Susan se esforzaba por mantenerse en un discreto segundo plano, aunque no siempre lo conseguía porque ciertos periodistas se empeñaban en preguntarle únicamente por la boda. Esa noche, sin embargo, no fue el caso, pues todos estaban dispuestos a regodearse, con más o menos elegancia, en la derrota de los Patriots. Tim respondió a una cuantas preguntas y cuando un miembro de seguridad del estadio le indicó que su limusina estaba esperándolos, se despidió y tiró de Susan hacia la salida.

Igual que el taxi en el que ella había llegado, el vehículo negro los estaba esperando justo en la entrada y lograron meterse en él sin que los emboscase un grupo de seguidores que prácticamente había aparecido de la nada.

Realizaron el trayecto hasta el restaurante en silencio. Tim le apretó la mano en varias ocasiones y Susan le sonrió para darle ánimos. Formaban un gran equipo, pensó ella, no hacía falta que hablasen para saber qué necesitaba el uno del otro.

En la entrada del restaurante tuvieron que lidiar con otra manada de periodistas, procedentes mayoritariamente de revistas del corazón, y los flashes de las cámaras amenazaron con cegarlos. Quizá otra noche cualquiera se habrían detenido y habrían respondido a preguntas tan importantes como dónde se estaba haciendo Susan el vestido o si iban a servir un menú vegetariano, pero cruzaron la puerta de L'Escalier sin detenerse. Los dos suspiraron aliviados cuando esta se cerró a sus espaldas y enseguida un rostro amable se acercó a saludarlos; Mike Nichols, el entrenador de los Patriots.

—Tinman, ya pensaba que iba tener que ir a buscarte —le dijo a Tim llamándolo por el apodo con el que había sido bautizado en su primer partido oficial—. Aunque ahora que veo la belleza que te acompaña, no me extraña que te hayas retrasado. Es un placer volver a verte, Susan. ¿Cuándo entrarás en razón y vendrás conmigo?

Susan sonrió y le dio un beso en la mejilla.

—Nunca. Además, no creo que a Margaret le hiciese mucha gracia. Y tú no podrías vivir sin ella.

Mike se rio por lo bajo y también le dio un beso en la mejilla.

Susan pensó que apenas había notado ninguna diferencia entre el beso de Mike y el que le había dado Tim al verla.

—Tienes razón, no sé qué haría sin ella —sonrió Mike.

—¿Sin quién?

—Sin ti, Maggie —respondió el entrenador tras la interrupción de su esposa, que se acercó a saludar a los recién llegados.

—Ah, ya lo sé. Siento que no hayáis ganado, Tim. Habéis jugado muy bien.

—Los Giants también, por desgracia —respondió el aludido agachándose para darle un beso a modo de recibimiento.

—Bueno, ¿qué os parece si disfrutamos de la cena y nos olvidamos del partido durante un rato? —sugirió la esposa del entrenador.

—Me parece una idea magnífica, Margaret, aunque dudo que consigas que dejen de hablar del partido —añadió Susan.

—¿Dónde está Mac? —preguntó entonces Mike mirando a ambos lados.

—Vendrá enseguida, lo he dejado duchándose.

—El muy terco no ha querido que le cosieran la ceja —farfulló Mike recordando una de las discusiones que había mantenido con el capitán del equipo durante el partido—. Seguro que aprovechará la excusa para no presentarse.

—Vendrá, ya lo verás —afirmó el otro jugador.

—¿Qué te he dicho? —Susan le sonrió a Margaret sin dejar de mirar a los dos hombres.

—Tienes razón, son un caso perdido. —La mujer entrelazó un brazo con el de la periodista—. Acompáñame a por una copa de champán y así me cuentas cuándo piensan darte un programa para ti sola. El otro día te vi en la tele y por primera vez entendí lo que significa elevar el techo de la deuda.

Susan aceptó el halago de la otra mujer y juntas fueron hasta la barra que había al final del comedor, en la que dos camareros preparaban cócteles y servían champán.

Segunda regla del fútbol americano:

Un quarterback *solo puede hacer tres cosas:*
1. *Correr con el balón.*
2. *Colocar el balón directamente en manos de un corredor.*
3. *Realizar un pase.*

CAPÍTULO 2

Mac fue el último en abandonar el estadio, aparte del personal de seguridad. La herida de la ceja había dejado de sangrarle, pero estaba seguro de que ya tenía otra cicatriz que añadir a la colección. Y el enorme dolor de cabeza que le había aparecido entre sien y sien no le dejaba pensar.

Por no mencionar las dos costillas que le oprimían el pecho por culpa de la embestida de uno de los *linebrakers* de los Giants.

Tenía motivos de sobra para no asistir a esa maldita cena y ningunas ganas, pero se vistió de todos modos. Se puso el traje negro, la camisa con gemelos, la corbata y los zapatos de cordones. El uniforme completo.

Mucho más incómodo que las protecciones que llevaba durante los partidos, o eso le parecía a él.

Antes de salir del vestidor se acercó una última vez al espejo y fingió que no se daba cuenta de lo magullado y cansado que estaba. Y mayor. Suspiró, se pasó las manos por el pelo negro y apretó la mandíbula con la misma determinación que lo hacía antes de empezar un partido. De nada serviría posponer lo inevitable.

Se colgó la bolsa en el hombro derecho y fue directamente al garaje de los jugadores, y cuando se montó en su coche mentiría si dijese que no estuvo tentado de irse a casa, pero condujo hacia L'Escalier.

Los semáforos le fueron en contra, los encontró todos verdes. La ciudad de Boston no sintió compasión por él y las calles fueron abriéndole paso. Con cada segundo que pasaba esa maldita cena más le parecía una tortura. Tomó el último giro y comprendió que ya no podía escapar; un escuadrón de periodistas lo divisó en la distancia y empezaron a dispararse los flashes. Apretó los dedos alrededor del volante y condujo el último tramo.

En cuanto detuvo el vehículo, un Jaguar negro, un empleado del restaurante le abrió la puerta y cogió las llaves para aparcárselo, dejando a Mac en la entrada principal de L'Escalier infestada de micrófonos y teléfonos móviles.

—¡Mac, Mac! —gritó un reportero—. ¿Estás pensando en retirarte?

«Bastardo.»

—¿Es cierto que has roto con Kassandra? —preguntó otro haciendo referencia a la modelo rusa con la que lo habían visto últimamente.

—¿Has firmado ya la renovación con los Patriots? Se rumorea que no van a renovarte y que incluso tienen a tu sustituto.

Maldita sea, él también había oído esos rumores, pero creía que era el único.

Mac no contestó ninguna pregunta. Hacía años que había aprendido la lección.

Cuando estaba empezando, era muy amable con la prensa, hasta que un periódico sensacionalista tergiversó sus declaraciones y terminó a puñetazo limpio con el periodista en cuestión. Tuvo que pagar una multa, una cámara nueva y hacer trabajos sociales, y todo porque un estúpido periodista decidió inventarse un titular a su costa.

Ahora Mac solo respondía a las preguntas que le realizaban durante las ruedas de prensa oficiales, o si tenía la desgracia de que lo invitasen a algún programa de televisión. Y solo hablaba de su trabajo, del fútbol y de los Patriots.

Entró en el restaurante e, ignorando a la gente que intentó saludarlo, fue directamente a la barra y pidió un whisky. El camarero se lo sirvió de inmediato. Mac se acercó el vaso de cristal al rostro y respiró hondo para dejar que el aroma de madera lo impregnase por dentro y lo reconfortase. Probablemente esa era la única afición que compartía con su padre: la debilidad por los buenos whiskys. Aunque se llevaban muy bien, Mac y su padre tenían muy poco en común. Al señor MacMurray seguía sorprendiéndole que su hijo mayor hubiese elegido dedicarse al fútbol.

Dio un trago y saboreó la quemazón que le provocó el líquido al deslizarse por la garganta. Mac bebía muy poco, por eso cuando lo hacía seleccionaba con mucho esmero la bebida, y el camarero de L'Escalier sin duda había estado a la altura de las circunstancias.

Inhaló y suspiró.

Las reglas del juego

Quizá podría quedarse allí sentado, saludar a Mike y a la directiva de los Patriots y desaparecer. Cerró los ojos y apoyó la copa de cristal en la frente para ver si así ahuyentaba el dolor de cabeza.

—Buenas noches, Mac.

Mierda. De todas las personas que no quería ver esa noche, la propietaria de esa voz ocupaba el primer puesto de la lista.

Susan Lobato.

Normalmente le gustaba discutir con la prometida de Tim, le resultaba divertido y estimulante, pero esa noche no.

Esa noche no.

La ignoró y bebió un poco más de whisky. Tenía los ojos cerrados, pero podía sentir la presencia de Susana a su derecha, a pocos centímetros de distancia.

—Es de buena educación contestar a una persona cuando te está hablando.

Sintió el tono de voz de Susana en la piel, notó cómo se le erizaba el vello de la nuca y le empezaba a arder el estómago. Si la prometida de Tim no se iba de allí de inmediato, los dos lo lamentarían, porque se giraría y le diría exactamente lo que pensaba de ella. Esa noche no estaba para tonterías. «Pero si pierdes las formas con ella, perderás a tu mejor amigo.»

Contó mentalmente hasta diez. No tendría que haber ido a esa maldita cena.

«Eres el capitán del equipo. Y tal vez este haya sido tu último partido.»

Suspiró resignado y dejó la copa en la barra, dispuesto a girarse y decirle a la señorita Pantalones de Acero que estaba cansado y dolorido y que lo único que quería hacer era irse a su casa a descansar. Abrió los ojos y en aquel preciso instante una rubia impresionante se acercó por su izquierda y lo distrajo. Se giró hacia la rubia y obvió a Susan.

¿Por qué le sonaba tanto? ¿La conocía?

—Hola, Mac. —La rubia le pasó el dedo por encima de la corbata—. Creí que ibas a llamarme.

Mierda, sí, ahora se acordaba. Esa rubia se llamaba Tiffany o Jennifer, o algo por el estilo, y se la había presentado Quin, otro de los jugadores del equipo, en una cena unos meses atrás. Era tan espectacular como tonta y, para quitársela de encima, Mac le había dicho que la llamaría al cabo de unos días. Una completa estupidez.

Al parecer, últimamente cometía muchas.

—Hola —saludó a la rubia e intentó impregnar esa palabra de tanta antipatía como le fue posible. No le quedaba suficiente paciencia como para lidiar con ella.

—Vaya, al parecer no todas somos invisibles. —El sarcasmo de Susan logró que Mac volviese a coger la copa y apretase los dedos mientras se imaginaba que era su cuello.

—No importa, te perdono —dijo la rubia, ignorando la presencia de Susan y poniéndole morritos a Mac—. Si esta noche me compensas.

«Antes prefería que me arrancasen la piel a tiras», pensó Mac.

—Me temo, princesa, que esta noche no va a poder ser —le dijo esforzándose por sonar seductor. El comentario de Pantalones de Acero le había dado ánimos para flirtear—. ¿Qué te parece si te invito a cenar mañana?

Las reglas del juego

La rubia sonrió victoriosa y Susan se rio por su lado. Mac apretó con más fuerza la copa casi vacía.

—Perfecto. Estoy impaciente. —Deslizó de nuevo el dedo por la corbata de Mac y se apartó con un movimiento muy estudiado y provocador.

—Te llamaré y pasaré a recogerte —siguió Mac intentando ignorar la presencia de Susan, a pesar de que notaba los ojos de ella clavados en su espalda. ¿Por qué no se iba?

—Te estaré esperando. —Kelly, ¿se llamaba así?, se despidió guiñándole el ojo.

La rubia se fue de allí y Mac pensó que necesitaba encontrar alguna excusa para dejarla plantada al día siguiente. Preferiría cenar con el equipo entero de los Giants y dejar que le restregasen por las narices haber ganado la Super Bowl antes que cenar con la señorita implantes de plástico.

—Princesa —farfulló Susan en voz baja justo antes de beber un poco de champán—. No sabes cómo se llama —afirmó.

«Basta.»

Esa fue la gota que colmó el vaso.

Había perdido la Super Bowl contra los Giants, le dolía todo el cuerpo, prácticamente le habían gritado a la cara que era demasiado mayor para seguir jugando y había descubierto que una rubia despampanante no conseguía excitarlo ni lo más mínimo. Escuchar los comentarios sarcásticos de una remilgada estirada como Pantalones de Acero era lo último que estaba dispuesto a hacer.

Engulló el whisky y se dio media vuelta.

Y se quedó sin aliento.

Susan Pantalones de Acero llevaba la espalda completamente al descubierto y un precioso y eterno collar de perlas le resbalaba por la piel. Al parecer, mientras él se terminaba la copa ella se había dado media vuelta y ahora Mac lo único que veía era su larga e interminable columna vertebral. Desnuda. Con perlas rosadas que le acariciaban las pecas y parecían desprender calor. Llevaba el pelo recogido como de costumbre, pero en la nuca se le había soltado un mechón que le acariciaba los hombros. Tenía una peca justo al lado de la sexta vértebra y el vestido era tan escotado que incluso se insinuaba el nacimiento de las nalgas.

Mac tragó saliva y apretó los dientes. No podía respirar. ¿Qué diablos le estaba pasando? Esa era Susan, la mujer más odiosa sobre la faz de la tierra, y la prometida de su mejor amigo. ¿Qué hacía vestida de esa manera? Se giró de nuevo hacia la barra, al menos así no la vería, y notó que estaba excitado. Ah, no, eso sí que no. Eso era una reacción tardía a la rubia o al whisky. O a cualquier otra cosa.

—Sírvame otro whisky —le pidió al camarero. Y entonces vio que este caminaba hacia Susan con una americana de mujer en la mano.

—Lo siento mucho, señorita Lobato —farfulló nervioso el chico entregándole la prenda de ropa—. No sé qué me ha pasado, nunca se me había caído así una copa. Lo lamento muchísimo, la mancha casi ha desaparecido del todo, pero insisto en que me mande la factura de la tintorería.

Mac observó la escena con atención, convencido de que Pantalones de Acero exigiría hablar con el superior del camarero y que, cuando este apareciese, le pediría la cabeza del joven en bandeja de plata.

—No diga tonterías. —Fue lo que le dijo Susan sonriendo al camarero para intentar tranquilizarlo. Y dejando a Mac completamente atónito—. Podría haberle sucedido a cualquiera. No se preocupe lo más mínimo, de verdad. —Le cogió la americana y le sonrió otra vez.

Mac tardó varios segundos en darse cuenta de que por fin podía volver a respirar y cuando el aire le llenó los pulmones dedujo que se debía a que Susana se había cubierto la espalda y volvía a parecer la de siempre. Ahora las perlas colgaban por delante, encima del vestido, y no en la piel desnuda, convirtiéndola en la mujer más sensual que había visto nunca.

Menos mal.

—¿Podría servirme el whisky si ya se ha cansado de mirar a la señorita?

La pregunta le sonó mal incluso a él, pero esa noche se estaba volviendo más rara cada segundo que pasaba y tenía que hacer algo para recuperar cierta sensación de normalidad.

—Por supuesto, señor MacMurray. —El joven asintió avergonzado y se apresuró a servirle la copa.

—No hacía falta que fueses tan maleducado —le reprendió Susan girándose hacia él cuando el camarero se alejó unos metros—. A ese chico ya le ha reñido su superior una vez esta noche.

Mac suspiró y no tuvo más remedio que ceder un poco. Levantó la mano que tenía apoyada en la barra y se frotó la frente unos segundos con los dedos.

El dolor de cabeza había adquirido proporciones épicas.

—Yo tampoco he tenido muy buena noche que digamos —se defendió en voz baja.

—Pero tú te irás a dormir a tu lujosa cabaña y mañana

saldrás con esa rubia de antes y te gastarás más de lo que ese chico ganará en un mes.

—¿Y eso es culpa mía? —Él no era ningún esnob. Y aunque Susana y él siempre discutían, nunca se atacaban directamente ni trataban temas personales.

No sabía que ella tuviera tan mal concepto de él. Y le molestó comprobar que era así.

—Tampoco es culpa de ese chico —insistió Susan—. Haber nacido en una familia rica y ser jugador de fútbol no te da derecho a tratar al resto del mundo como si fuésemos tus sirvientes.

—Yo no hago eso. Además, tu prometido tiene mucho más dinero que yo. Y no me vengas con juicios morales, señorita Bolso de más de tres mil dólares. —Cogió la copa que casi por arte de magia había aparecido en la barra y bebió un poco. Él sabía perfectamente que Susan no estaba con Tim por su dinero y que se había ganado su buena reputación como periodista, pero estaba dolido. Y harto.

Y furioso, tanto que, sin darse cuenta, se levantó del taburete y se acercó a Susana.

—Mi bolso no vale tres mil dólares —sentenció ella entre dientes.

Se miraron a los ojos y a Mac le pareció que los de ella estaban distintos, que brillaban de un modo especial. ¿Qué había puesto allí ese brillo? ¿Tim? Notó una horrible presión en el pecho y cerró el puño que mantenía encima de la barra. ¿Susana siempre había tenido esa peca en lo alto del pómulo derecho?

«Deja de mirarla, Mac.»

¿Por qué la miraba de esa manera? Sí, ellos dos siempre

Las reglas del juego

habían discutido, pero en el fondo Mac siempre había creído que su relación tenía cierta gracia. ¿Relación? Sacudió la cabeza.

—Mac, me alegro de que hayas llegado —los interrumpió Tim dándole una palmada en la espalda—. Estamos sentados en la misma mesa —anunció ajeno a la tensión que vibraba entre su amigo y su prometida—. ¿Me permites que te acompañe, cariño? —Le tendió el brazo a Susan, que aceptó gustosa.

Tim no se dio cuenta de que Mac no le había dicho nada, ni de que en realidad era incapaz de hablar, y se alejó de allí con Susan.

Mac esperó a que la pareja hubiese entrado en el salón del restaurante para apartarse de la barra y respirar profundamente.

Esa noche sin duda iba de mal en peor.

Vació el whisky, el segundo, se quedó allí hasta que ya no pudo seguir retrasándolo y se dirigió resignado hacia la mesa.

Deseó con todas sus fuerzas que Susana le quedase lo más lejos posible; todavía le dolía respirar y no quería plantearse por qué.

Alguien respondió a sus plegarias. Gracias a Dios.

Mac pasó el resto de la velada sentado entre la esposa de Quin, una chica de lo más agradable, y la rubia de antes, que no lo era tanto, y que no se llamaba ni Tiffany ni Jennifer, sino Kelly. Al menos había acertado en algo.

La comida de L'Escalier fue deliciosa y la bebida generosa, así que Mac se dejó llevar y notó que poco a poco su cuerpo y su mente iban relajándose, gracias especialmente al alcohol y a la conversación completamente insulsa de la rubia.

Por suerte, Susana volvía a parecerle la estirada de siempre y el efecto que le había causado antes había desaparecido por completo.

La cena llegó a su final y la mano de Kelly apareció repentinamente en su muslo por debajo del mantel. Él tardó un segundo en asimilar las intenciones de su compañera de mesa y cuando lo hizo comprobó que su cuerpo se negaba a reaccionar. Joder, estaba más cansado de lo que creía. Y si la rubia seguía levantando la mano hacia el interior de sus muslos, no tardaría en darse cuenta. Y esa sí que era una humillación que no estaba dispuesto a soportar esa noche.

—Un brindis —dijo cogiendo la copa mientras se ponía en pie—. Por los Giants, los jodidos cretinos que nos han robado la Super Bowl.

Tim lo miró y enarcó una ceja y Mac se limitó a encogerse de hombros y a mirar de reojo a Kelly.

—Por los Giants, unos jodidos cretinos —lo secundó Tim, y acto seguido el resto de ocupantes de su mesa, y del salón, lo imitaron. Igual que Kelly, que no tuvo más remedio que apartar la mano de la entrepierna de Mac.

Suspiró aliviado, aunque la tranquilidad le duró poco porque notó que Pantalones de Acero lo fulminaba con la mirada. ¿Por qué? ¿Y por qué diablos no podía respirar de repente? Maldita fuera. Susan y toda esa gente podían irse al infierno. Literalmente.

Mac se fue al baño para refrescarse un poco. Esa noche realmente estaba poniendo a prueba su paciencia, y si Molly, perdón, Kelly, lo seguía, no se hacía responsable de lo que pudiera decirle.

Entró en el baño de caballeros y dio gracias a Dios por

estar solo durante unos segundos. Se echó agua en la cara y también se empapó la nuca. Cerró el grifo, apoyó las manos en el lavabo y se miró al espejo. Tenía las ojeras muy marcadas y la cicatriz de la ceja tenía un color horrible, que anunciaba infección. Tendría que haber dejado que se la cosieran en el campo. Se la tocó suavemente con la yema de dos dedos e hizo una mueca de dolor. Sí, se le había infectado. Genial. Apretó la mandíbula y comprobó que le temblaba un poco. Estaba hecho una mierda. Había perdido la Super Bowl, la última de su carrera. No sabía si iban a renovarle. Peor, no sabía si quería seguir jugando. Una rubia de infarto le había dejado completamente indiferente.

Y no podía dejar de pensar en el lunar de la prometida de su mejor amigo.

Abrió de nuevo el grifo con movimientos mecánicos y volvió a echarse agua. Dejó que las gotas circulasen por la piel que le ardía de repente y esperó a que el ruido del líquido escapándose por el desagüe lo relajase. No sirvió de nada, y tarde o temprano alguien iría a buscarlo. Sacudió la cabeza y cerró el grifo. Después se incorporó y se secó con una de las toallas de cortesía.

Tenía que salir de allí.

Lanzó la toalla a la cesta habilitada para tal uso y se apartó del lavabo. Negándose a observar de nuevo su reflejo, se acercó a la puerta.

Tomó aire unas cuantas veces y la abrió.

Y se encontró con la última persona que se habría imaginado.

«¿Por qué?»

Susana estaba de pie en el pasillo, apoyada discretamente contra la pared sin ocultar que lo estaba esperando.

—¿Te encuentras bien, MacMurray?

«No y no me preguntes por qué. Quédate aquí, cerca de mí, así puedo respirar.»

¡Pero qué estaba pensando!

—Vaya, debo de tener peor aspecto del que creía, si incluso Pantalones de Acero está preocupada por mí —contestó, sarcástico.

Susan apretó la mandíbula y no se dejó amedrentar.

—Apenas has comido nada y estás bebiendo como si no existiese un mañana —señaló ella jugando con el collar—. Ni siquiera has probado el pastel de chocolate.

—No tengo hambre —respondió él metiéndose las manos en los bolsillos para contener la tentación de deslizar los dedos por las perlas rosadas—. ¿No deberías estar vigilando a Tinman?

—Tim está bien. Tú no pareces estarlo tanto. Tendrías que irte a casa y dormir un poco. —Se acercó a él y le puso una mano en la frente—. Estás ardiendo.

A Mac de repente dejaron de funcionarle los pulmones y se le cerró la garganta. ¿Fiebre? A juzgar por la reacción de su cuerpo estaba a punto de tener un infarto. Notaba la mano de Susana quemándole la frente, el collar de ella rozándole la camisa. ¿Cómo era eso posible? Se apartó furioso.

—¿Tan desesperada estas por casarte con Tim que incluso estás dispuesta a fingir que somos amigos?

Susana cerró los dedos de la mano y giró levemente el rostro. Mac creyó ver que le temblaba el mentón y le brillaban los ojos, pero cuando ella volvió a mirarlo volvían a estar completamente nítidos.

Las reglas del juego

—No estoy desesperada por casarme con Tim, pero te aseguro que nos casaremos en la fecha señalada. Lamento haberme interesado por ti, no volverá a suceder —le dijo como si fuese una señorita del siglo XVIII—. Espero que pases una buena noche, MacMurray.

—Eso haré, Susana. Seguro que a Kelly no le importará jugar a los médicos conmigo.

—Seguro —replicó ella por encima del hombro.

Susan se alejó de allí y Mac volvió a entrar en el aseo para ver si echándose más agua recuperaba un poco la calma, pero terminó vomitando compulsivamente en uno de los baños. Al terminar, se refrescó e intentó recomponerse lo mejor que pudo, y clasificó mentalmente esa noche como la peor de su vida.

Minutos más tarde volvió al comedor y descubrió que Tim y Susana ya se habían ido, y dedujo que la señorita remilgada estaba impaciente por contarle a su prometido que su mejor amigo se había metido con ella.

Joder, probablemente Tim lo llamaría para pedirle explicaciones, y él no tendría más remedio que disculparse con Pantalones de Acero. Resignado, se acercó a Quin, se despidió de él y del resto de sus compañeros y se fue a casa.

Solo.

Al menos ahora que sabía que había pillado una gripe estomacal podía explicarse la extraña reacción que le había causado Susana esa noche.

Susan y Tim estaban en la limusina camino a la mansión familiar de él. Ninguno de los dos decía nada. Ella seguía esperando a que él hablase, y él seguía pensando y apretando el móvil entre los dedos.

Cuando Susan se había alejado del pasillo, furiosa consigo misma por haber cedido a la tentación de ir a ver si MacMurray estaba bien, vio que Tim estaba mirando fijamente la pantalla de su teléfono.

—¿Qué pasa? —le había preguntado ella al llegar a su lado.

—Tengo que irme.

Esa fue la única frase que salió de los labios de Tim, aunque ella no dejó de preguntarle si sus padres estaban bien o si le había sucedido algo a alguien de su familia. Él no dijo nada, solo la miró y repitió que tenía que irse, así que Susan pidió que les llevasen sus abrigos y que avisasen al chófer. Se despidió de todo el mundo y Tim la siguió como un autómata por el restaurante.

Susan no tenía ni idea de qué era lo que había leído Tim en ese mensaje, pero fuera lo que fuese, era muy grave. Y la tenía muy preocupada. En cuanto entraron en la limusina, le dijo al conductor que los llevase al apartamento de Tim, pero su prometido la corrigió y le indicó que se dirigiese a la mansión familiar.

—¿Les ha sucedido algo a tus padres?

—No, a ellos no —contestó Tim, y volvió a dejar la mirada perdida.

Con una mano sujetaba el móvil como si su vida dependiese de ello mientras abría y cerraba la otra en un intento por contener la tensión que le recorría el cuerpo. Igual que hacía en el campo de fútbol.

Susan se quedó unos minutos en silencio. Los padres de Tim vivían en una mansión que llevaba varias generaciones

Las reglas del juego

en la familia, a una hora del centro de Boston. Ella había estado allí varias veces y siempre había tenido la sensación de estar visitando un museo. Los padres de Tim, el senador Delany y su esposa, eran un matrimonio muy a la vieja usanza, un poco fríos y distantes, pero siempre habían sido muy amables con ella.

—¿Quieres que te acompañe? —le preguntó a Tim—. Yo quiero acompañarte —añadió al ver que él no contestaba—, pero si lo prefieres, puedo quedarme en casa. Estamos cerca —señaló mirando la calle por la que acababa de girar el coche. Tim y ella habían decidido esperar a la boda para irse a vivir juntos, aunque él solía pasar al menos una noche a la semana en su apartamento, y ella otra en el de él. A los dos les gustaba mantener cierta independencia. O eso se decía Susan a sí misma siempre que veía una película romántica y se fijaba en las diferencias entre esas historias de amor y la que ella estaba viviendo. Tim y ella eran distintos, eran dos personas inteligentes que habían decidido compartir su vida. Se llevaban muy bien en la cama, el sexo era agradable y no tenía ninguna duda de que él le era fiel. A ella tampoco se le había pasado por la cabeza acostarse con otro.

¿Por qué estaba pensando en eso ahora?

Era obvio que Tim estaba preocupado, y allí estaba ella pensando en tonterías.

—Tim, ¿sucede algo? —insistió. Y algo cambió en él.

—Pare el coche, por favor —ordenó de repente.

El conductor buscó un lugar donde aparcar y en cuanto lo encontró detuvo el vehículo.

—¿Qué pasa, Tim? Me estás asustando.

Tim apartó la mirada de la ventanilla, pero durante unos segundos sus ojos siguieron sin ver a Susan.

—¿Tim?

La voz de Susan lo hizo reaccionar o le recordó dónde y con quién estaba, y sacudió la cabeza levemente con los ojos cerrados. Cuando volvió a abrirlos, los fijó en los de Susan y tomó aire antes de hablar.

—Tenemos que anular la boda —declaró con absoluta firmeza y le cogió la mano a Susan, tocándola por primera vez desde que había recibido aquel mensaje en el móvil—. No puedo casarme contigo.

—¿Qué? —balbuceó ella—. ¿Por qué? —Entrelazó los dedos con los de él y notó que estaban helados.

—No puedo casarme contigo —repitió y soltó lentamente el aire antes de seguir—. No puedo casarme contigo porque ya estoy casado.

Tercera regla del fútbol americano:

Ningún jugador puede estar en la línea de ataque cuando se inicia la jugada.

CAPÍTULO 3

SUSAN

—No puedo casarme contigo porque ya estoy casado.

No es una frase difícil. Es una frase muy sencilla en realidad.

Y muy complicada al mismo tiempo.

—¿Qué has dicho?

Tim desliza el pulgar por encima de los nudillos de la mano que me sujeta y yo me suelto de repente.

Mi cerebro todavía no ha asimilado muy bien lo que acaba de decirme, pero mi cuerpo sabe que no quiero que siga tocándome.

Cierro los dedos y lo miro fijamente a los ojos.

—Ya estoy casado, Susan. Lo siento.

Tendría que abofetearlo, sé que tendría que hacerlo. Es lo que se merece. Pero no quiero hacerlo, y cuando comprendo que él acaba de decirme que está casado con otra mujer y que a mí no me molesta lo suficiente como para pegarle, se me rompe el corazón.

Iba a casarme con él.

Me resbala una lágrima por la mejilla y veo que Tim levanta una mano para secármela, pero se detiene antes de tocarme y se aparta.

—Lo siento, Susan —repite.

—¿Cuándo? ¿Por qué? —le pregunto. Sé que tiene que haber una explicación.

—Hace muchos años. Porque la amaba.

Esa segunda frase me quita el aliento. A mí Tim nunca me ha dicho que me ama, solo dice que me quiere. Tal vez sea una distinción semántica, pero dentro de este coche parado en una calle de Boston de noche tiene todo el sentido del mundo.

—Tú me pediste que me casara contigo —le recuerdo furiosa de repente. Sí, no me ha roto el corazón, pero me siento como una estúpida, como una boba, como un segundo plato.

Y me ha mentido. Me ha engañado, no solo me ha ocultado que ya está casado, sino también que es capaz de amar, que no es el hombre práctico que decía querer una vida tranquila a mi lado.

—Sí. —Suspira y se pasa las manos por el pelo. Y en ese gesto veo más emoción de la que ha impregnado muchos besos. Patético—. No sabía que Amanda y yo seguíamos casados.

Amanda. Ella se llama Amanda.

La mujer capaz de hacer que Tinman se despeine se llama Amanda.

—¿Cómo lo has sabido?

Tim me mira y me doy cuenta de que no deja de mover nervioso una rodilla.

—Al pedir los papeles para casarme contigo —me contesta sincero—. Yo creía que estábamos divorciados.

—Y no lo estáis —añado entre dientes.

—No, no lo estamos.

Lo miro y me sigue pareciendo muy guapo, pero por primera vez me doy cuenta de que me da rabia que no se despeine por mí.

Que no mueva nervioso una rodilla de las ganas que tiene por estar conmigo.

—Y crees que eso significa algo —adivino. En ningún momento me ha dicho que quiera divorciarse de esa Amanda, ni que retrasemos la boda hasta entonces—. Y quieres ir a buscarla —digo casi para mí misma.

—Sí.

Un rato después, el coche, que ha reanudado la marcha, aminora la velocidad y deduzco que estamos llegando a nuestro destino.

Miro por la ventanilla y reconozco la silueta de mi edificio.

Me reconforta; acabo de descubrir que iba a casarme con un hombre al que no amo y que no me ama a mí... Y quiero estar sola.

—Tendré que irme del país durante unos días —me dice de repente—. Yo me ocuparé de comunicárselo a la prensa.

No puedo seguir en ese vehículo ni un segundo más. No puedo respirar.

—Haz lo que quieras.

Las reglas del juego

Noto el vacío que crece en mi interior, carcomiéndome.

¿Qué diablos me pasa? ¿Cómo es posible que haya estado más de un año con un hombre tan maravilloso y que al mismo tiempo me importe tan poco? ¿Acaso soy incapaz de sentir, de enamorarme? ¿Y él? ¿Por qué iba a conformarse conmigo?

El nudo que me oprime el pecho se estrecha al comprender algo mucho peor: ¿por qué Tim no se ha enamorado de mí?

Agarro el tirador del coche y empiezo a abrir la puerta, pero Tim me sujeta por el antebrazo.

—¿Susan?

Me giro despacio, pero mantengo el silencio.

No quiero ponerme a llorar delante de él. Seguro que me consolaría y entonces todo sería mucho más humillante.

—Lo siento. —Me acaricia el brazo despacio—. Habría intentado hacerte feliz.

—No estés tan seguro —le contesto furiosa, y veo que él me mira sorprendido—. No me has pedido que te acompañe ni que pospongamos la boda. —Se me escapa una risa amarga—. Lo habría hecho, ¿sabes? Soy así de idiota.

—Tú no eres idiota, Susan.

—Llámalo como quieras, Tim, pero cuando has visto ese mensaje has tardado media hora en romper conmigo y anular la boda. —Sujeto el tirador con fuerza—. Así que no estés tan seguro de que hubieras intentado hacerme feliz. Yo no lo estoy.

—Te mereces a alguien que lo intente.

Eso no, eso sí que no. No voy a tolerar que me tenga lástima.

Lo abofeteo. Me siento mejor.

No espero a que me diga nada más, abro la puerta y salgo corriendo.

A pesar de lo que le he dicho, y de la bofetada, sé que Tim habría intentado que nuestro matrimonio funcionase y, probablemente, lo habría logrado durante un tiempo, pero ¿me habría bastado con eso?

¿Me habría dado cuenta algún día de que no estábamos enamorados de verdad?

Me meto en el ascensor y subo llorando hasta casa. Abro la puerta con movimientos frenéticos y al entrar lanzo la americana al suelo.

El estúpido vestido no me ha servido de nada. Solo para que me planten, pienso, y sonrío entre las lágrimas. Me lo quito también furiosa y me meto en la ducha.

El agua se mezcla con las lágrimas y no dejo de repetirme que es mejor así. Tim y yo somos tan correctos que nos habríamos pasado toda la vida el uno con el otro aun siendo desgraciados.

Y yo no quiero eso.

Quiero un hombre del que me pueda fiar, pero que al mismo tiempo sea incapaz de contener su pasión por mí.

Quiero un hombre capaz de anular una boda dos meses antes para estar con la mujer que ama y ser esa mujer. Para variar.

Vaya tontería, yo nunca despierto esa clase de pasiones.

A estas alturas ya tendría que haberlo asumido.

Las reglas del juego

Además, sé perfectamente que esa clase de historias de amor siempre terminan en tragedia. No, lo que yo necesito es seguir con mi vida.

Soy feliz.

Tengo un trabajo maravilloso.

Unos amigos estupendos.

Un piso fantástico.

Sí, voy a seguir con mi vida y algún día conoceré un chico normal que encajará conmigo a la perfección en el mundo real, no en el mundo imaginario, y seremos felices juntos.

Y no volveré a dejarme engatusar por jugadores de fútbol. A pesar de que el día que conocí a Tim fue uno de los mejores de mi vida.

Sede central de CBT (Central Boston Television), hace algo más de un año

Llego tarde al plató, las chicas de maquillaje van a matarme. Esquivo al chico que reparte el correo y gano un par de segundos.

Voy a conseguirlo.

Choco de bruces con un desconocido y no caigo al suelo porque sus brazos me sujetan por la cintura.

Me aparto el pelo de la cara para disculparme y me encuentro con una sonrisa muy amable y unos ojos cálidos.

Que pertenecen a uno de los jugadores más famosos y más atractivos de los Patriots.

—Lo siento —farfullo.

—Yo no —contesta él con mucha práctica. Quizá demasiada—. Soy Tim.

—Lo sé.

Tim me suelta sin apartarse de mí.

—Yo soy Susan —le tiendo la mano.

—También lo sé. —Me la estrecha y vuelve a sonreírme—. Presentas una sección de las noticias.

—Sí. —«Sabe quién soy». Las noticias económicas.

—Me temo que esas solo le interesan a Mac. ¿No es cierto, Mac?

Tim se gira levemente y veo que detrás de él está el capitán de los Patriots, Kev MacMurray.

Y está furioso.

¿Por qué?

Me da igual, Tim vuelve a sonreírme y sigue hablándome.

—Hemos venido a una entrevista para el canal de deportes. Nos han dicho que terminaremos dentro de una hora, ¿puedo pedirte que vengas a cenar conmigo?

—¿Qué? —Quedo como una boba.

Tim se ríe con suavidad y me coge la mano con delicadeza. Y yo noto que el capitán de los Patriots me fulmina con la mirada.

—Cenar. Conmigo —me explica Tim.

—¿De verdad?

—De verdad.

—De acuerdo.

Tendría que estar muerta para negarme, aunque durante un segundo he sentido el impulso de hacerlo solo para ver si así MacMurray, Mac, como lo llama todo el mundo, dejaba de mirarme de esa manera.

Las reglas del juego

***

Así fue como conocí a Tim, y a Mac, supongo, aunque al segundo no volví a verlo hasta meses más tarde y él fingió no acordarse de mí. De hecho, Tim tuvo que volver a presentarnos.

Esa tarde, en medio de los pasillos de la emisora, sentí un nudo en el estómago y me sudaron las manos. El corazón me latía tan rápido y tan fuerte que me mareé.

Tuvo que ser un flechazo.

Era la única explicación posible.

Entré en la redacción como flotando en una nube y recuerdo que mis compañeros se burlaron de mí en dos ocasiones.

Y me dio completamente igual. Acababa de ser la protagonista de una escena de película, de uno de esos momentos que algún día cuentas a tus amigas y todas te miran con envidia.

Había conocido al hombre de mi vida.

Absurdo, lo sé, pero así fue como me sentí esa tarde. Pero cuando bajé al vestíbulo y me encontré a Tim esperándome esa sensación tan maravillosa desapareció.

Se desvaneció como una bocanada de humo y en su lugar apareció un agradable cosquilleo. Una preciosa sensación de tranquilidad.

Y pensé que me lo había imaginado, que lo que había sentido durante la tarde se debía a las prisas, a los nervios por llegar tarde al trabajo y a la emoción por haber chocado con un hombre tan atractivo.

Y no volví a pensar en ello.

«Eso no es verdad.»

Está bien, sí que pensé en ello. Sí que me pregunté por qué no volvía a acelerárseme el pulso al ver a Tim, pero nos llevamos tan bien que me olvidé.

Sí, Tim y yo nos llevábamos bien.

Pero eso no es amor.

Maldita sea.

Me pongo a llorar desconsolada. ¿Es alivio? ¿Rabia? ¿Pena?

No lo sé, pero ahora no tengo fuerzas para averiguarlo.

Cuarta regla del fútbol americano:

Salida en falso: se produce cuando un jugador de la línea de ataque se mueve antes de que comience la jugada. Se castiga con cinco yardas de penalización para el equipo infractor.

CAPÍTULO 4

Mac oyó un zumbido insistente y se maldijo por haber puesto el despertador. ¿Qué clase de idiota ponía el despertador después de recibir prácticamente una paliza en el campo de fútbol, beberse dos whiskys y tres copas de vino y no cenar nada?

Él, al parecer. Levantó el brazo y buscó a tientas el maldito aparato para romperlo de un puñetazo. Dio con él y lo golpeó, pero el trasto infernal siguió sonando. Probablemente no le había dado al botón adecuado.

Resignado, encendió la luz y cuando consiguió abrir los ojos vio que el despertador estaba casi destrozado. Y ese condenado zumbido seguía sonando sin parar.

El móvil.

Mac, que se había sentado para encontrar la lamparilla de noche, se desplomó de nuevo en la cama con los brazos completamente extendidos. Fuera quien fuese el imbécil que osaba llamarlo a esas horas en un día como aquel, podía irse al infierno. El timbre por fin se detuvo, el contestador grabaría la voz de la persona que tantas ganas tenía de perder su amistad y Mac se encargaría de mandarlo a paseo cuando se recuperase. En dos o tres días.

El móvil volvió a sonar.

—¡Joder!

Se incorporó y salió de la cama hecho una furia, dispuesto a decirle exactamente lo que pensaba al periodista de turno, porque solo una de esas alimañas se atrevería a llamarlo la mañana siguiente de haber perdido la Super Bowl.

—¡No voy a retirarme! —gritó al descolgar.

—Me alegro.

—¿Tim?

—Sí, soy yo. Siento llamarte a estas horas, pero necesitaba hablar contigo antes de coger el vuelo a París.

¿Tim se iba a París? ¿En ese momento?

Mac parpadeó de nuevo y se apartó un segundo el móvil de la oreja para comprobar qué hora era.

—No me digas que te vas de viaje con Pantalones de Acero —sugirió sarcástico.

Seguro que la cretina de Susan le había contado lo que había pasado frente al baño de L'Escalier y Tim la llevaba a París para tranquilizarla, pensó Mac. Aunque algo fallaba en su razonamiento, porque Pantalones de Acero jamás cogía vacaciones. Tim incluso le había contado que iban a aplazar la luna de miel durante unos meses.

Y una parte de Mac sabía que Susana no le había contado a su amigo lo que había sucedido entre ellos dos en el restaurante. De hecho, estaba completamente seguro de ello.

¿Por qué?
La voz de su amigo lo alejó de sus pensamientos.
—No, y no la llames así. Susan es una gran persona y no se merece lo que le he hecho.
—¿De qué diablos estás hablando, Tim? —Mac se frotó la cara con la mano que tenía libre—. Son las cinco de la mañana y tengo resaca. Si me has llamado para decirme que le has puesto los cuernos a Pantalones de..., perdón, a Susan, y que vas a irte de viaje con tu ligue a París, deja que te diga que no hacía falta. Llámame cuando vuelvas y te reñiré por no haberte portado como un caballero. Y ahora relájate y disfruta.
—¡No le he puesto los cuernos a Susan! —exclamó Tim exasperado—. No exactamente.
—¿Qué quiere decir «no exactamente»? —Mac sujetó el teléfono con más fuerza.
¿Le había pasado algo a Susana? ¿Por qué diablos estaba preocupado?
—Amanda.
A Mac le bastó con oír ese nombre para buscar la silla más cercana y sentarse.
—¿Amanda? ¿Tu Amanda?
Tim soltó el aire despacio y de fondo se oyeron los altavoces del aeropuerto recordando las normas de seguridad a los pasajeros.
—Sí.
—Creía que hacía años que no la veías —dijo Mac, completamente sobrio de repente.
—Once.
—¿Entonces? ¿Qué tiene que ver Amanda con todo esto y París?

Las reglas del juego

—Hace unas semanas empecé a preparar los papeles para la boda con Susan —empezó Tim—, y el juzgado me denegó la licencia matrimonial porque, según sus registros, el señor Timothy Delany ya está casado.

—Joder, Tim, solo será un error.

—No lo es.

—Joder.

—Amanda y yo nos casamos y luego —tragó saliva—, cuando discutimos y ella se fue, le mandé los papeles del divorcio.

—¿Nunca comprobaste si los había firmado?

—Al principio no —carraspeó—. Tú sabes perfectamente cómo estaba yo al principio, y luego supongo que me olvidé. Ahora ya no importa.

—Pues claro que importa, Tim, si no, no me habrías llamado a estas horas desde no sé qué aeropuerto. —Suspiró agotado y le hizo otra pregunta a su amigo—. ¿Por qué te vas a París? Cuéntame la versión resumida, por favor.

—Cuando recibí la denegación del juzgado decidí buscar a Amanda para pedirle que firmase los papeles, pero su familia, evidentemente, se negó a decirme dónde podía encontrarla.

—Evidentemente.

—Y contraté a un detective privado.

—¿Y?

—Amanda está en París.

—Genial, en Europa tienen de todo, y no sé si te has enterado, pero están más civilizados que nosotros. Seguro que puedes mandarle un correo o contratar a un abogado desde aquí y pedirle que te firme los papeles.

—No es eso.

—Versión resumida, Tim.

—Amanda tiene un hijo de casi once años. Se llama Jeremy y es hijo mío.

—Joder, Tim, ¿cómo lo sabes? Podría no serlo.

—Lo es, las fechas encajan...

—Tim...

—Y en su partida de nacimiento figuro yo como padre. Ya sabes que Amanda odia mentir.

—Si tanto odia mentir, ¿por qué no te lo ha contado?

—Omitir no es lo mismo que mentir.

—Eso es cuestionable.

—No sé por qué no me lo ha contado y necesito saberlo. Por eso voy a París. Amanda es la chef de uno de los restaurantes más prestigiosos de la ciudad. Tengo que ir a verla.

—Y supongo que Susan ha roto contigo cuando se lo has contado, seguro que ella no cometió ningún error en su juventud.

—No, Susan no es así —la defendió Tim—. Si se lo hubiese pedido, me habría acompañado. —Suspiró, y al oírlo Mac tuvo la sensación de que su amigo se avergonzaba de sí mismo—. No se lo he pedido, Mac. No he sido capaz. Ni siquiera le he contado toda la verdad. Lo único que le he dicho es que no puedo casarme con ella porque ya estoy casado y que me voy a París. No le he dado ninguna explicación, y ni siquiera se me ha pasado por la cabeza pedirle que me acompañase... —una pausa— o que me esperase.

—Vaya. —Fue lo único que consiguió decir Mac. O, al menos, lo único que tenía sentido, porque tenía la mente llena de preguntas acerca de Susan; ¿cómo se había tomado la noticia? ¿Estaría llorando sola en su casa?—. Entonces, ¿qué necesitas que haga? Seguro que Susan lo tiene todo bajo control y puede posponer la boda hasta tu regreso —se obligó a decir.

—No voy a casarme con Susan, Mac. He roto con ella —aclaró Tim definitivamente y, aunque el otro hombre no podía verlo, se frotó la mejilla que le había abofeteado su exprometida.

—Joder, no puedo creerme que vaya a decir esto, pero, ¿no crees que tal vez te hayas precipitado?

—No. ¿Sabes qué es lo primero que he pensado cuando he recibido el mensaje del detective privado diciéndome que tengo un hijo con Amanda?

—No.

—Que por fin tenía una excusa para ir tras ella y pedirle perdón. Sé que creerás que soy un cobarde y un miserable, pero en ese preciso instante ha sido como si todos los recuerdos de Amanda que llevo años suprimiendo se lanzasen encima de mí. Estábamos en el restaurante y he visto a Susan acercándose a mí, creo que volvía del baño, y me he dado cuenta de que nunca he sentido por ella nada parecido a lo que sigo sintiendo por Amanda. Y a Amanda hace once años que no la veo. —Tomó aire y dejó que Mac asimilase todo lo que le había confesado—. La boda está anulada y, probablemente, Susan no quiera volver a verme jamás en la vida.

«Ahora yo tampoco podré volver a verla.»

¿De dónde había salido eso?

«Pero al menos no va a casarse con Tim.» ¿Desde cuándo le molestaba que Susana y Tim fueran a casarse? «Desde siempre.» No, eso no era verdad. Lo único que le molestaba era que Tim se convertía en otra persona cuando estaba con ella. Ahora que lo pensaba, cuando Tim y Susana estaban juntos era como si los dos se apagasen, hacían tan buena pareja que resultaban incluso aburridos. Y se aburrían mutuamente.

Mac recordaba perfectamente cómo era Tim con Amanda, lo contento y eufórico que estaba al principio. Lo destrozado que quedó al final.

Nunca le había visto sentir esa clase de emoción por Susana. Mac siempre había dado por hecho que el cambio se debía a la edad, a la madurez que se les suponía que tenían ahora, pero quizá fuera algo más profundo y complejo.

O mucho más sencillo: quizá Tim nunca se había enamorado de Susan como lo había estado de Amanda. Como seguía estándolo, a juzgar por los acontecimientos.

—¿Cuándo volverás de París? —le preguntó entonces al comprender lo que iba a hacer su mejor amigo.

—No lo sé, todo depende de Amanda. No he comprado billete de vuelta.

—¿Y el equipo? —Tim no podía abandonar ahora a los Patriots—. Volverás a tiempo para la próxima temporada, ¿no?

—No lo sé —repitió con un suspiro—, y la verdad es que no me importa. Alégrate por mí, Mac, tú fuiste el único que me apoyó con Amanda.

Mac recordó lo estúpidos que habían sido tanto él como Tim cuando tenían veinte años, y también recordó lo feliz que había sido su amigo con Amanda.

—Me alegro por ti, Tim —le dijo sincero. «Y te envidio. Tú tienes algo por lo que luchar.»

Las reglas del juego

—Voy a pedirte un favor, Mac, y no puedes decirme que no.

—De acuerdo. —La presión que había sentido en el pecho durante la cena en L'Escalier reapareció multiplicada por cien.

—Ve a ver a Susan y asegúrate de que está bien. No es tan fuerte como aparenta.

—Lo dudo, Tim, pero iré a verla. —«Ella no querrá verme.»— Tú llámame desde París.

—Claro. Gracias, Mac. Tengo que irme, están anunciando mi vuelo.

—Llámame, y no me obligues a ir a buscarte a Francia.

Mac ya no recibió respuesta de su amigo y colgó el móvil. Se quedó sentado en esa silla durante largo rato con la mente en blanco de lo abrumado que estaba. Tim era un par de años más joven que él y acababa de convertirse en padre de un niño de once años. Amanda, la chica de la que se había enamorado locamente y con la que se había casado a escondidas cuando prácticamente eran unos niños, seguía siendo su esposa. Una esposa que, a juzgar por los recientes descubrimientos del propio Tim, no quería saber nada de él. Y ahora Tim acababa de anular su inminente boda con Susan y se había ido a París sin fecha prevista de retorno.

Vaya manera de empezar las vacaciones.

Se levantó de la silla y volvió a la cama. Lo mejor sería que durmiese un rato. Con algo de suerte quizá cuando despertase descubriría que todo había sido un sueño, una broma pesada de su subconsciente. Apagó de nuevo la luz y cerró los ojos. Y lo último que pensó antes de quedarse dormido fue que Susan iba a tener que enfrentarse sola al escándalo de ser abandonada por uno de los «solteros» más cotizados de Boston un par de meses antes de la boda. Y que no se lo merecía.

Volvió a despertarse seis horas más tarde y durante un segundo pensó que quizá se hubiera imaginado la conversación con Tim, pero cuando vio el mensaje que le había mandado su amigo con el teléfono y la dirección de Susan, supo que no tenía tanta suerte.
No le hacía falta esa información.
Aunque probablemente Tim no lo sabía, casi un año atrás, cuando Susan y él se conocieron, Mac la acompañó una noche a su casa, y el teléfono también lo tenía más o menos desde entonces.
Dejó el móvil en la mesilla de noche y fue a ducharse. La herida de la ceja se le había infectado y tenía el torso y la espalda doloridos y amoratados. El agua caliente ayudó, y se quedó en la ducha hasta que notó que empezaba a enfriarse. Salió y se afeitó sin fijarse demasiado en su aspecto; no quería volver a sentirse mayor. De nuevo en su dormitorio, se puso unos vaqueros, una camiseta y un jersey de lana negro, y se dirigió a la cocina. Se sirvió un café y se tomó un antibiótico para contener la infección, y después se obligó a comer unas tostadas porque no quería que la medicación le diese una patada en el estómago. A esas alturas solo le faltaba que se le hiciera una úlcera. Con el tema del desayuno ya resuelto, volvió a su dormitorio en busca del reloj y del móvil, y llamó a Susana antes de tener tiempo de cambiar de opinión. Cuanto más rápido, menos le dolería, se dijo; como arrancar una tirita.

Las reglas del juego

El teléfono de Susana sonó y sonó, pero ella no le contestó y al final saltó el contestador. Mac colgó sin dejar un mensaje, nunca le había gustado hablar con esas máquinas.

Volvió a llamar.

Los timbres volvieron a repetirse y saltó de nuevo el contestador.

Mac volvió a colgar y llamó otra vez.

A la tercera va la vencida.

A pesar del dicho, Mac estaba convencido de que esa tercera llamada iba a acabar igual que las dos anteriores, pero la voz de Susana le demostró que se equivocaba.

—No vuelvas a llamarme. Ya tienes lo que querías.

Susana le colgó.

Mac se quedó perplejo mirando el teléfono y volvió a llamar. Y esa vez ella debió de darle a algún botón porque oyó la señal de comunicar. Colgó ofendido el aparato y lo dejó con un golpe seco encima de la mesa del comedor. Si hubiese tenido delante a la propietaria del otro teléfono la habría zarandeado hasta que lo escuchase.

La muy terca y estirada ni siquiera le había dejado hablar. No, la señorita Pantalones de Acero lo había juzgado sin escucharlo, como siempre, y le había colgado.

«¿Y de qué te extrañas? Su asunción es de lo más lógica», le dijo la voz de su conciencia. «Tal vez», discutió él, pero Susan ni siquiera le había dado la oportunidad de explicarse. «¿Y cómo sabía que era yo?» «Porque tú también le diste tu número.»

Bueno, él ya había cumplido con su obligación, le había prometido a Tim que la llamaría y la había llamado; no tenía la culpa de que ella no le hubiese dejado hablar. Era el primer día de sus vacaciones e iba a disfrutarlas. Lo primero que haría sería pasarse por el gimnasio y reservar un masaje de dos horas como mínimo. Después iría a comer y por la tarde volvería a casa y se centraría en su proyecto, y por la noche... por la noche saldría con Kelly. Sí, sería un día perfecto.

Decidido, fue a su dormitorio y cogió la bolsa del gimnasio, pero minutos más tarde, sentado tras el volante del coche, su conciencia lo obligó a cambiar de planes.

—Mierda —farfulló.

Giró hacia la izquierda en la siguiente calle y se dirigió a casa de Susana.

Después de que Tim la dejase en su casa, Susan se pasó dos horas sentada en la cama completamente aturdida, incapaz de llorar ni de sentir nada. Su futuro acababa de desmoronarse y una parte de ella seguía negándose a creerlo, otra quería matar a Tim por haberle ocultado su pasado y otra, una parte que Susan siempre intentaba negar que tenía, su lado romántico, le decía que era mejor así, que Tim tenía que estar con la mujer que amaba.

Y era evidente que esa mujer no era ella.

Fue esa frase, llegar a esa conclusión, la que consiguió que las lágrimas empezasen a caer como un torrente por su rostro.

Tim no la amaba.

Ella se había convencido de que lo suyo no era una gran pasión porque, sencillamente, los dos eran personas inteligentes que sabían dominar sus instintos; pero la cruda realidad era que Tim no la amaba. Amaba a una tal Aman-

Las reglas del juego

da con la que, al parecer, había cometido la locura de casarse de joven. Con ella, con la lista y fiable Susan Lobato, no había hecho tal estupidez. ¡Si llevaban meses planeando la boda, ella se tomaba la píldora y él nunca se olvidaba de ponerse un condón cuando estaban juntos! La mayor locura que habían cometido juntos había sido quedarse dormidos encima de la cama con la ropa y los zapatos puestos después de salir a bailar una noche.

Una noche.

Una pareja estable y sensata, decía entonces de su relación con Tim. Ahora la definiría como patética.

Susan miró furiosa la lámpara de la mesilla de noche porque allí era donde Tim solía dejar sus cosas cuando iba a verla y la lanzó contra la pared. Con ella Tim nunca se olvidaba de nada, nunca hacía nada espontáneo, y a ella le gustaba, ¿no? Ella quería que las cosas fuesen así. O eso creía hasta esa noche.

Lloró hasta quedarse dormida y soñó que Tim volvía al cabo de unos días y le pedía perdón de rodillas. Pero, al parecer, ni siquiera era capaz de controlar sus propios sueños porque cuando el Tim imaginario estaba de rodillas suplicándole que lo perdonase y diciéndole que quería casarse con ella, las manos de otro hombre la rodeaban por la cintura desde la espalda y tiraban de ella como si no estuviese dispuesto a dejarla escapar.

Y antes de que ella pudiese ver el rostro del desconocido, este la besaba. Y era el mejor beso del mundo. Un beso que no podía compararse a ninguno de los que le había dado Tim ni ningún otro. Un beso que hizo que Susan se aferrase al pecho del extraño, decidida a quedarse con él para siempre.

Pero entonces sonó el teléfono móvil y la despertó.

Ni en sueños conseguía lo que quería.

No se le ocurrió no contestar; podían llamarla de la cadena en cualquier momento, o incluso podía ser Tim, que la llamaba arrepentido. Fue a por el móvil, que había dejado conectado en la entrada y, cuando vio el nombre que aparecía en la pantalla se quedó perpleja: Kev MacMurray.

Se quedó confusa durante unos segundos, casi se había olvidado de que se llamaba Kev. Nadie lo llamaba así nunca.

—Pero ¿qué diablos está haciendo? —dijo en voz alta al comprender por qué la llamaba. Seguro que Tim había llamado a su mejor amigo para contarle que se iba a París y MacMurray llamaba para regodearse.

La llamada fue a parar al contestador y Susan soltó el aliento que no sabía que estaba conteniendo. El muy cretino volvió a llamar en cuestión de segundos. Susan miró el móvil como si fuese una serpiente envenenada y ni siquiera lo tocó. El contestador volvió a entrar en acción y Susan dio por concluida su agonía.

El muy estúpido volvió a llamar.

—No va a parar —farfulló, recordando lo terco que siempre había sido MacMurray, y descolgó—: No vuelvas a llamarme. Ya tienes lo que querías.

Y colgó.

Y MacMurray entendió el mensaje y no volvió a llamarla.

Susan suspiró aliviada y observó con detenimiento el móvil para asegurarse de que no había ningún mensaje de Tim escondido en alguna parte.

¿De verdad quería que Tim la llamase y le pidiese perdón? ¿Ahora que sabía que no estaba enamorado de ella? Oh, sí, Tim había sido muy sensible y se había comportado como todo un caballero. En la limusina, cuando empezó a hablar, lo primero que le dijo fue que ella no tenía la culpa de nada. El tópico «no eres tú, soy yo», jamás le había parecido tan ofensivo. Él asumió toda la culpa, cierto, pero también le dejó claro que se iba y que ella no podía hacer ni decir nada para hacer que cambiara de opinión. Porque por ella no sentía una pasión irrefrenable.

Eso no se lo había dicho, pero a ella le había resultado muy fácil deducirlo.

Tim iba a echarlo todo por la borda, no solo su relación, sino también probablemente su carrera, porque quería recuperar a una mujer que le había ocultado que no se había divorciado de él. Y si eso no demostraba que la pasión era una completa sandez, Susan no sabía qué lo haría. Ella tenía razón, se dijo, la pasión y las historias de amores imposibles solo servían para dar dolor de cabeza.

«Y para pasarte la noche llorando cuando hoy tienes que ir a trabajar.»

No, ella estaba en lo cierto, la vida no era como en las películas ni como en los culebrones. Ella era una mujer lista e inteligente que sabía lo que quería. Tenía un buen trabajo y pronto conseguiría su propio programa, y algún día conocería a un hombre sensato con el que compartir su vida y formar una familia. Y si nunca hacía el amor bajo la lluvia, mucho mejor, a ella no le gustaba pasar frío. Y seguro que se resfriaría.

Tenía que ducharse, desayunar y preparar el programa de esa noche, pero antes tenía que llamar a sus padres. No sabía cuánto tardaría la prensa en enterarse de que Tim y ella no iban a casarse, aunque estaba segura de que no demasiado, y no quería que sus padres recibiesen así la noticia. Respiró hondo y marcó el número de su madre.

—Hola, Susan, cariño.

—Hola, mamá.

—¿Qué te pasa?

—¿Solo he dicho «hola, mamá» y ya sabes que me pasa algo? —le preguntó atónita.

—Normalmente me llamas Lisa.

A Susana le dio un ligero vuelco el estómago y se sintió culpable, como le sucedía siempre que algo le recordaba lo mal que se lo había hecho pasar a Lisa al principio.

—Además, tú siempre llamas los domingos por la tarde y los miércoles por la mañana. Hoy es sábado —explicó Lisa sin más.

—¿Y por eso crees que me pasa algo? Tal vez solo me apetezca hablar contigo.

—¿Por eso me llamas, porque te apetece hablar conmigo? —le dijo su madre (esa mujer se había ganado ese título a pulso) con una sonrisa que Susan no podía ver, pero sí oír.

—No. Bueno... sí.

—¿Por cuál te decides, Susan?

El tono en que le habló Lisa le recordó a cuando era una adolescente difícil e insistía en plantarle cara a la mujer que se había casado con su padre y había cometido la osadía de intentar ayudarla. Era un milagro que Lisa no solo se hubiese quedado, sino que además se hubiese atrevido a darle dos hermanos.

Esa mujer era la viva imagen de la paciencia y la tenacidad. Y tenía amor para repartir a raudales. A veces Susan incluso creía que su madre había elegido desde el cielo a esa mujer para terminar el trabajo que ella había dejado inconcluso en la tierra.

—Tim y yo hemos anulado la boda —dijo la frase que estaba convencida que iba a utilizar Tim en el comunicado de prensa. Sí, era evidente que no estaban enamorados, pero nadie podría negar que lo conocía muy bien—. ¿Mamá?

—Oh, cariño, lo siento. —A pesar de los años, Lisa seguía emocionándose cuando oía esa palabra, y se le notaba en la voz—. ¿Habéis discutido? Seguro que solo son los nervios de la boda y pronto se arreglarán las cosas, ya lo verás.

—No, mamá. No se arreglarán. —Susan suspiró—. Tim se ha ido a París a recuperar a la mujer con la que se casó hace no sé cuántos años y al parecer se le olvidó comentármelo.

—Oh, Dios mío.

—No puedes decírselo a nadie, Lisa. Se lo prometí a Tim. —Y Susan siempre cumplía sus promesas.

—No entiendo nada —sentenció la otra mujer—. No puedo creerme que Tim te haya sido infiel, Susan.

—Y no me lo ha sido, técnicamente. Esa mujer y él se conocieron hace años y ahora él ha decidido volver con ella. No puedo contarte nada más, lo siento.

—¿¡Cómo que no!? —estalló Lisa indignada—. Si ese cretino te ha dejado por otra meses antes de la boda, puede irse al infierno.

—Es complicado.

—¿¡Complicado!? Virgen santa, no, no lo es, Susan. Si tú le amas y él te ama, no es complicado. Hazme caso, yo me enamoré de un hombre que estaba empecinado en no volver a creer en el amor y que además tenía una hija que me odiaba.

—¿Y qué hiciste?

—A ella la maté y a él lo descuarticé, y meses después conocí a tu padre —bromeó.

Y Susan por fin comprobó que seguía teniendo la capacidad de sonreír.

—Lisa... —suspiró para contener las lágrimas que le habían aparecido en los ojos.

—Si amas a alguien de verdad no lo dejas escapar así como así.

—Supongo que esa es la cuestión, mamá. —Una lágrima resbaló por la mejilla de Susan y la otra mujer lo supo a pesar de que no podía verla—. Tim no me ama. Y yo a él tampoco.

—Oh, Susan, pequeña. Lo siento.

Susan se secó furiosa una segunda lágrima.

—En fin —suspiró y fingió que dejaba de llorar—; solo te he llamado para decirte que la boda se anula y que no hace falta que vengáis a Boston.

—Ya tenemos los billetes, así que papá y yo vamos a ir de todos modos.

—No hace falta. Estoy bien —afirmó con la voz que utilizaba en su programa de televisión.

—Vamos a ir, Susan. ¿Quieres hablar con papá? Está en el jardín, pero puedo avisarlo.

Susan sonrió al imaginarse al tosco de su padre podando los rosales.

—No, no hace falta. Cuéntaselo tú, ¿quieres? Yo llamaré dentro de unos días.

Las reglas del juego

—El miércoles por la mañana —se burló Lisa—. Lo sé.
—Quizá me vuelva un poco loca y llame antes.
—Llama cuando quieras, cariño. ¿Quieres que llame también a tus hermanos?
—Sí, mamá, gracias.
—De nada. ¿De verdad no quieres que vaya? Puedo coger un avión esta misma tarde.
—No. —Suspiró y se convenció de que era verdad—. No vale la pena que te gastes el dinero en eso.
—No digas tonterías, Susan. Si quieres que vaya, voy—. Lisa la oyó vacilar y, propio de una mujer tan tenaz como ella, volvió a insistir—. Y no se hable más.
—No hace falta, mamá. De verdad. Tim me dijo que mandaría un breve comunicado oficial a la prensa, por eso te he llamado, porque quería avisarte.
—¿Y si Tim vuelve?
—No volverá —dijo, y comprendió que estaba convencida de ello sin saber ni cómo. Tim no iba a volver, al menos no para estar con ella.
—Está bien, cariño, como tú quieras. Llámame el miércoles, pero vete haciendo a la idea de que nos vemos dentro de unos meses. Tu padre y yo te echamos de menos, ¿sabes?
—Yo también, mamá —tragó saliva—. Tengo que colgar, todavía tengo que ducharme y... tengo que colgar. —Antes de ponerse a llorar.
—Claro, cariño. Adiós, y cuídate mucho.
Susan colgó y se apresuró hacia el baño para meterse bajo la ducha y poder decirse que lo que tenía en el rostro era agua y no lágrimas.
Otra vez.

ANNA CASANOVAS

***

Más serena después de la ducha, Susan razonó el incidente —el llanto descontrolado bajo el agua— diciendo que últimamente había estado sometida a mucha presión y que el hecho de que necesitase desahogarse era lo más normal del mundo. No volvería a pasar. Ahora ya era la de siempre, afirmó en su mente con convicción tras mirarse en el espejo del baño por última vez antes de ir en albornoz hasta el dormitorio. Allí terminó de secarse y se vistió con unos pantalones de algodón negro para estar cómoda mientras escribía, una camiseta con unos erizos estampados y una chaqueta de lana también negra. Se dejó el pelo suelto y se preparó un café y unas tostadas con mantequilla.

Iba a enderezar el día y su vida entera, y comer algo dulce era un buen principio. Empezó a hacer planes y, justo cuando iba a darle un mordisco a la segunda tostada, alguien llamó a la puerta.

¿Quién podía ser? Ella vivía en el séptimo piso de un elegante bloque de apartamentos con vistas a los jardines de Boston y casi nunca recibía visitas.

Cuando se mudó a la ciudad le costó mucho encontrar un lugar que le gustase, pero le bastó con entrar en ese apartamento para saber que iba a quedarse allí. Muy poca gente sabía dónde vivía, por no mencionar que el portero del edificio no dejaría pasar a ningún desconocido sin llamarla antes por teléfono. Por lo tanto, eso significaba que solo podía ser Pamela o Tim, aunque Tim tenía llave. «No, se corrigió mentalmente, no tiene. Me la devolvió en el coche.» Tal vez hubiera sucedido algo en la emisora. Se puso en pie, se dirigió hacia la puerta y cometió el error de abrir sin mirar antes por la mirilla.

Si lo hubiese hecho, se habría ahorrado un disgusto.

Y él no habría tenido tiempo de levantar el brazo y bloquear la puerta; ella se la habría cerrado en las narices.

—¿Qué diablos estás haciendo aquí? —le preguntó furiosa, estrangulándolo con la mirada.

—Sé lo de Tim —le dijo MacMurray sujetando la puerta con una sola mano.

—¡Por supuesto que lo sabes! —exclamó Susan con una risa burlona—. Y has venido a regodearte.

—No.

—¿No?

—No —asintió serio mirándola a los ojos—. No he venido a regodearme, Susana.

—Susan —le recordó.

—Está bien, Susan —accedió él, y el gesto, por ridículo y estúpido que pareciese, hizo que los ojos de Susan se llenasen de lágrimas. Si el cretino de MacMurray estaba dispuesto a darle la razón, era señal de que tenía peor aspecto del que creía.

—Vete de aquí —farfulló intentando cerrar de nuevo la puerta—. Al menos ya no tendremos que vernos más, tu amigo ha escapado de mis garras —añadió sarcástica mientras se secaba la lágrima solitaria que le resbalaba por la mejilla.

Él siguió el recorrido de la gota con la mirada. De hecho, parecía tan confuso que en otras circunstancias Susan se habría reído.

—Susana —susurró Mac casi sin darse cuenta.

—¿Qué pasa? —lo retó ella. De entre todas las personas del mundo que no quería que la viesen llorar, Kev MacMurray ocupaba el primer puesto de la lista—. ¿Acaso creías que era tan frígida que ni siquiera podía fabricar lágrimas?

Jamás había olvidado aquella conversación que oyó por accidente. Jamás había olvidado que Mac la había llamado así.

Mac se quedó mirándola como si la estuviese viendo por primera vez en la vida. Y tal vez fue eso lo que de verdad sucedió.

Susana llevaba el pelo suelto y lo tenía un poco mojado, y tenía una mancha de mantequilla en el rostro, junto a la comisura de los labios. A juzgar por la hinchazón de sus ojos era evidente que había estado llorando. E iba vestida con unos pantalones negros para practicar yoga y una maltrecha camiseta con unos erizos. Estaba hecha un desastre, no se parecía en absoluto a la Susana que él solía ver en la tele (aunque le habría gustado negarlo, a veces —casi siempre— veía su sección) o en los actos sociales en que coincidía con Tim.

La Susana que tenía delante era la misma que lo había esperado frente al servicio de L'Escalier. Era una mujer real, una mujer de carne y hueso a la que acababan de romper el corazón y se estaba aferrando a su orgullo para no derrumbarse delante de él. Mac se quedó perplejo al comprobar que en aquel preciso instante y con aquel único gesto, Susana acababa de ganarse su respeto. El impacto logró incluso sacudirlo físicamente y apartó ligeramente la mano de la puerta. No sabía qué hacer.

—¿Y bien? —le dijo ella—. Ya me has visto llorar, misión cumplida. Pantalones de Acero, la reina del hielo, la

Las reglas del juego

mujer más frígida del mundo, o comoquiera que me hayas llamado últimamente, ya no se casará con tu mejor amigo. No tendremos que volver a vernos nunca más, MacMurray. Espero que algún día alguien te haga sentir la humillación que siento yo ahora. Hasta entonces, disfruta del momento y... —tragó saliva y apretó los dedos alrededor del picaporte—, y cuida de Tim.

Mac por fin reaccionó y volvió a levantar la mano. Le estaba temblando y la dirigió despacio hacia el rostro de ella. Habría podido tocarle la mejilla y capturar unas lágrimas, pero acercó el pulgar al labio de Susana y le limpió los restos de mantequilla.

Ella se quedó sin aliento; él notó el instante exacto en que ella volvió a respirar porque sintió el aire acariciándole la yema de los dedos. Pero a excepción de ese gesto Susana se mantuvo completamente inmóvil.

—Tú quieres a Tim de verdad —afirmó sorprendido, como si nunca antes se le hubiese ocurrido plantearse esa opción. Tal vez él creyera que no hacían buena pareja o que Tim no estaba enamorado de ella como lo había estado de Amanda, pero jamás se le había pasado por la cabeza preguntarse qué sentía Susana.

Hasta aquel instante.

¿Estaba muy enamorada de Tim? ¿Le había roto el corazón de un modo irreparable?

La horrible presión que le cerraba el pecho se intensificó y apartó la mano con la que le había tocado la comisura del labio. Tenía la sensación de que la piel le quemaba y cerró los dedos para retenerla un poco más.

Jamás había sentido nada similar.

—Por supuesto que lo quiero, iba a casarme con él. —Tragó saliva y vio que Mac seguía en silencio—. Aunque no te preocupes, no voy a ir tras él.

—Lo siento, Susana. —La miró a los ojos y retiró el brazo de la puerta. «Iba a casarse con él. No va a ir tras él.»

No lograba encontrarle sentido a ninguno de los pensamientos que se cruzaban por su mente. Seguía costándole respirar y no podía dejar de mirarla.

—¿El qué?

La pregunta de ella y la rabia con que la pronunció lo obligaron a reaccionar. ¿Qué era lo que sentía? ¿Que Tim la hubiese abandonado?

No, si era sincero consigo mismo, no lo sentía, aunque si ahora mismo tuviese a Tim delante probablemente le daría un puñetazo por haber anulado la boda de esa manera.

«Me estoy volviendo loco.»

—Siento que Tim te haya hecho daño —dijo al fin.

Ella se quedó mirándolo perpleja. Y él no podía dejar de mirarla. A Susana le resbaló otra lágrima por la mejilla y al levantar la mano para secársela sus dedos se tropezaron con los de Mac, que iba a hacer justo lo mismo.

Los dos sintieron la descarga que les recorrió la piel y abrieron los ojos atónitos para mirarse.

Y los dos reaccionaron al instante.

Susan cerró la puerta de golpe y Mac se quedó allí plantado durante varios minutos.

Tim era su mejor amigo y a Susana no la había soportado nunca. Siempre le había parecido engreída, fría, distante, seria en exceso, aburrida, frígida, gris. Y, sin embargo, la chica que le había abierto la puerta era de todo menos gris, y lo que había sentido cuando sus dedos se ro-

Las reglas del juego

zaron podría derretir uno de los polos. Nada tenía sentido. Tenía ganas de llamar a Tim y de insultarlo por haberle hecho tanto daño. Y al mismo tiempo sentía el impulso casi irrefrenable de echar la puerta abajo con una patada y abrazarla. Separó los dedos y apoyó las palmas en la puerta, quería capturar las lágrimas de Susan, secarlas con sus pulgares y susurrarle al oído que dejase de llorar.

Oh, Dios, estaba peor de lo que pensaba. Mac sacudió la cabeza, se obligó a retroceder sobre sus pasos y a llamar al ascensor. Entró, bajó al vestíbulo, se despidió del vigilante (que lo había dejado subir porque lo había reconocido y Mac le había firmado un autógrafo) y se fue al gimnasio.

Quinta regla del fútbol americano:

Cuando el portador de la pelota pierde la posesión de esta, involuntariamente se produce un balón suelto.

CAPÍTULO 5

KEV MACMURRAY

Ir al gimnasio ha sido una completa estupidez. Menos mal que he tenido el tino de dejarlo antes de lesionarme. No sé cómo se sienten los caballos viejos que papá o el abuelo tienen en los establos, pero seguro que los potros jóvenes no los miran tan mal como me han mirado a mí esos aspirantes a deportistas del año del gimnasio. Mequetrefes.

Por eso entreno siempre en casa o en el estadio.

Ha sido una estupidez, claro que últimamente estoy cometiendo muchas. Y si soy sincero conmigo mismo muy pocas tienen que ver con que este sea mi último año en el equipo o como jugador profesional. Cuando empecé ya sabía que no iba a poder jugar al fútbol toda la vida y nunca he dejado de prepararme para este momento. Incluso ha habido épocas en las que he ansiado que llegase, claro que siempre pensé que cuando abandonase el fútbol tendría una vida esperándome, y en realidad no tengo nada. O mejor dicho, a nadie.

Aparto la cabeza hacia atrás y dejo que el chorro de la ducha me golpee en la cara.

He tenido suerte de jugar hasta los treinta y cinco. Mucha suerte.

Y llevo años preparándome para esto, me repito, desde el principio en realidad. Nunca he querido que este deporte fuese toda mi vida.

Siempre he querido más. Cierro el agua y cojo la toalla. El problema es que hasta ahora nadie me ha obligado a plantearme seriamente en qué consiste ese «más».

No puedo dejar de pensar en Susana.

Lo más extraño es que empiezo a darme cuenta de que hace casi un año que tengo ese problema, si es que puedo definir a Susana como un «problema». Cuando veo una película mala pienso que la próxima vez que vea a Susana le diré que me ha gustado solo para ver la cara de horror que pone. Cuando asisto a una cena del club con alguna modelo, me imagino el comentario sarcástico que saldrá de los labios de... la prometida de mi mejor amigo.

Salgo de la ducha y prácticamente sin secarme me visto furioso y recojo la bolsa con movimientos bruscos. ¿Cómo es posible que acabe de ducharme y que ya tenga la espalda empapada de sudor?

No puedo dejar de pensar en esa ridícula mancha de mantequilla y en lo mucho que he tenido que contenerme para no limpiársela con un beso.

O con la lengua.

Maldita sea.

Susana es la prometida de Tim.

«No, no lo es.»

Da igual, Susana nunca me ha despertado esa clase de reacciones.

«Mientes.»

Sí, miento, y al parecer discuto con mi conciencia.

Bajo la escalera y cuando llego a la calle me pongo una gorra de béisbol de un equipo de otra ciudad y las gafas de sol. Con este sencillo disfraz normalmente suelo pasar desapercibido. Supongo que ningún seguidor de los Patriots se plantearía la posibilidad de que el capitán de su equipo saliese a la calle con una gorra de los Denver Broncos.

Probablemente Susana pillaría el chiste.

Mierda, no puedo dejar de pensar en ella. Acelero el paso y me coloco bien la gorra, un gesto que solo hago cuando estoy nervioso. Lo que me está pasando con Susana es temporal. Tiene que ser temporal.

Maldita sea, la imagen de Susana sonriéndole a ese camarero cuando le devolvió la americana manchada antes de la cena en L'Escalier; la peca al lado de la sexta vértebra; la mantequilla junto a la comisura del labio.

Miento. No puedo seguir negándomelo.

Susana siempre me ha parecido muy atractiva. Pero Tim la vio primero y todavía recuerdo cómo sonrió el día que la conoció.

Hacía mucho tiempo que no lo veía tan optimista y tan dispuesto a encontrar una mujer que le hiciese olvidar a Amanda, así que me hice a un lado. Podría describir la extraña presión que sentí en el pecho cuando oí que Tim le preguntaba si quería cenar con él esa misma noche. Y lo fuerte que cerré los puños cuando ella le dijo que sí en medio del pasillo de la cadena de televisión.

¿Qué habría pasado si hubiese salido yo por esa puerta? ¿Si hubiese sido yo el que hubiese chocado con ella?

Lo curioso es que salí yo primero por esa puerta, pero me quedé tan embobado mirándola que Tim me pasó por el lado y se colocó delante de mí... y chocó con ella.

Después de la breve conversación que mantuvieron, durante la cual ella me fulminó con la mirada, Tim y yo nos dirigimos hacia el plató donde iban a entrevistarnos y mi amigo prácticamente no dejó de hablar de la buena impresión que le había causado.

Me dijo que tenía la sensación de que podían hacerse amigos.

Y que le parecía una mujer muy atractiva.

No sé qué diablos vio ese día Tim en mi rostro, pero lo cierto es que me preguntó si Susana me gustaba y si prefería salir yo con ella.

Y yo solté una carcajada y le dije que no fuese idiota, que por mí podía casarse con ella en aquel preciso instante y tener una docena de hijos.

Estúpido.

Me pasé esa noche en vela, aunque no sé muy bien el motivo, y el fin de semana siguiente fui a pasarlo a Aspen con Kassandra, una modelo rusa espectacular.

Y cuando volví Tim no paraba de hablar de Susan esto, Susan lo otro.

Yo me dije que me había salvado por los pelos. La tal Susan parecía una mujer fría y calculadora. Distante. Estirada. Esnob. Sí, seguro que cualquier psiquiatra se frotaría las manos solo con escucharme, pero hice lo que tenía que hacer.

Decidí que Susan era una mujer insulsa incapaz de afectarme. La mujer que le había devuelto la ilusión a mi mejor amigo. Y Susana, mi Susana, no existía. No podía existir.

Y no sirvió de nada. Oh, sí, me distrajo durante un tiempo, nada más. Cada vez que coincidía con Susana me peleaba con ella.

Sus insultos me ponen furioso... Por eso después de verla echo los mejores polvos de mi vida con la primera mujer que se cruza en mi camino.

No puedo creerme que lleve un año comportándome de esa manera. Es completamente absurdo.

Y sin embargo es lo único que tiene sentido.

Lo mejor será que me olvide de todo. Aunque Tim y Susana ya no vayan a casarse es más que evidente que ella me odia. Ni siquiera me dará la oportunidad de ser su amigo. Y yo tampoco sé si quiero serlo.

Me suena el móvil y veo el nombre de Mike en la pantalla.

—¿Dónde estás? —Es lo primero que me pregunta el entrenador cuando descuelgo.

—Caminando por la calle, ¿y tú?

—Paseando de un lado a otro de mi jardín para contener las ganas que tengo de estrangularte, *capitán*. ¿Por qué diablos me ha insinuado tu agente que estás dispuesto a no renovar para otra temporada?

—Tengo treinta y cinco años, Mike.

—Y yo cincuenta y siete.

—No quiero que el club me traspase a un equipo de segunda, ni pasarme toda la temporada en el banquillo. Tal vez haya llegado el momento de colgar el casco.

—Entre Tinman y tú no sé a quién de los dos matar antes. Mira, Mac, no te quedan muchos años, eso es cierto. Y reconozco que eres demasiado inteligente por tu propio bien. Seguro que cuando te retires crearás un imperio, pero no será el año que viene. Los Patriots necesitan a su capitán la próxima temporada.

—Mike...

—Yo te necesito, Mac.

—No es verdad.

—Sí que lo es. —Mike suspira—. Mira, Mac, sé que estos últimos meses han sido muy difíciles para ti con la boda de Tim y... —Se queda en silencio. ¿Qué diablos cree saber Mike?—. En fin, eso ahora da igual, ¿no?

—No sé de qué estás hablando.

—Aprovecha las vacaciones para ordenar la mente. Relájate. Vete de viaje. Haz lo que quieras —refunfuña—. Pero llama a tu maldito agente y dile que este año no vas a retirarte.

—Me lo pensaré.

—Hazlo.

Me cuelga antes de que pueda decirle algo más.

Mike es el entrenador más peculiar que he conocido jamás. Es toda una institución y es famoso por su mal carácter.

¿Por qué ha dicho eso sobre la boda de Tim? ¿Acaso ha pretendido insinuar que lo he pasado mal porque Tim y Susana iban a casarse? ¿Lo he pasado mal? ¿De verdad es tan obvio?

Llego al lugar donde he aparcado el coche y lo abro.

Lanzo la bolsa del gimnasio encima del asiento del acompañante y me pongo tras el volante.

Conducir me relaja y el camino hasta casa me permite pensar en lo que ha sucedido estos últimos días.

Perdimos la Super Bowl.

Susana se preocupó por mí en L'Escalier.

Tim y Susana no van a casarse.

Susana tiene una peca en un pómulo y otra en la espalda. ¿Cuántas más tendrá?

Piso el acelerador al llegar a la carretera que se aleja de la ciudad. Mi todoterreno pasa por delante del restaurante donde Tim me obligó a cenar con Susana y con él hace casi un año. El día que Susana empezó a odiarme e iniciamos nuestra guerra particular.

La única relación que me vi capaz de mantener con ella sin volverme loco.

Bistró Meatpack, un año atrás

No sé por qué Susana insiste en ponerse estos trajes tan sobrios y tan aburridos. Claro que a Tim parecen gustarle. Mucho, en realidad, a juzgar por cómo la sujeta por la cintura.

Pero ella mantiene las distancias. ¿Por qué no se relaja?

Tengo que dejar de mirarla, ella ha empezado a juntar las cejas, seguro que de un momento a otro me insultará.

Menos mal.

Así podré hablar con ella.

Tim lleva semanas pidiéndome que cene con ellos dos porque dice que quiere presentármela. Al parecer se ha olvidado de que ya la conozco, de que estaba con él el día que le pidió que saliera con él por primera vez. Me habría negado si hubiese encontrado una excusa plausible.

—Si me disculpáis, voy a saludar a esa pareja —nos dice Susana—. Ella es una de las maquilladoras de la cadena.

—Por supuesto —accede Tim con mucha formalidad.

Y Susana le sonríe.

Y a mí me ignora.

¿Por qué me ignora? Yo ya me he rendido, no le he dicho nada a Tim ni a ella. Estoy dispuesto a quedarme en un rincón, pero no pienso soportar que finja que no existo.

Eso jamás.

—Esta chica me gusta, Mac —me dice Tim sujetando la cerveza con una mano—. Y nos llevamos muy bien.

—Me alegro —le digo, porque ¿qué otra opción me queda?

—No se parece en nada a Amanda —sigue Tim—. Con ella siempre discutía.

—Estabas loco por Amanda —le recuerdo—. Querías pasar el resto de tu vida con ella.

—Sí, ya ves. —Se encoge de hombros y bebe un poco—. Tal vez lo pasaré con Susan. ¿No crees que con ella estaré mejor que con Amanda?

Estoy a punto de decirle que sí, de soltar una frase hecha de esas que no significan nada, como por ejemplo que ha madurado y que ahora está preparado para tener una relación formal, pero justo entonces veo a Susana reflejada en un espejo que hay colgado al final del restaurante.

Se está acercando hacia nosotros y me está mirando. Está tan concentrada mirándome la nuca y la espalda que ni siquiera se ha dado cuenta de que la he pillado.

¿Me mira cuando cree que nadie la ve? ¿Pero quién se ha creído que es? Si quiere mirarme, que me mire a la cara.

Me suda la nuca y puedo sentir los ojos de ella recorriéndome la piel, los hombros. Ladeo un poco la cabeza para quitarme de encima esa sensación. Es extraña y no me gusta cómo me hace sentir.

Casi ha llegado a la mesa, estoy seguro de que si levanto un poquito la voz podrá oírme sin ningún problema.

—No, no lo creo —le contesto a Tim, y acto seguido subo ligeramente el volumen—: Susan es una farsante estirada que parece más frígida que un témpano de hielo—. Ya está. Me ha oído. Se detiene en seco y me clava los ojos en la nuca, esa vez con odio. Puedo sentirlos. A ver si ahora también es capaz de ignorarme. Cierro los dedos alrededor del vaso de agua y vuelvo a hablar—: Una mujer que se esfuerza tanto por aparentar lo que no es no puede estar bien de la cabeza, Tim.

A Susana le tiembla la mandíbula un segundo. Es tan breve que creo habérmelo imaginado, aunque dura lo suficiente para que me sienta culpable. Y para que tenga ganas de ponerme de pie y disculparme con ella, pero entonces Susana reanuda la marcha hasta la mesa.

Ahora me insultará. Me gritará. Le exigirá a Tim que defienda su honor.

Las reglas del juego

Y tendrá que mirarme.
No hace nada.
Absolutamente nada.
Bueno, se acerca a Tim, le da un beso en la mejilla y acto seguido ocupa su silla y coge la carta.
—¿Qué me recomendáis?

Las luces de la carretera parpadean y me veo obligado a concentrarme de nuevo en la circulación. Me ha ido muy bien recordar ese momento.

No puedo olvidarme de que a Susana yo no la afecto lo más mínimo. Lo mejor será que me limite a hacer lo que me ha pedido Tim, asegurarme de que ella está bien, y seguir con mi vida como hasta ahora.

Sexta regla del fútbol americano:

Tiempo muerto: cada equipo tiene tres oportunidades de detener el reloj en cada mitad del partido.

CAPÍTULO 6

Dos semanas más tarde, cuando Mac llevaba ya dos horas acostado y arrepintiéndose —otra vez— de haber salido con Kelly, sonó el teléfono.

La cita había resultado ser un completo desastre. Kelly era guapísima y se pasó toda la noche hablando de ella o halagándolo a él. Dos temas de conversación que a él le resultaban mortalmente aburridos. Sin embargo, era joven, ambiciosa, segura de sí misma y completamente egoísta, y siempre le había dejado claro que quería acostarse con él. Al principio de la noche, Mac no había tenido ninguna intención de terminarla con ella, pero a pesar de los días que habían pasado, no dejaba de revivir el rostro de Susana con el pelo mojado y esa triste lágrima deslizándose por su mejilla.

¿Por qué diablos no podía dejar de pensar en eso? ¿Por qué era incapaz de recordar el color del vestido que le había quitado a Kelly y sin embargo podría describir con los

Las reglas del juego

ojos cerrados el aspecto que tenía Susana esa mañana en su apartamento?

Mac había perfeccionado el arte de olvidar a Susana instantes después de verla. Joder, si incluso había ocasiones en las que habían coincidido en algún lugar y conseguía olvidarse de que la prometida de su mejor amigo también estaba presente.

Ya no estaban prometidos.

Y ahora él no podía dejar de pensar en esa lágrima. Y por culpa de esa lágrima, decidió que lo mejor que podía hacer era acostarse con Kelly.

Una de las peores ideas que había tenido en su vida.

Consiguió dejar el pabellón bien alto, como dirían los compañeros de su equipo, pero solo porque cuando Kelly apagó las luces de su dormitorio su melena rubia pasó a ser morena, su piel blanca a tener un perenne bronceado, sus ojos azules se volvieron castaños y Mac no le dejó que lo besara y le tapó la boca para no oírla suspirar.

A Kelly le pareció muy erótico.

A él le resultó patético y lamentable. Y algo de lo que no se sentía para nada orgulloso.

¿Desde cuándo le gustaba Susan? Desde nunca.

Desde siempre.

Durante las fatídicas horas que había pasado con Kelly la imaginación de Mac decidió que prefería besar a la chica de ojos tristes que le había cerrado una puerta en las narices antes que a la rubia espectacular que tenía en los brazos. Y dado que Susana no estaba, no besó a Kelly, y se marchó del fabuloso apartamento de la rubia en cuanto le fue posible.

Antes, cuando Susana era la prometida de su mejor

amigo, Mac conseguía contener esos impulsos, ese nudo que sentía en el estómago, la presión que le oprimía el pecho. Pero desde que Tim había anulado la boda y se había ido a París para recuperar a Amanda, la mente de Mac, y otras partes de su cuerpo, se negaban a seguirle el juego.

Ya ni siquiera se creía esas excusas que se decía a sí mismo sobre que lo que le sucedía con Susana era algo temporal, fruto de su extraño estado de ánimo.

El teléfono sonó y Mac se planteó no contestar, pero entonces vio que era Tim y lo cogió. Tal vez oyendo la voz de Tim lograría sentirse mal por pensar en Susana y dejaría de hacerlo.

—¡Ya era hora! —riñó a su amigo, y no pudo evitar que le sudasen las palmas de las manos como cuando se sentía culpable.

—Sí, lo sé, tendría que haber llamado antes —contestó Tim con voz cansada.

—¿Qué tal van las cosas? ¿Has visto a Amanda?

—Sí, la he visto —le dijo Tim críptico.

—¿Y a Jeremy?

—A él también.

—¿Y?

—Digamos que Amanda no se ha alegrado demasiado de verme. Y Jeremy... —hizo una pausa—, Jeremy ni siquiera sabe que existo. Amanda puso mi nombre en el certificado de nacimiento, pero él no sabe que soy su padre.

—¿Y quién cree que eres?

—Un tipo al que odia su madre.

—Uf, vaya, lo siento, amigo.

—No es culpa tuya. En fin, llamaba para preguntarte si has visto a Susan.

Las reglas del juego

—Sí. —Mierda, y bastó con responder a eso para que se acordase de ella.

—La he llamado, pero no me ha cogido el teléfono —le explicó Tim entonces—. Supongo que era de esperar, pero me preocupo por ella y quería asegurarme de que está bien.

—Está bien, es una mujer muy fuerte —contestó Mac sorprendiéndose a sí mismo.

—No tanto como todo el mundo cree.

—Si de verdad le tienes tanto cariño como parece —dijo Mac sin analizar demasiado por qué de repente estaba tan furioso—, ¿por qué no vuelves?

—A Susan le tengo mucho cariño. De verdad —añadió al oír el bufido de su amigo—, pero jamás habríamos sido felices juntos. Apenas he hablado cinco minutos con Amanda y lo único que hizo fue insultarme, pero cuando la vi comprendí que no la he olvidado. Fui un iluso al pensar que podría... y Susan se merece un hombre que solo piense en ella.

Mac apretó el teléfono al notar que se le cerraba la garganta.

—Bueno —carraspeó en busca de su voz—, seguro que algún día encontrará al señor Pantalones de Acero —se burló para ver si así recuperaba la normalidad.

—Tengo que irme —lo informó Tim—. He averiguado dónde hace la compra Amanda y voy a perseguirla. Te llamaré dentro de unos días. Cuida de Susan, por favor. Se lo pediría a mis padres, pero ellos todavía están furiosos conmigo por haberme ido y no creo que a ella le apetezca verlos.

Mac no tenía ninguna duda de que el senador Delany estaba furioso con su hijo mayor.

—Está bien, no te preocupes —aceptó resignado—, e intenta no comportarte como un acosador, ¿quieres?

—Lo intentaré, te lo prometo.

Mac sonrió y dudó que su amigo fuese capaz de mantener su promesa. Iba a despedirse y colgar, pero entonces pensó en algo.

—Tim, una cosa...

—¿Qué? ¿Vas a decirme que si me meten en una cárcel francesa vas a dejar que me pudra aquí?

—No —tomó aire—. ¿Le contaste a Susana que te ibas a París y que tienes un hijo? —Mac llevaba días dándole vueltas a las distintas conversaciones que había mantenido con Susan y no había logrado averiguar hasta dónde conocía ella la situación de su exprometido.

—No —dijo Tim, y suspiró—. Me pareció muy cruel e innecesario.

Mac notó que su amigo mentía. Conocía a Tim desde los diez años y sabía perfectamente cuándo le estaba ocultando algo.

De repente recordó el texto del comunicado que había leído horas atrás y ató cabos. Y se puso furioso.

—Eres un cerdo egoísta —insultó al que era como su hermano—. No se lo dijiste porque no quieres que tenga mala opinión de ti.

Si Tim tenía una debilidad era que necesitaba caerle bien a todo el mundo. Era incluso enfermizo, y Mac sospechaba que eso tenía mucho que ver con la discusión que llevó a Amanda a abandonarlo.

—¿Qué querías que hiciera, Mac? —Tim no negó nada.

—Decirle la verdad, capullo.

—Le dije que no podía casarme con ella —se escudó.

Las reglas del juego

—El comunicado oficial decía «El señor Tim Delany y la señorita Susan Lobato Paterson han decidido posponer su enlace matrimonial.» Te has cubierto las espaldas, Tim.

—No es cierto, lo del comunicado es solo una formalidad. Y lo hice para que la prensa no asediara a Susan.

—Mira, Tim, voy a creerme esa estupidez porque somos amigos, pero tienes que contarle toda la verdad a Susana.

—¿Por qué?

—¿Cómo que por qué? No se merece dudar de sí misma. La has dejado plantada públicamente dos meses antes de la boda, seguro que cree que es culpa suya. Tienes que decirle que nunca tuvo la menor posibilidad de ocupar el lugar que había dejado Amanda, y menos ahora que sabes que tienes un hijo con ella.

—¿Por qué?

—¿Me estás provocando adrede? Acabo de explicarte por qué.

—No, ¿por qué te importa tanto?

«¿Cómo sabe Tim que me importa?»

—Es lo correcto —farfulló y cruzó los dedos para que su amigo no le preguntase nada más.

—Está bien —convino el otro derrotado—. Tienes razón —añadió—. La llamaré, pero ya te he dicho antes que no contesta a mis llamadas.

—Sigue intentándolo —le ordenó.

—Lo haré, si me aseguras que irás a verla un día de estos.

—Iré, y tú llama cuando puedas, y procura estar de vuelta cuando empiece la nueva temporada. Al parecer, volveré a ser el capitán del equipo.

Tim colgó riéndose, aliviado tras saber que su mejor amigo no abandonaba los Patriots, y Mac volvió a acostarse. El que se durmiese más tranquilo porque por fin tenía un motivo, una excusa, para ver a Susana, no tenía nada que ver. Si Tim no le contaba toda la verdad, pensó cambiando de postura en la cama, iba a tener que hacerlo él.

Susan no había vuelto a llorar desde la horrible y cruel visita de MacMurray. De hecho, estaba tan furiosa por haber derramado esa lágrima delante de él que se juró que jamás volvería a llorar por un hombre. La rabia la llenó de vitalidad y cuando se sentó frente al ordenador fue capaz de escribir la sección del programa de esa noche de un tirón. El endeudamiento de España y los efectos que tenía en Europa y en Estados Unidos resultó ser la cura exacta para olvidarse por completo de Tim, de la boda y de MacMurray, al menos durante un rato, porque cuando llegó al plató de televisión y notó el modo en que todos la miraban, lo recordó perfectamente.

Tim había cumplido con su palabra y había mandado un comunicado a la prensa. Al menos esa promesa no la había roto, pensó sarcástica. Aunque el texto del comunicado no era el que ella esperaba:

«El señor Tim Delany y la señorita Susan Lobato Paterson han decidido posponer su enlace matrimonial.»

El texto obviamente seguía y en él «la pareja» pedía disculpas a los invitados por las molestias ocasionadas y agradecía su comprensión. Tras otro párrafo lleno de palabras vacías se despedían pidiendo respeto a los medios de comunicación.

Las reglas del juego

Susan no sabía qué pensar. ¿Por qué diablos había escrito eso Tim? ¿Por qué no había dicho directamente que anulaban la boda? Sí, esa táctica la utilizaba a menudo la gente famosa para ganar tiempo y esperar a que los medios se olvidasen del tema, pero a ella no le gustaba mentir.

Siguió caminando por el pasillo e intentó pensar en otra cosa, pero los ojos de sus compañeros no se lo permitieron.

La gente la miraba con lástima, algunos con disimulo y otros con no tanto, pero todos coincidían en apartarse de su paso. Era como si tuviesen miedo de hablarle, o de acercarse a ella por si se ponía a llorar como una histérica, así que se limitó a ignorarlos y caminó decidida hacia su despacho. No llevaba allí ni cinco minutos cuando apareció Joe, el director del programa y al parecer la única persona con agallas de toda la cadena.

—¿Es verdad lo de ese comunicado? —le preguntó directamente y en el mismo tono que si le hubiese pedido la hora.

—Sí.

—Y yo que creía que Tim era inteligente. En fin, ¿en tu sección de esta noche vas a mencionar las últimas elecciones? Porque había pensado... ¿Qué, por qué me miras así? —le preguntó al ver que lo observaba de un modo extraño—. ¿Acaso creías que iba a darte fiesta?

—No, por supuesto que no —respondió Susan tras carraspear—. Gracias, Joe.

—De nada, y para que conste, no sé qué ha pasado entre Tim y tú, y no quiero saberlo, pero, en mi opinión, es un condenado idiota. ¿De acuerdo?

—De acuerdo.
—Ponte a trabajar.

Y Susan hizo exactamente eso.

Después de ese programa, cuando salió de la cadena, fue asediada por todos los periodistas del corazón imaginables. Nada le habría gustado más que darles plantón y mandarlos a tomar viento, pero eso solo serviría para empeorar las cosas, así que se detuvo frente a la puerta de la CBT y respondió a sus preguntas. O mejor dicho, las esquivó, porque al final no les dijo nada más que lo que aparecía en ese comunicado, que el señor Timothy Delany y ella habían decidido posponer la boda por el momento.

¿Posponer? ¿Por qué diablos había escrito Tim esa palabra? No podía dejar de darle vueltas al tema. ¿Por qué no había escrito «anular»? Oh, sí, él le había dicho que creía que lo mejor para todos sería decir que habían decidido tomarse un descanso. Así el escándalo sería menor. «¡Ja!». Para él sí, él estaba en París, pensó furiosa; gracias a un canal de noticias del corazón de la competencia, Susan había visto a Tim caminando por el aeropuerto Charles de Gaulle.

Cretino.

Ningún periodista con dos dedos de frente se creería que habían «pospuesto» la boda sin más. No eran tan idiotas. Tim tenía la teoría de que con el paso del tiempo la prensa se olvidaría de ellos y los dejarían en paz, pero esa noche a Susan las teorías le importaban un rábano, lo único que quería era irse a su casa y descansar... y decirles a esos periodistas que si querían saber algo más fueran a buscar a Tim junto al río Sena.

Evidentemente, y siguiendo fiel a su discreción de siempre, se mordió la lengua y aguantó el asalto hasta que se dieron por vencidos y la dejaron irse. Fue la primera vez en toda su carrera profesional que se planteó seriamente mandar a freír espárragos su promesa de no hablar nunca de su vida privada y gritar a los cuatro vientos que estaba furiosa con Tim y con el mundo entero. Y que lo único que quería era que la dejasen en paz.

Ver a Tim en Francia le había causado un extraño efecto, como si la ruptura se hiciera más real, y por fin fue capaz de dar los pasos necesarios para eliminar cualquier rastro de Tim de su vida.

Fue un alivio, doloroso, pero un alivio.

Se pasó una mañana entera metiendo los pocos objetos personales que Tim se había dejado en su apartamento —un libro, un par de zapatillas deportivas y un pijama— en una caja. La cerró y la guardó en el suelo de su zapatero. En el lateral escribió con letras bien grandes: *TIM*, y se imaginó confeccionando una caja igual dentro de su mente y guardando dentro de ella todos los recuerdos. Ojalá fuera tan fácil. No iba a hacer algo tan infantil como quemar las fotos, pero tras una copa de vino blanco pensó que no era tan mala idea y decidió intentarlo. Se quedó petrificada al comprobar que en su apartamento no tenía ni una foto de Tim y ella juntos.

Realmente eran una pareja patética, aunque eso no justificaba que Tim se hubiese ido y hubiese anulado la boda sin más. Se conformó con borrar las pocas fotos que tenía de ellos dos en el móvil y se sirvió otra copa.

A la mañana siguiente, y con un poco de resaca, decidió que empezaba una nueva etapa en su vida: la etapa definitiva. En el trabajo tuvo que soportar un par de miradas de condolencia y alguna que otra pregunta capciosa, pero sorprendentemente todo parecía haber vuelto a la normalidad con pasmosa facilidad.

¿No debería estar más triste, más hecha polvo? Tal vez, pero Tim estaba en París y lo suyo no tenía remedio, así que no tenía sentido darle más vueltas.

Sí, su vida había vuelto a su cauce.

Hasta que MacMurray se plantó una noche en el plató de televisión.

Como Mac sabía que llamarla no serviría de nada ni siquiera lo intentó, igual que tampoco se pasó por su apartamento; porque estaba convencido de que Susana habría dado instrucciones muy precisas al vigilante del edificio para que le prohibiese la entrada. Así que la única opción viable que le quedaba era ir a verla al trabajo. Nadie en la CBT, el canal de televisión donde trabajaba, se atrevería a echarlo de allí. Causaría tal escándalo que ya podía imaginarse los titulares: «Una economista despechada impide la entrada en la CBT al capitán de los Patriots».

No, Susana no tendría más remedio que hablar con él. Quizá ella no fuese exactamente como él creía, pero estaba dispuesto a jugarse su mano derecha a que no querría montar un escándalo en público.

Mac era zurdo.

Mac era un hombre metódico al que le encantaba planear cualquier cosa hasta el último detalle, desde una cena hasta una inversión pasando por la construcción de una casa; probablemente por eso era el mejor capitán que habían tenido nunca los Patriots. Dado que Susana aparecía solo en las noticias de la noche, Mac llegó a la conclusión de que ella no iba a la cadena hasta media tarde y que, por tanto, lo mejor sería llegar a mitad del programa, cuando ya estuviese en el plató, y esperar a que terminase. Si tenía cámaras grabándola no podría gritarle ni echarlo de allí sin escucharlo.

Sí, era un buen plan. Hasta que ella lo vio.

En cuanto Mac entró en el plató, después de saludar a un par de comentaristas deportivos que se cruzaron con él por el pasillo, lo fulminó con la mirada. Notó el preciso instante en que los ojos de ella se posaron sobre él porque se puso a sudar de repente. Lo disimuló, evidentemente, y esbozó una sonrisa de oreja a oreja.

Susana apretó el bolígrafo que sujetaba en la mano y este terminó en el suelo. Mac le guiñó un ojo y ella tuvo que repetir una frase porque perdió el hilo.

Mac sabía que en cuanto terminase el programa era hombre muerto y que, probablemente, lo más sensato que podía hacer era dejar de provocarla, pero no pudo evitarlo; se quedó allí de pie y siguió mirándola como si fuesen dos grandes amigos y su visita no tuviese nada de especial.

Tampoco pudo evitar pensar que era preciosa.

Sonó la bocina que marcaba el final del programa y Susan, junto con el resto de presentadores, se puso en pie y se apartó de la mesa. Mac la siguió con los ojos y vio que los de ella echaban chispas, literalmente.

¿Se le ponían los ojos verdes cuando se enfurecía? Él siempre había dado por hecho que adquirirían un tono negro, e intentó imaginarse en qué otras circunstancias le cambiaban de color. Y sí, en su mente seguía llamándola Susana, aunque hoy debería llamarla Susan, si quería salir de allí con todas las extremidades intactas y pegadas al cuerpo.

—Buenas noches, Susan —la saludó cuando la tuvo cerca.

—¿Qué estás haciendo aquí? —le preguntó ella furiosa, pero en voz baja.

—He venido a traerte esto. —Sacó la caja de bombones rellenos de menta que le había comprado de camino y que hasta ahora había ocultado detrás de la espalda.

«Eres un mentiroso. Has tenido que desviarte tres kilómetros para comprárselos.»

Susan se quedó atónita y sin habla.

—Son bombones de chocolate negro y menta —le explicó Mac al ver que ella no decía ni hacía nada. Él se había quedado sujetando la caja en el aire.

—Ven a mi despacho —farfulló, y se puso a andar sin esperarlo.

Mac no tuvo más remedio que seguirla hasta el final de un pasillo. Susan se detuvo ante una puerta, la abrió y la sujetó para que Mac entrase. Después lo hizo ella y cerró de un portazo. Una vez a solas, guardaron silencio.

Pasaron varios segundos. Él creía poder oír la respiración de ella, ¿o era la suya? No podían quedarse allí sin hacer nada con esa tensión flotando en el aire, uno de los dos tenía que ser el primero en reaccionar.

Mac se dio media vuelta y encontró a Susana apoyada en la pared, mirándolo más confusa que antes.

—Te dejaré aquí los bombones —dijo Mac cuando consiguió tragar saliva. Miró a ambos lados y optó por dejar la caja envuelta con un lazo naranja encima de la mesa repleta de papeles desordenados.

Las reglas del juego

¿Desordenados? ¿Susana no era una adicta al orden?

Maldita sea, qué equivocado estaba y qué loco lo estaba volviendo esa mujer.

—¿Por qué me has comprado bombones? —le preguntó ella, ajena a lo que sucedía en la mente de él.

Mac se encogió de hombros; no era que no quisiera contestarle, era que no sabía cómo.

—¿Y por qué has venido a verme? —Susan se apartó un poco de la puerta y fue hacia él. Ahora estaban tan cerca que Mac no podía dejar de mirar esa peca que últimamente lo tenía tan fascinado—. En el año y medio que hace que nos conocemos nunca has venido a verme. Quin vino a verme un día, cuando salió de un programa de entrevistas, pero tú nunca has mostrado el más mínimo interés por mi trabajo.

Esa última frase sonó a reproche.

—Eso no es verdad.

No lo era, Mac sintió la imperiosa necesidad de defenderse. A él siempre le había parecido que Susana tenía un don para explicar los complicados entresijos de la economía a la gente que, como él, le fascinaba el mundo de las finanzas pero le daba respeto acercarse a ellas.

—Ah, bueno, sí, tienes razón. Ahora que me acuerdo, en una fiesta me dijiste que mi sección era mejor que cualquier somnífero y que tendrían que prescribirla con receta. ¡Ah! Y también hubo una ocasión en la que me preguntaste por qué tenía que salir a diario. Tus palabras exactas fueron, si no me falla la memoria, que las noticias de economía eran como ir al dentista, con una vez al año era suficiente.

Susana entonces se apartó de él y se dirigió hacia la

mesa donde Mac había dejado la caja de bombones. Tiró de la tarjeta de la pastelería que había debajo del lazo naranja: Chocolat Factory.

Su chocolate preferido.

Mientras Susan observaba absorta la tarjeta que tenía en la mano, Mac no podía dejar de pensar en lo que ella acababa de echarle en cara: sí, él había dicho esas cosas, pero la primera la dijo en un baile organizado por la familia de Tim donde ella apareció radiante y se negó a mirarlo durante horas.

Y la segunda se la dijo en una barbacoa organizada por otro jugador de los Patriots, cuando Susana le preguntó si su acompañante tenía la edad legal para entrar en un casino.

«¡Mierda!»

Ahora sabía que se lo había dicho porque en aquel preciso instante tuvo que morderse la lengua para no afirmar que, hasta que ella se fijara en él, saldría con todas las animadoras del estado.

Qué estúpido había sido. No solo había dejado que su mejor amigo saliese con la única mujer que al parecer le importaba, sino que se las había ingeniado para quedar como un cretino delante de ella durante todo un año.

Era lógico que Susana lo odiase, se lo había ganado a pulso.

—Tal vez estuviese equivocado —reconoció tras tragar saliva de nuevo para aflojar el nudo que tenía en la garganta.

—¿Tal vez? —suspiró exasperada—. ¿A qué viene esto ahora, MacMurray? —fijó los ojos en los de él y Mac fue incapaz de comprender cómo era posible que no se hubiese fijado antes en que eran verdes y en que parecían desprender fuego.

—No lo sé —dijo confuso pasándose las manos por el pelo. No podía respirar.

—¿No lo sabes? ¿Acaso no te has reído lo suficiente de mí? Te dije que no quería volver a verte y, a juzgar por tus comentarios durante el último año, habría jurado que tú te alegrarías de no volver a verme. —Dejó la tarjeta encima de la caja de bombones—. Yo quiero olvidarme de todo esto. —Movió las manos para señalarlo—. Quiero seguir con mi vida, así que, ¿por qué no sigues ignorándome como hasta ahora?

Él nunca la había ignorado. Susana lo había desquiciado, lo había puesto furioso, lo había exasperado, pero ella jamás lo había dejado indiferente.

Ahora se daba cuenta, pero seguía sin entender por qué. Ninguna de las novias ni de las esposas de los otros jugadores o de sus amigos le había generado nunca una reacción tan visceral. Probablemente se debía a que Mac odiaba a los farsantes, y estaba convencido de que Susana lo era.

Incluso ahora, en medio de la confusión que lo embargaba, tenía la sensación de que no era del todo sincera. La cuestión era, ¿por qué le molestaba tanto? Mac estaba rodeado de gente hipócrita a la que toleraba sin ningún problema. ¿Por qué era distinto con ella?

—Bien, me alegra ver que has recuperado tus malos modales y que sigues teniendo la capacidad de no escuchar mis preguntas —dijo Susana malinterpretando el silencio de Mac.

—Tim me llamó anoche —soltó él de repente.

Ella se calló un segundo y después de humedecerse los labios, gesto que lo hipnotizó por completo, le dijo:

—¿Cómo le va por París?

—Me dijo que te llamaría —dijo y suspiró—. Y me pidió que viniese a verte.

Susan se tensó al oír la primera parte de la explicación de Mac, pero cuando oyó la segunda volvió a sentirse tan humillada como aquel día en el coche con Tim y la rabia que había logrado contener desde entonces volvió a desbordarla. Y la sobrepasó.

—Pero ¿quién os habéis creído que sois? Tim ha perdido cualquier derecho a interesarse por mí, y tú... —lo señaló con un dedo—, tú eres despreciable. Solo has venido a verme porque tu amigo te lo ha pedido y probablemente para satisfacer tu morbo.

—No es verdad, yo también estoy preocupado por ti.

—¿Ah, sí? —le clavó el dedo en el torso—. Será por eso por lo que me has llamado tantas veces.

Mac le cogió la muñeca para apartarle la mano y al hacerlo se dio cuenta de que era la primera vez que la tocaba en mucho tiempo.

¿Cuándo había dejado de darle un beso para saludarla?

Ella le había puesto la mano en la frente aquel día en el restaurante cuando creyó que estaba enfermo y a veces seguía teniendo la sensación de que la piel le quemaba.

No tendría que haberla tocado. Ahora ya no podría olvidarse de su tacto.

A Susan se le aceleró el pulso y empezó a latirle el corazón desbocado. ¿O era el de Mac el que se había descontrolado?

Las reglas del juego

—No me habrías cogido el teléfono —le dijo Mac entre dientes.

—Suéltame.

—No he venido porque me lo haya pedido Tim.

—¡Suéltame o llamaré a seguridad!

—¡Quería verte, pero no sabía cómo! —confesó como si le estuviesen arrancando cada palabra.

Susan, que había estado tirando del brazo, se quedó quieta de golpe. Tenía la cabeza agachada, pero la levantó despacio buscando los ojos de MacMurray.

—Pero ¿qué clase de persona eres? ¿Qué pretendes conseguir con esto? Durante más de un año he sido la novia y la prometida de tu mejor amigo y tú apenas podías soportar mirarme, y ¿ahora pretendes que me crea que te preocupas por mí? No sé, quizá este truco te funcione con otras mujeres, por lo que yo sé estás dispuesto a hacer cualquier cosa con tal de echar un polvo, pero yo no soy de esas.

Mac pensó que iba a estallarle el pecho. El desprecio que sentía Susana por él poseía vida propia y estaba a punto de devorarlo. Ella no iba a darle la menor oportunidad, ni ahora ni nunca.

Y tal vez él no se la mereciera. Y el dolor que esa posibilidad le causó lo revolvió por dentro y lo llevó a atacarla, a hacerle daño. Durante un segundo se dejó llevar por el egoísmo y decidió que él no iba a ser el único que saliera de allí sangrando. Iba a hacerle daño porque necesitaba que ella sintiera algo por él además de desprecio.

—¿Un polvo conmigo? —se burló con crueldad—. Pero si tú eres incapaz de acostarte con tu prometido en una piscina.

En cuanto Mac pronunció esa frase supo que había cometido un error.

Meses atrás, una noche que jugaron fuera de casa, Tim bebió más de la cuenta después del partido y le confesó que Susan era incapaz de tener relaciones sexuales fuera de la cama, y que en una ocasión fueron de fin de semana a un hotel cuyas habitaciones disponían de pequeñas piscinas individuales y él le insinuó que quería hacerlo allí. Ella lo miró y le dijo que no, que esa noche iba a llover y que lo mejor sería hacerlo en la cama.

—Lo siento —balbuceó él justo antes de que ella lo abofetease con la mano que tenía libre.

Mac le soltó la muñeca y se frotó la cara.

Susana se acercó a la puerta y la abrió de golpe sin importarle si alguien podía verlos u oírlos.

—Vete de aquí, MacMurray. Y esta vez, no vuelvas.

Séptima regla del fútbol americano:

Se puede bloquear el avance del jugador impidiéndole avanzar más u obligándolo a retroceder.

CAPÍTULO 7

SUSAN

No puedo dejar de mirar la caja de bombones.

¿Por qué ha venido a verme? Sí, Tim se lo ha pedido, él mismo me lo ha dicho, pero Tim está en Francia y, aunque estuviese aquí, dudo que pudiese obligar a Mac a hacer nada.

Abro un cajón y guardo la caja de bombones dentro. Cuando me vaya la tiraré a la basura.

Flexiono los dedos de la mano derecha, todavía me escuecen de lo fuerte que le he pegado. Me ha gustado, lo reconozco, aunque durante un segundo he tenido que apretar los dedos para no acariciarle la mejilla.

Ya tendría que estar acostumbrada a los insultos de Mac; sé de sobra que cree que soy frígida y una estirada. Pero él no es nadie para juzgarme.

Me pongo en pie y camino decidida hacia el bolso que

guardo en uno de los armarios nada más llegar al trabajo. Busco el móvil y llamo decidida.

Suena un par de veces.

—¿Susan?

La voz de Tim me deja completamente indiferente.

—¿¡Cómo diablos te atreviste a contarle a Mac lo de la piscina!? Eres un cretino. Eso era algo entre tú y yo. —Le oigo balbucear algo, pero sigo adelante—: Yo no le he contado a nadie que nos hemos pasado los últimos meses sin hacer nada. ¿Y sabes por qué?

—Yo... Susan...

—¡Porque no es asunto suyo! Es, era —me corrijo— algo entre tú y yo. No le incumbe a nadie saber si hacemos piruetas en la cama o si llevamos meses sin ni siquiera besarnos. Creía que lo sabías, Tim. —Aprieto el móvil—. Creía que lo sabías.

—Lo siento.

—¿Sabes una cosa, Tim? Vete al infierno. ¿No te has planteado nunca que quizá ese día no quise acostarme contigo en esa piscina por los mismos motivos por los que tú te has pasado meses sin querer acostarte conmigo? Tal vez yo no soy la clase de mujer que te impulsa a cometer locuras, pero tú no eres la clase de hombre que me impulsa a desnudarme y hacer el amor en una piscina.

Silencio.

«Dios mío, qué estúpidos hemos sido los dos.»

—Sí, Susan, me lo he planteado —dice él y lo noto cansado.

Y me doy cuenta de que una parte de mí se preocupa por él, como amiga. Pero todavía estoy furiosa y no voy a decírselo.

—No tendrías que habérselo contado a Mac —le digo un poco más calmada.
—Tienes razón. Lo siento. —Otro silencio y le oigo respirar—. ¿Cómo estás?
—No pienso contártelo.
—Está bien, supongo que me lo tengo merecido.
—Supongo.
Este es definitivamente uno de los momentos más raros de mi vida.
—Te echo de menos, Susan —dice de repente Tim—. Echo de menos hablar contigo.
Algo se mueve dentro de mí, es como si uno de los nudos que tengo en el estómago desde hace días se aflojase. Como si una pieza de mí se colocase justo donde se suponía que tiene que estar.
La frase de Tim ha sonado sincera, pero es la frase de un amigo, no la de un hombre que está enamorado. Al menos, no de mí.
—¿Por qué me pediste que me casara contigo?
Me imagino a Tim apretándose el puente de la nariz, siempre hace eso cuando está incómodo.
—Porque pensé que contigo lograría creerme que no sigo enamorado de Amanda.
—No tendrías que haberte conformado conmigo, Tim. —Aprieto el móvil—. Y no tendrías que haberme utilizado como sustituta. Yo me merezco algo mucho mejor.
—Tienes razón.
—Lo sé.
—Pero tú también me utilizaste a mí —me dice y noto que sonríe.
—¿Qué quieres decir?

Las reglas del juego

—Eres muy lista, Susan, seguro que podrás deducirlo.

No me gusta lo más mínimo lo que está insinuando.

—Bueno, espero que encuentres lo que estás buscando, Tim. Dile a Mac que no tiene que venir a verme ni traerme más bombones.

—¿Mac te ha llevado bombones?

La incredulidad de Tim es más que evidente, así que decido ignorarla.

—Tengo que dejarte, me están esperando —le digo y supongo que es verdad. En la emisora siempre hay alguien buscándome.

—Espera un segundo, Susan, por favor. Necesito contarte algo.

Se me encoge el estómago un segundo. No estoy enamorada de Tim, ahora lo sé sin ninguna duda, pero esa frase me provoca escalofríos.

—Dime —accedo tras un suspiro.

—Tengo un hijo.

De todas las frases que creía que Tim iba a decirme, esa ni siquiera me había pasado por la cabeza.

—Un hijo —repito en voz baja.

—No lo sabía cuando estábamos juntos. Ni cuando te pedí que te casaras conmigo —se apresura a añadir—. Me enteré esa noche en L'Escalier.

El mensaje que recibió en el móvil.

—Te creo —afirmo convencida.

Y es verdad. A pesar de todo lo que ha sucedido entre los dos sé que Tim me está diciendo la verdad. Tim no es de la clase de hombres que podría haber ocultado un hijo, se habría pasado todo el día presumiendo de él.

—Se llama Jeremy y tiene once años —me cuenta, y en

mi mente me lo imagino como todos esos padres que fanfarronean de sus hijos.

—Felicidades. —Es lo único que se me ocurre decirle.

—Gracias —suspira aliviado—. No lo sabe nadie, solo Mac. Él me exigió que te lo contase.

¿Mac se lo exigió? ¿Por qué?

—Tengo que irme —recurro a la misma excusa de antes.

—Claro. Gracias por llamar, Susan.

—He llamado para insultarte.

Le oigo reírse y entiendo lo que Tim ha dicho antes sobre que me echa de menos. Yo también echo de menos charlar con él.

—Te llamaré cuando vuelva —dice él.

—No —le corrijo. Tal vez podamos volver a ser amigos, pero será cuando yo quiera—. Te llamaré yo.

—De acuerdo —accede—. Adiós, Susan.

Cuelgo y me siento en la silla del escritorio. Dejo el móvil encima de la mesa y con la misma mano abro el cajón donde he guardado la caja de bombones.

Alguien llama a la puerta.

—Adelante —contesto cerrando el cajón.

—Hola, Susan. —Es Parker, uno de los abogados de la cadena. Nos conocemos desde hace tiempo y siempre que pasa por la redacción entra a saludarme—. He venido a ver a Joe y me ha dicho que estabas por aquí. ¿Puedo pasar?

—Claro —le sonrío al verlo de pie bajo el dintel—. ¿Cómo estás?

Parker me devuelve la sonrisa y entra relajado en mi despacho. Es un hombre muy atractivo y se nota que lo sabe. Desprende autoridad y seguridad en sí mismo sin necesidad de decir o hacer nada.

—Bien, ¿y tú?

—¿Yo? ¿No ves las noticias, Parker? Acaban de dejarme plantada —bromeo, estoy harta de que la gente se sienta incómoda a mi alrededor.

—Me alegro.

—¿Qué has dicho?

Me sonríe de nuevo, pero esta vez es una sonrisa muy distinta. Depredadora.

—He dicho que me alegro.

—¿Por qué?

—Porque ahora puedo invitarte a cenar.

KEV MACMURRAY

No puedo dejar de flexionar los dedos de la mano con la que la he tocado.

Me quema.

¿Por qué diablos dejé de tocar a Susana?

Dios, cuando la he tenido cerca de mí, el corazón me ha latido tan rápido que he temido que ella pudiera oírlo. Y si se hubiera pegado más a mí se habría dado cuenta de lo excitado que estaba.

Y entonces me habría echado antes de su despacho.

Cuando Tim me preguntó si ella me interesaba tendría que haberle dicho que sí.

Bajo furioso por la escalera de la emisora y me dirijo de nuevo a mi coche.

Venir aquí ha sido un error.

Comprarle una caja de sus bombones preferidos ha sido un error.

Pensar que siento algo por Susana es un error.

Sentir algo por Susana es un error.

Perdí ese derecho cuando hace más de un año le dije a Tim que no me interesaba. Y me he pasado un año peleándome con ella.

Es absurdo pensar lo contrario.

Y ella me odia. Susana piensa que soy el peor hombre del mundo, está convencida de que soy tan despreciable como para aprovechar la excusa de ir a verla para seducirla, para echar un polvo con ella. Sin más. Sonrío y me paso una mano por el pelo. Aunque fuese capaz de contarle lo que me está pasando, no me creería. Jamás me creerá.

Por suerte llego al lugar donde está aparcado mi coche, entro y lo pongo en marcha. Tengo que salir de allí cuanto antes.

Susana no me creerá y yo no sé si quiero que me crea. Esto que estoy sintiendo ahora no es agradable, me ahogo aunque los pulmones se me llenen de aire, y estoy continuamente al borde del infarto.

Odiarla es mucho más fácil y tengo mucha más práctica.

Volveré a hacerlo. Se me retuercen las entrañas y aprieto el volante. O intentaré olvidarla.

Octava regla del fútbol americano:

Challenge: *ambos equipos tienen derecho a pedir la revisión de una jugada o la rectificación de alguna marcación arbitral hasta dos veces por cada mitad del juego.*

CAPÍTULO 8

Tanto Susan como Mac intentaron olvidar lo que había sucedido el día que él fue a verla en el trabajo con esa caja de bombones.

Susan se sentía humillada, dolida y confusa.

Mac se sentía culpable, arrepentido y confuso.

Ninguno de los dos hizo nada al respecto y ambos siguieron con sus vidas como si nada.

Mac recibió otra llamada de Tim y le aseguró que Susan estaba bien, aunque al mismo tiempo se negó en rotundo a volver a verla. Su amigo dedujo que la negativa se basaba en la manía mutua que se profesaban Mac y su exprometida, y aceptó la decisión sin rechistar. Por su parte, Tim le contó que las cosas con Amanda y Jeremy no habían mejorado demasiado y que para estar más cerca de ellos había alquilado un apartamento en la misma zona donde vivían su esposa y su hijo (Mac todavía tardaba varios segundos para procesar esos títulos), pero no le contó que había hablado con Susan ni que sabía lo de la caja de bombones.

Tim tenía el presentimiento de que a su mejor amigo le iría mejor no saberlo.

La táctica de Susan para olvidar la visita de Mac consistió básicamente en centrarse en el trabajo y en negarse a distraerse lo más mínimo por nada y por nadie. Las noticias acerca de su boda pospuesta le pasaban silbando por el lado y hacía oídos sordos a cualquier comentario.

La única excepción que se permitió fue llamar a Lisa el miércoles, tal y como le había prometido, y explicarle que ya había cancelado la reserva de la floristería. Una mañana incluso se atrevió a contestar una llamada de la madre de Tim; su ahora exfutura suegra y ella no habían tenido nunca una relación cercana, pero la señora Delany era muy educada y solo quería hacerle saber que no compartían la decisión de su hijo y que podía contar con ellos para lo que hiciese falta. Susan le dio las gracias, tanto por la llamada como por el ofrecimiento, y se despidió prometiéndole que algún día iría a tomar el té.

Rechazó la invitación de Parker para ir a cenar. Este le sonrió y, aunque aceptó la negativa, la avisó de que volvería a intentarlo. La llamó al día siguiente y le mandó flores. Y Susan volvió a negarse. Y entonces Parker volvió a llamar y le mandó un par de entradas para ir al ballet.

Parker no iba a rendirse fácilmente y Susan sabía que no iba a poder resistirse eternamente. Parker Jones era atractivo y encantador, exactamente la clase de hombre que ella siempre se había imaginado a su lado. Sin embargo, después de lo de Tim, se había prometido a sí misma no conformarse con un sustituto. Con un premio de consolación, por resplandeciente que fuera dicho trofeo. No, la próxima vez que le diese una oportunidad a un hombre se quedaría sin aliento nada más verlo.

Y la imagen de Kev MacMurray no cruzó por su cabeza cuando llegó a esa conclusión. Mentira, lo hizo, y se quedó allí un rato.

Por lo demás, pasó el resto de la semana sin volver a pensar en Tim ni en la boda ni en el horrible comentario de Mac.

O, al menos, intentándolo con toda su fuerza de voluntad; y si algo tenía era fuerza de voluntad.

Sin embargo, el viernes todas sus buenas intenciones se fueron al traste cuando volvió de Miami la única persona que no parecía estar dispuesta a permitírselo: Pamela, su mejor amiga y cámara del programa, y a la que no veía desde el día que la ayudó a elegir el vestido que llevaba cuando Tim le dio plantón.

—Me voy unos días y la lías, Sue. —Fue lo primero que le dijo Pam al entrar en su apartamento con dos botellas de tequila—. Mis amigas y yo venimos dispuestas a hacerte confesar. —Levantó las botellas y una bolsa de papel con unos limones.

—Yo no he liado nada, Pam. Vamos, pasa. ¿Qué te has hecho esta vez en el pelo? —le preguntó al ver que llevaba un par de mechones color violeta. Cualquiera que las viese juntas pensaría que era imposible que fuesen amigas. Pam y Susan eran totalmente opuestas, al menos en el aspecto exterior. Pamela se teñía el pelo cada semana, llevaba el cuerpo lleno de piercings, excepto en la cara, y también tenía mucha afición a tatuarse. Por no hablar de lo atrevido que era siempre su vestuario. Sí, Pamela y Susan parecían la noche y el día, y en el mundo no había dos mejores amigas que ellas.

—Son extensiones teñidas con lavanda y aceites naturales —le explicó caminando hacia la cocina como si estuviese en su casa—. Ni te imaginas lo guapo que era el tipo que me las puso. Estaba cañón. ¿Va bien que coja estos vasos?

—Claro. ¿Y te has puesto estas mechas solo porque el tipo estaba cañón?

—No, por supuesto que no. Me apetecía ponérmelas, y él fue muy convincente —añadió con una pícara sonrisa.

—Te acostaste con él.

—No lo digas como si fuese algo malo, Sue. Fue increíble.

—¿Volverás a verlo?

—¿A quién? —le preguntó Pam cogiendo un cuchillo y una base de madera para cortar el limón.

—¿Cómo que a quién? Al tipo de las mechas.

—Ah, no. No creo.

Susan levantó las cejas y abrió la boca para decir algo, pero la cerró sin conseguirlo.

—Tendrías que aprender a relajarte, Sue. El sexo por el sexo no tiene nada de malo, además, a veces está bien que no signifique nada. ¿Y la sal, dónde está la sal?

Susan le señaló el salero y Pam sonrió y fue a por él.

—Ya sé que no tiene nada de malo —se justificó—, pero solo has estado en Miami una semana.

—No hace falta más. Así es la atracción física, imparable. Vamos, siéntate a mi lado y empieza a cantar.

La cocina de Susan tenía una isla en el centro con los fogones y un pequeño espacio que ella utilizaba para desayunar en el que había un jarrón blanco con flores frescas, que cambiaba cada semana, y un montón de servilletas de papel de color malva. Frente a esa minibarra había dos taburetes; en uno estaba sentada Pam, cuyas mechas combinaban a la perfección con las servilletas y con las flores, y Susan en el otro.

Susan se quedó observando a su amiga, preguntándose cómo era posible que Pam, a pesar de sus rarezas, siempre pareciese encajar en cualquier parte. En cambio ella, que se esforzaba por ser discreta y de lo más normal, nunca lo lograba. Estuviera donde estuviese siempre tenía la sensación de que los demás conocían alguna contraseña secreta que ella ignoraba y que impedía que llegase a integrarse.

Pam, ajena a las neurosis de su amiga, o tal vez consciente de ellas, sirvió dos generosas copas de tequila, colocó al lado derecho de cada una un trozo de limón y dejó el salero en medio de las dos. Dio unas palmaditas en la barra para recordarle a Susan que estaba lista y dispuesta a entrar en acción y justo entonces sus ojos aterrizaron en la caja de bombones que había junto al jarrón.

—¿Has vuelto a caer en la tentación? —le preguntó guiñándole el ojo—. Creía que habías jurado que nunca más irías a Chocolat Factory a comprar bombones de menta.

—Y no he ido. —Y tampoco había sido capaz de tirar la maldita caja a la basura—. No la he comprado yo, es un regalo.

—¿De quién? Creía que yo era la única que conocía tu secreto. Y si no me falla la memoria me hiciste jurar que jamás le contaría a nadie la debilidad que tienes por estos bombones.

—De MacMurray.

—¿MacMurray? ¿Mac? —Pam silbó—. ¿Me estás diciendo que Huracán Mac te ha regalado una caja de tus bombones preferidos?

Susan se movió incómoda en el taburete sin contestarle.

—Nunca me acuerdo qué va primero, ¿la sal, el limón o el tequila? —le dijo a Pam con la esperanza de despistarla.

—La sal. —Tamborileó los dedos y siguió interrogando a Susan—. ¿Cuándo te la regaló? ¿Antes o después de que Tim y tú anulaseis la boda? Porque la habéis anulado, ¿no?

—Sí. Me la regaló después.

—Ya sabía yo que esto terminaría así —sentenció Pamela apartándose un mechón violeta de la cara.

—¿De qué estas hablando? ¿Tú sabías lo de Tim? ¿Sabías que ya estaba casado?

—Para, para, para un segundo. ¿Tim está casado?

—Sí.

—Será mejor que empecemos a beber cuanto antes —declaró Pamela cogiendo el salero—. Y más te vale no omitir ningún detalle, Sue. Tendrías que haberme llamado.

—No quería molestarte, hacía más de un año que no tenías vacaciones.

—Sí, pero tú eres mi amiga. Tienes que aprender a confiar en la gente, Susan —le pidió Pamela mirándola a los ojos con una seriedad poco habitual en ella.

Susan asintió incómoda y arrepentida. Ella sabía que podía confiar en su amiga y la verdad era que había tenido ganas de llamarla, pero al final se había contenido. Le costaba abrirse a la gente y le daba un poco de vergüenza decirle a su única amiga que había estado a punto de casarse con un hombre que no la amaba y del que ella tampoco estaba enamorada.

Bajó la vista hasta el vaso lleno de tequila y lo vació de un trago. Lo dejó en la mesa en pleno ataque de tos, pero se metió el limón en la boca y lo chupó. Pamela le dio unos golpecitos en la espalda hasta que dejó de toser.

—Te has olvidado la sal —le dijo con una sonrisa cuando Susan recuperó la calma.

—El próximo lo haré bien. Es cuestión de práctica, ¿no?

—Claro. —Pam se bebió una copa sin olvidarse de ninguno de los pasos: sal, tequila, limón—. ¿Qué es eso de que Tim está casado? ¿Con quién? ¿Desde cuándo?

Susan se tomó otro tequila, esa vez sin sufrir un ataque de tos, y le contó a su amiga lo poco que sabía acerca de su exprometido.

—Con una mujer que se llama Amanda que vive en París y es el amor de su vida, mientras que yo soy una gran persona y una mujer increíble que no se merece a alguien como él —recitó, aunque se le engancharon un poco algunas palabras.

—Joder.

—Y no puedes decírselo a nadie. Tim me pidió que le guardase el secreto.

—¿No lo sabe nadie más?

—Supongo que el imbécil de MacMurray —sentenció Susan vaciando otra copa—. Este tequila es muy bueno.

—El mejor, sé que eres muy refinada.

Susan sorbió por la nariz en un gesto que contradijo las palabras de su amiga.

Las reglas del juego

—¿Por qué has dicho antes que ya sabías que terminaría así? ¿A qué te referías?

Pamela volvió a llenar las copas antes de contestarle.

—A Mac y a ti.

—No existe un Mac y yo —se burló Susan, que empezaba a perder la cuenta de las veces que Pamela le había llenado el vaso—. MacMurray es un imbécil, un cretino engreído que solo sabe utilizar a las mujeres y que se ha pasado el año diciéndole a Tim que no se casase con una mujer tan fría y distante como yo.

Pamela chupó la rodaja de limón y movió la espalda al ritmo del escalofrío que le recorrió el cuerpo.

—Estoy segura de que todo eso que dices es verdad. —Abrió la segunda botella de tequila—. Yo solo digo lo que veo.

—¿Y qué ves? Aparte de un playboy millonario que nunca ha perdido ni un segundo de su tiempo en conocerme.

Sal, tequila, limón. Ya era toda una profesional.

¿Siempre hacía tanto calor en su cocina?

—¿Sabes una cosa? Si mi prometido hubiese anulado nuestra boda unos meses antes de casarnos, estaría furiosa con él —empezó Pam como si nada, deslizando el dedo índice de la mano derecha por el borde del vaso—. Sin embargo, tú apenas has insultado a Tim.

—Estoy furiosa con él —se defendió Susan levantando ambas cejas—. Lo abofeteé cuando me dejó en casa.

—Yo le habría convertido en eunuco —señaló Pam seria—. Pero ha sido mencionar a Mac y casi le prendes fuego a la cocina. ¿A qué crees que se debe? —Cogió la botella y repartió el tequila que quedaba entre las dos.

—A que es insufrible. MacMurray es un maleducado, un mujeriego, un vividor que nunca ha tenido que preocuparse por nada y que no sabe lo que es la responsabilidad.

Pamela levantó su vaso y señaló a Susan con él.

—Lo que yo decía, se veía venir. Mac es un tipo encantador. De hecho, la única persona que conozco que no puede soportarlo eres tú.

—Pues será porque soy la única que lo ve como realmente es.

—Y tú también eres una tipa encantadora —siguió Pam como si Susan no hubiese hablado—, y Mac se sulfura solo con verte. Y eso, amiga mía, solo tiene una explicación.

Pamela vació el vaso de tequila y lo dejó encima de la barra de la cocina con un golpe seco.

—Sí, que no nos soportamos —sentenció Susan terminándose también su bebida—. Al menos, ahora ya no tendré que volver a verlo.

—Mac y tú os sentís atraídos el uno por el otro —la corrigió Pam moviendo la cabeza de un lado al otro—. Es tan obvio que resulta incluso incómodo estar con vosotros dos.

—Te has vuelto loca. —Susan escupió el tequila y no tuvo más remedio que buscar una servilleta de papel para secarse—. Has bebido demasiado.

—Sí, he bebido mucho, pero Mac y tú os deseáis. Créeme. He pasado por eso, sé lo que es desear tanto a un hombre al que no puedes tener y que tu mente intente convencerte de que no lo soportas.

—Oh, no, no, no. Eso son sandeces de series de adolescentes. A mí no me gusta MacMurray. Nunca lo he deseado —afirmó, negando el rubor que le teñía las mejillas.

Las reglas del juego

Pamela golpeó la barra de la cocina con las palmas de las manos como si fuese un tambor.

—Lo que tú digas, Sue, pero... —levantó las manos en señal de rendición— eso es lo que yo veo.

—Pues tienes que ponerte gafas.

—¿Por qué no has abierto la caja de bombones?

—No tengo hambre.

—¿Sabes por qué no la has abierto? —le preguntó Pam cogiendo la caja para acercarla a su amiga—. Porque así puedes devolvérsela. Te conozco Sue, seguro que dentro de tu cabecita ya te has imaginado devolviéndole la caja con una nota, probablemente diciéndole que es un imbécil. Pero la verdad es que quieres volver a verlo.

Susan tragó saliva porque eso era precisamente lo que había previsto hacer, aunque ni muerta lo reconocería delante de Pamela. Además, ella no quería devolverle la caja de bombones para volver a verlo, sino para decirle exactamente lo que pensaba de él. Otra vez.

—Te equivocas, Pam. —Cogió la caja y tiró del lazo. Levantó la tapa y cogió un bombón que se llevó directamente a los labios—. MacMurray es el último hombre de la faz de la tierra por el que me sentiría atraída.

Pamela se encogió de hombros y se levantó del taburete para ponerse la cazadora que había dejado en el respaldo.

—Me temo, Sue, que eso no está del todo en tus manos. La atracción suele definirse como irracional por algo. Y tú, amiga mía, te sientes atraída por MacMurray. —Vio que Sue se quedaba con cara de pez y la abrazó para darle ánimos—. Será mejor que me vaya, ya es la una y todavía no he deshecho las maletas, seguro que cuando entre en el apartamento me encontraré la ropa sucia bailando en mi cama.

—Quédate a dormir aquí, Pam —le dijo Susan levantándose también del taburete, pero más insegura que su amiga—. Ya sabes que el cuarto de invitados está listo, y mañana te ayudo a lidiar con la ropa.

—Gracias, Sue, pero la verdad es que echo de menos mi cama.

—Al menos, deja que te llame a un taxi —se ofreció Susan, descolgando el teléfono para pedirle al portero del edificio que se ocupase del tema.

Pamela colocó los vasos en el fregadero y se acercó a su amiga para darle otro abrazo.

—No me hagas caso con lo de Mac, el tequila me pone en plan Jane Austen.

—No te preocupes.

—Llámame mañana cuando te despiertes —le dijo Pam al apartarse—. Te obligaré a cumplir con tu promesa de ayudarme con la ropa sucia.

Susan se despidió de su amiga y fue al baño para echarse un poco de agua en la cara. La cabeza le daba vueltas por culpa del tequila y de la teoría de Pam. Era absurdo. Volvió a la cocina y puso las botellas de tequila junto a la basura para tirarlas por la mañana. Dos botellas. Se habían bebido dos botellas enteras de tequila, y quizá por eso le pareció tan buena idea coger otro bombón de chocolate y menta, y luego otro.

Y cuando terminó la caja se puso el abrigo y salió de casa.

Novena regla del fútbol americano:

El objetivo del equipo atacante es avanzar la mayor cantidad de yardas para llegar a la zona de anotación y conseguir puntos. Hay dos maneras de avanzar: mediante el pase (lanzando el balón a otro jugador) y mediante la carrera (correr con el balón).

CAPÍTULO 9

¿Quién diablos estaba llamando a la puerta de su casa un viernes a las tres de la madrugada? Fuera quien fuese no parecía estar dispuesto a dejar de insistir y Mac se planteó la posibilidad de llamar directamente a la policía. Pero se abstuvo porque vivía en las afueras, en una casa que había pertenecido a su abuela y que estaba lejos de las carreteras principales y cerca del bosque. En más de una ocasión había tenido que auxiliar a algún excursionista, y también hubo esa vez que se averió un camión allí cerca y el conductor le pidió ayuda porque no le funcionaba el móvil. La cara de todas esas personas cuando veían que la persona que les abría la puerta era el capitán de los Patriots solía pasar de reflejar sorpresa a incredulidad, para terminar con vergüenza y gratitud. Él siempre insistía en que no tenía importancia y, aunque se había resignado a que la gente no lo mirase con normalidad, a veces lo echaba de menos, especialmente en situaciones como esa.

Las reglas del juego

Salió de la cama. Se había acostado solo con los pantalones del pijama y cogió la camiseta de camino a la puerta para ponérsela al vuelo.

El timbre volvió a sonar.

—Voy. Un momento. —Se pasó las manos por la cara para despertarse del todo y abrió la puerta—. ¿En qué...? —Se quedó sin habla al verla.

Susana le golpeó el pecho con la caja de bombones y por el peso Mac notó que estaba completamente vacía.

—Me los he comido todos —dijo ella apartándolo de la puerta para poder entrar—. Son mis preferidos.

Mac cerró la puerta y se dio la vuelta despacio, convencido de que la aparición de Susan era fruto de su imaginación y que cuando volviese a girarse descubriría que estaba solo en el salón.

No, ella seguía allí, ¿balanceándose? Susan estaba de pie frente a la chimenea y en una mano sujetaba una foto en la que aparecía Mac con uno de sus hermanos y con Tim. Tendrían unos diez u once años y se la habían sacado en un campamento de verano.

—Tim no lo sabe —dijo Susana sin darse la vuelta, y Mac pensó que ella arrastraba un poco las palabras.

¿Estaba borracha? ¿Susan había bebido y había cogido un taxi para plantarse en su casa? ¿Por qué?

—¿El qué? —preguntó tras carraspear y sin acercarse a ella mientras intentaba encontrarle sentido a aquella visita.

Susan se giró de golpe, lo miró a los ojos un segundo que a Mac le pareció eterno y después, sin ningún disimulo, le recorrió el cuerpo con la mirada. Deslizó los ojos por el torso, los detuvo un segundo en la cintura y luego siguió con las piernas. Cuando terminó, volvió a mirarlo directamente a los ojos. A Mac le costaba respirar.

No, Susan no estaba borracha, esos no eran los ojos de una mujer que no sabía lo que hacía, pero tampoco eran los ojos de la mujer sensata y contenida que solía ser Susana Lobato.

—¿Qué es lo que no sabe Tim? —repitió Mac tras pasarse la lengua por el labio inferior. Gesto que no escapó a la mirada de Susan.

—Que mis bombones preferidos son los de chocolate y menta. De hecho, creo que mi exprometido ni siquiera sabe que sufro de una leve adicción al chocolate.

—¿Leve? Pero si siempre pides postres de chocolate. Seguro que Tim también lo sabe —añadió al darse cuenta de lo que implicaban sus palabras; que se había fijado en ella.

—Sí, Tim sabe que me gusta el chocolate, pero no sabe que *estos* bombones de *esta* pastelería en concreto son mis preferidos. —Movió la cabeza de un lado al otro—. No lo sabe.

Susan bajó entonces la cabeza y desvió la mirada hacia el dedo donde había llevado el anillo de compromiso que Tim le había regalado. Mac no sabía qué había pasado con ese anillo, probablemente ella se lo había devuelto a Tim el día que él le dijo que se iba, o quizá lo tuviera guardado en una cajita en su casa. O tal vez lo hubiera tirado por el retrete. A él le daba completamente igual. Lo único que sabía en aquel preciso instante era que Susana ya no lo llevaba, y que no quería que ella pensara ni en el anillo ni en el hombre que se lo había regalado.

—Da igual, eso no tiene importancia —señaló Mac con la voz ronca volviendo al tema de los bombones.

—Sí que la tiene —insistió Susana levantando por fin la cabeza—. ¿Cómo lo sabías? ¿O sencillamente los compraste allí por casualidad? —Se acercó a él y no se detuvo hasta que quedó a escasos centímetros de su torso.

«Di que los compraste por casualidad» —pensó Mac—. «Tiene que apartarse de ti o notará lo que te está pasando dentro del pijama.»

—En la boda de Quin dijiste que eran tus preferidos —confesó desoyendo sus propios consejos, y sintió que el corazón le subía por la garganta.

—De eso hace más de ocho meses —aclaró Susana rememorando la ocasión a la que se había referido Mac—, y tú ni siquiera estabas en esa conversación.

—Debí de escucharlo por casualidad. ¿Por qué le estás dando tanta importancia? —Se cruzó de brazos y enarcó una ceja—. ¿Has bebido?

—Sí, Pamela y dos botellas de tequila han venido a visitarme esta noche, pero no estoy borracha, si es eso lo que te preocupa.

Pues claro que le preocupaba, no iba a tener esa conversación con ella, ni ninguna otra, en ese estado.

—Deberías irte de aquí, Susana. —Mac se apartó un poco de la puerta y se giró dispuesto a abrirla—. Seguro que mañana te arrepentirás de haber venido y no quiero que los comentaristas deportivos de tu cadena empiecen a destrozarme en sus programas —dijo él en un intento de recuperar la normalidad entre los dos.

—En la boda de Quin llevabas un traje negro con una corbata gris y tenías un morado en el pómulo izquierdo, recuerdo del último partido —habló rápido, sin respirar. Sin darse tiempo a cuestionarse el riesgo que estaba corriendo sincerándose así delante de él—. Durante la cena le contaste a Mike que no veías bien y que probablemente ibas a tener que llevar gafas. Tu vino preferido es el syrah y odias las ostras, pero finges que te gustan. Tu postre preferido es la piña. Y, aunque eres zurdo, utilizas los cubiertos como si fueras diestro. Y tienes un tic, siempre que estás nervioso te rascas detrás de la oreja derecha.

Mac apartó la mano con la que estaba haciendo justamente eso.

—¿Cómo sabes todo eso? —le preguntó mirándola a los ojos y con el corazón golpeándole tan fuerte que tuvo que sujetarse para no caer al suelo.

—No lo sé —confesó ella con los ojos brillantes—. No lo sé.

—Tú no me soportas —le recordó Mac.

—Y tú a mí tampoco y, sin embargo, sabes cuáles son mis bombones preferidos y me has comprado una caja. ¿Por qué viniste a verme al trabajo?

—Ya te lo dije —masculló. Tenía que sacarla de su casa cuanto antes.

—Ah, sí, porque Tim te lo pidió. Podrías haberle dicho que no, él está en París y no puede obligarte a hacer nada que no quieras hacer.

Susan no le creía. La explicación que le había dado tenía lógica y si ellos dos hubieran tenido una relación cordial le habría parecido de lo más normal. Pero no la habían tenido.

Los dos llevaban más de un año lanzándose al cuello del otro a la menor oportunidad.

Aunque esa noche, en ese salón, ninguno de los dos era capaz de recordar por qué.

Las reglas del juego

Susana dio otro paso y se pegó a Mac, y él se echó hacia atrás hasta que se golpeó la espalda con la puerta.

—¿Qué estás haciendo, Susana?

—Comprobando una cosa. —Levantó la mano y le tocó la herida que se le había infectado en la ceja semanas atrás. Mac cerró los ojos y dejó escapar el aire entre los dientes. Tenía las palmas de las manos apoyadas en la pared y Susan se quedó un segundo fascinada por la fuerza que desprendía su cuerpo—. Siempre hueles a menta.

—Basta, Susana. —En un último acto desesperado apartó las manos de la pared y la sujetó por los hombros—. ¿A qué estás jugando? ¿Qué diablos pretendes demostrarme con todo esto?

—Cállate y bésame, Kev.

—¿Kev? —Su propio nombre le resultó prácticamente impronunciable.

—Sí, Kev. Bésame. —La mano que tenía todavía cerca del rostro de él se movió y le apartó un mechón de pelo de la frente—. Bésame, quizá así podré dejar de pensar en ti.

Los pulmones de Mac no cogían suficiente aire, el corazón se le había detenido un segundo y ahora latía frenético, las manos le quemaban al notar debajo la piel de Susan. Su olor lo estaba volviendo loco y estaba a punto de perderse en su mirada. Negó con la cabeza, pero ella se puso de puntillas y le dio un beso en el cuello.

«Dios.»

Mac perdió el control.

En un movimiento que parecía sacado directamente de un partido de fútbol, la giró e intercambiaron posiciones. Ella quedó pegada a la puerta y él le levantó los brazos por encima de la cabeza.

Sujetó ambas muñecas con una mano y apoyó la palma de la otra al lado del cuello de Susana. Pegó el torso al de ella y ni la camiseta de él ni el vestido de ella sirvieron de barrera. Desde allí podía oler el tequila que Susana se había bebido, y también el chocolate y la menta de los bombones. Se le hizo la boca agua y dejó de preguntarse por qué tenía tantas ganas de besarla.

Mañana lo odiaría, a pesar de que había sido la que le había pedido que la besara. Se lo había ordenado.

Sí, lo odiaría, pero no se imaginaba pasar un segundo más sin conocer el sabor de sus labios.

La besó.

En cuanto los labios de Mac la tocaron, Susan sintió que se le paraba el corazón un instante, y cuando volvió a ponérsele en marcha latió de un modo distinto. Del modo opuesto al que había latido hasta ahora. No era eso lo que se suponía que iba a suceder. Él no iba a besarla, y si lo hacía, ella se quedaría indiferente. Pero lo único que probablemente no había sentido desde que lo había visto en pijama era indiferencia.

La lengua de él exigió poseerla y notó que le arañaba el labio con los dientes. No, definitivamente no sentía indiferencia. Decir que se le derritieron las rodillas sería una estupidez, el beso de Mac le fundió todo el cuerpo y lo único que pudo hacer fue besarlo de la misma manera.

Ella nunca había besado así a nadie. Y se puso furiosa. ¿Por qué había llegado a los treinta sin sentir eso? ¿Y por qué se lo hacia sentir Kev MacMurray?

Él movió la mano que tenía en la pared y la colocó en la mejilla de Susana para poder separarle los labios y besarla con más fuerza. No iba a darle tregua. Le recorrió el interior de la boca sin hacerle ninguna concesión y Susana movió nerviosa las manos e intentó soltarse. Mac pensó que quería apartarse de él, le apretó las muñecas con más fuerza y las pegó contra la puerta. Susana, aunque le costó, apartó los labios de los de él.

—Quiero tocarte —le dijo con una voz tan ronca que le costó reconocerse—. Kev, quiero tocarte —repitió mirándolo a los ojos.

En los de él brilló algo salvaje y primitivo y volvió a devorarla con la boca sin contestarle y sin soltarla. Ella lo notó respirar por la nariz al mismo tiempo que con la lengua conseguía que le hirviese la sangre y le corriese con sensual lentitud por las venas. A Susana le molestaba la ropa, el vestido la oprimía, y la ropa de él la molestaba todavía más. Le había dicho que quería tocarlo, pero necesitaba hacerle mucho más. Ahora que había empezado, necesitaba saberlo todo de él. Y tenía que averiguarlo antes de que fuera demasiado tarde.

«Solo sucederá una vez.» El pensamiento le retorció las entrañas con crueldad y lo besó para negarlo.

Quería saber qué tacto tenía su piel, de qué color eran exactamente las pecas que tenía. Dónde. Cuántas. Quería besarlo por todas partes. Descubrir su sabor. Lo necesitaba, pero él no parecía tener intención de soltarla, así que hizo algo que no había hecho nunca (una cosa más) y le mordió el labio inferior.

Mac no sabía cómo había sido capaz de estar tantas veces en la misma habitación que Susan sin poseerla allí mismo. ¿Cómo diablos había podido estar tan ciego? Su boca encajaba a la perfección con la suya, podría pasarse horas aprendiéndose su sabor. Los delicados gemidos que Susan tanto se esforzaba por contener eran el sonido más erótico y sensual que había oído nunca, y el modo en que movía las caderas podría hacerle sucumbir a cualquier pecado. Y cuando ella le mordió el labio inferior, un escalofrío le recorrió la espalda y abrió los ojos para mirarla. Se dijo que si le pedía que se apartase, se apartaría, que si veía repulsión en sus ojos, sabría entenderlo. Pero lo que vio fue deseo y una pasión que no había visto nunca en ninguna mujer. ¿Y él la había tildado de fría? Durante una milésima de segundo su mente cometió la crueldad de recordarle que Susan había sido la prometida de Tim, y algo debió de notar ella porque le soltó el labio que seguía reteniendo entre los dientes y volvió a besarlo.

Era el primer beso que empezaba ella, y cuando Mac notó su lengua recorriéndole el interior de la boca como si le perteneciese por derecho, se olvidó de todo lo demás y gimió desde lo más profundo de su garganta.

Susan necesitaba tocarlo, necesitaba seguir descubriendo qué le estaba pasando, y necesitaba hacerlo en ese preciso instante, antes de que creyese que estaba cometiendo un error. Volvió a intentar soltarse y él volvió a pegarle los brazos a la puerta.

—Kev, por favor.

Él la soltó entonces y ella deslizó sus manos por debajo de la camiseta de él antes de que este pudiese cambiar de opinión. Lo notó temblar y le pasó las uñas por los abdominales para ver qué otra clase de reacción conseguía arrancarle.

Mac la sujetó por la cintura unos segundos y después le buscó el pecho con una mano. Lo tocó por encima del vestido y ella arqueó la espalda en busca de una caricia más intensa. Susan no podía contener lo que estaba sintiendo y tampoco quería. Todo el cuerpo le quemaba, era como si Mac se hubiese metido dentro de ella y a pesar de eso no le bastase. Notaba su sabor en los labios, sentía su piel bajo la suya, el olor a menta la envolvía y, sin embargo, quería más. Quizá una parte de su cerebro se negaba a comprender lo que eso significaba, pero sus manos lo tenían muy claro y se metieron por dentro del pantalón del pijama de Mac y no se detuvieron hasta encontrar sus nalgas y apretarlo contra ella.

Mac iba a correrse allí mismo y a quedar en ridículo delante de Susan. Tenía que dejar de besarla, y durante el instante en que lo consiguió la miró a los ojos. Ella le aguantó la mirada, se humedeció el labio inferior y lo acarició por encima del pantalón. Mac también se humedeció el labio; tenía intención de decirle algo, como por ejemplo si estaba segura de lo que estaba haciendo, pero Susan lo besó y lo mantuvo en silencio. Mac le devolvió el beso y se rindió al deseo imparable que había despertado con sus caricias.

Susan llevaba un vestido de lana verde y Mac empezó a levantárselo con la mano que hasta entonces había mantenido en su cintura. Después, la metió debajo y le acarició la silueta de la ropa interior.

El poco control que ambos habían retenido hasta entonces se desvaneció en cuanto Mac posó la palma de la mano en el sexo de Susana. Ella tiró de los pantalones de él hasta debajo de sus nalgas y él le arrancó las braguitas con un único movimiento y la levantó en brazos. Susana lo rodeó por el cuello con los suyos y Mac la penetró empujándola contra la puerta que por suerte era de madera maciza.

—Susana —gimió entre dientes al sentir el calor de ella envolviéndolo—. Susana.

—Kev. —No podía parar de decir su nombre.

Mac empezó a moverse sin evidenciar la destreza que se le suponía a un seductor, sino con la desesperación de un hombre que sabe que por fin ha encontrado a la mujer que le pertenece.

—Dios santo, Susana.

Mac tenía la frente y la espalda empapadas de sudor, y su miembro, que antes ya estaba completamente erecto, seguía excitándose con las respuestas de Susan. Ella gemía y le clavaba las uñas en la nuca y lo besaba como si necesitase su sabor.

—Kev... más. Por favor —suspiró mordiéndose el labio inferior cuando se separó de él un instante, y Mac vio que se sonrojaba al darse cuenta de que había hablado en voz alta.

—No —le pidió él—, me gusta oírte.

Susan le sonrió y volvió a besarlo con una inocencia que no encajaba con la mujer que acababa de clavarle las uñas en la espalda, y el contraste logró que un gemido sacudiera el torso de Kev.

—Más —susurró ella.

—Sí, más, por favor —murmuró él retirándose hasta casi salir del cuerpo de ella para volver a entrar con un movimiento certero—. Más.

Mac no sabía qué era lo que estaba sucediendo exactamente con ella, aparte de ser el mejor encuentro sexual de toda su vida, pero sabía que quería más. Mucho más. Y que le daba un miedo atroz que ella fuese a negárselo. Tenía la horrible sensación de que esa sería la única oportunidad que tendría de convencerla y estaba dispuesto a utilizar todas y cada una de las respuestas de su cuerpo para convertirla en adicta a él, porque la opción de no volver a verla era sencillamente insoportable. Movió la mano que tenía sobre el pecho de ella y lo acarició. Aminoró el ritmo de sus caderas hasta encontrar una cadencia que los hizo enloquecer a ambos, llevándolos al límite sin dejarlos terminar. Él tenía la camiseta completamente empapada y, ella, el vestido pegado a la piel. Susan le rodeaba la cintura con las piernas y el cuello con los brazos, y estaba prisionera entre él y la puerta de su casa.

—Kev —gimió interrumpiendo otro de esos besos eternos, y apoyó la cabeza en la pared con los ojos cerrados.

Oírla decir su nombre le resultaba tremendamente erótico. Hacía tantos años que lo llamaban Mac o Huracán que casi se había olvidado de que ese no era su nombre. Pero Susana no.

—Kev —repitió acariciándole los cabellos de la nuca—, por favor...

Él tampoco podía más, nunca había estado tan al límite del orgasmo. Tan impaciente por alcanzarlo al mismo tiempo que la mujer que estaba con él.

«Más», había dicho ella. Él dudaba que pudiese darle más, pero estaba dispuesto a intentarlo. Levantó la mano que tenía bajo las nalgas de ella y apoyó todo el peso de Susana contra la puerta. El ligero cambio de postura hizo que la penetrase hasta el final y en aquel preciso instante notó los primeros espasmos del sexo de Susana. Y sucumbió a su propio orgasmo. Jamás había eyaculado con tanta fuerza, el gemido de placer que salió de su garganta amenazó con dejarlo ronco y para contenerlo ocultó el rostro en el cuello de Susan y la mordió.

Al notar el mordisco, Susana también gimió y el primer orgasmo, que empezaba a retroceder, dio paso a un segundo. Mac la sostuvo durante todo el rato, con las piernas clavadas en el suelo a pesar de los temblores que le sacudían el cuerpo.

Se quedaron así hasta que él consiguió recuperar el aliento y la depositó en el suelo con cuidado. Ella seguía con la cabeza girada hacia un lado, pero Mac pensó que sencillamente estaba cansada, él lo estaba, y tras subirse los pantalones se dispuso a darle un beso. Quería besarla, después de poseerla de esa manera era lo que más necesitaba, y quería cogerla en brazos y meterla en su cama. Dormirían un rato y, cuando se despertasen...

Susana lo miró y a Mac se le hizo un nudo en el estómago. Los ojos que lo estaban mirando no eran los de esa mujer que le había exigido que se callase y le diese un beso, eran los de Pantalones de Acero repletos de remordimientos. «¡No!», gritó una voz en su mente. No podía permitir que Susan se arrepintiese de lo que acababa de suceder entre ellos.

—Susana... —le dolió decir su nombre porque sabía que ella empezaría a huir cuando lo oyese.

—No digas nada —levantó una mano para detenerlo y con la otra buscó el picaporte de la puerta a su espalda—. No digas nada. Adiós, Mac.

Abrió la puerta con movimientos torpes y salió de allí antes de que Mac pudiese reaccionar.

Décima regla del fútbol americano:

El objetivo del equipo defensivo consiste en impedir que el equipo rival avance hacia la zona de anotación derribando al suelo al jugador atacante que tiene el balón o impidiendo o desviando el pase al que va a recibirlo.

CAPÍTULO 10

Susana salió de la casa de Mac y entró en el taxi que la había llevado hasta allí. A pesar de la locura que acababa de cometer, al menos había tenido el tino de pedirle al conductor que la esperase. Cuando bajó de su apartamento con la caja vacía de bombones su intención era ir a ver a MacMurray (no Kev) para decirle que no hacía falta que fingiese que se preocupaba por ella y que no quería volver a verlo nunca más. Durante el trayecto, también se dijo que así le demostraría a Pamela, y a sí misma, que eso de que se sentía atraída por él era una completa y absoluta estupidez.

Pero entonces llegó a su destino y MacMurray le abrió la puerta en pijama y despeinado.

Y de repente solo podía pensar en lo guapo que estaba. En la cantidad de veces que lo había visto colgado de una supermodelo sin dos dedos de frente. Y en que él la había llamado frígida y fría demasiadas veces. La mente de Susan, sin duda inundada de tequila, empezó a preguntarse cosas tan absurdas como qué sabor tendría su piel o si sus piernas serían tan fuertes como aparentaban. Y lo había llamado Kev. ¿De dónde diablos había salido eso?

«No le eches la culpa al tequila. Estabas prácticamente sobria y lo sabes.»

De acuerdo.

En su defensa, lo que sí podía decir era que los besos de Mac tendrían que estar prohibidos. Ella nunca antes había perdido la capacidad de razonar de esa manera. Cada vez que los labios de él la tocaban, todas sus neuronas desaparecían en combate y se convertía en una mujer desesperada por seguir sintiendo esas caricias. Se miró las manos y vio que estaban temblando y, sentada en la parte trasera del taxi, recordó cómo había enredado los dedos en el pelo de Mac. Juntó las rodillas para contener también el temblor de las piernas, y entonces recordó que minutos atrás le había rodeado la cintura con ellas.

—¿Qué he hecho? —farfulló.

—¿Disculpe, señorita? No la he oído bien —dijo el conductor.

—No, nada.

El hombre asintió y siguió conduciendo, probablemente convencido de que llevaba a una lunática en el taxi.

Susan miró a través de la ventanilla e intentó dejar la mente en blanco. ¿Qué le había pasado? Ella nunca había reaccionado así, se había comportado como si estuviese en celo. Aunque quisiera negárselo, algo que no iba a hacer, había sido ella la que había instigado el primer beso. Dios, si prácticamente le había ordenado que la besara. Y había sido ella la que había metido las manos en sus pantalones para desnudarlo. El deseo la había vuelto atrevida, mucho más que eso. Ni siquiera el tequila podía justificar lo que había sentido; la imparable necesidad de tocarlo, de sentirlo dentro de ella. Cerró los ojos y apoyó la cabeza en el asiento del taxi. No le había importado no estar en una cama, ni que él la golpease contra la puerta de madera, ni que se le arrugase el vestido, o que él le hubiese arrancado la ropa interior. Lo único que le había importado eran esos besos, esas caricias, la sangre corriéndole por las venas quemándola por dentro, el deseo de sentirse poseída allí mismo y de hacerle perder el control.

Era la primera vez que sentía todo eso.

Y lo había sentido por Kev MacMurray, un hombre al que llevaba odiando más de un año.

¿Era posible que ese odio se debiese a la fuerte atracción que evidentemente sentía hacia él? ¿De verdad se había comportado igual que una niña pequeña que se dedica a insultar al chico que de verdad le gusta? ¿Tan poco cariño sentía por Tim que apenas un mes después de romper con él se había lanzado a los brazos de su mejor amigo?

¿Y él? ¿Qué sentía él al respecto de todo eso? Susan tenía muy poca experiencia con los hombres, menos de la que creía a juzgar por lo que había pasado esa noche. ¿Mac besaba así a todas las mujeres con las que estaba? ¿A todas les susurraba y las tocaba como a ella? Cerró los puños y se dijo que no tenía ningún derecho a sentirse celosa del pasado, presente o futuro de Kev MacMurray. Ellos dos no eran nada.

O eran algo demasiado complicado que ahora no se veía capaz de definir.

Susan nunca había experimentado tanto placer sexual con nadie, pero por lo que ella sabía, quizá él sí. Quizá para

Las reglas del juego

Mac ese tipo de situaciones fueran de lo más normal. Clavó las uñas en el asiento de cuero negro del taxi. No, era imposible que él besara así a las demás. Ella no se había imaginado los temblores que lo habían sacudido, ni tampoco el gemido gutural que se había escapado de sus labios al terminar.

Ni el modo en que la había mirado antes de que ella saliera corriendo.

Daba igual, se dijo, jamás volvería verlo.

«¿Por qué no?», le susurraron las hormonas de su cuerpo.

No volvería a verlo porque no quería que se riese de ella y porque no quería plantearse demasiado en serio la posibilidad de haberse pasado el último año de su vida enamorada (sin saberlo) del mejor amigo de su prometido. Era ridículo.

Además, incluso en el improbable caso de que Kev MacMurray sintiese algo por ella, aunque solo fuese curiosidad, ella jamás podría confiar en un hombre como él.

Mac llevaba treinta minutos plantado frente a la puerta de su casa. No podía dejar de mirarla, igual que tampoco podía dejar de ver el rostro de Susana al irse.

¿Qué diablos había sucedido?

Si aquel encuentro se hubiese producido con cualquier otra mujer, Mac diría que acababa de echar el mejor polvo de toda su vida. Pero la mujer que le había hecho perder el control, la mujer que lo había excitado con sus besos y con su pasión, y que lo había convertido en un animal en celo incapaz de comportarse, no había sido otra que Susana Lobato.

Susana, ex Pantalones de Acero (jamás podría volver a llamarla con ese nombre), la mujer cuyos comentarios llevaban meses amargándole la vida, la mujer que había estado a punto de convertirse en la esposa de su mejor amigo. La mujer con la que él, sin ser consciente, llevaba meses obsesionado. La mujer a la que se había negado a tocar y que ahora quedaría para siempre grabada en la yema de sus dedos.

Respiró hondo y sintió como si Susana volviese a deslizarse dentro de su cuerpo.

Antes, cuando ella recitó todas las cosas que sabía de él, como por ejemplo que era zurdo pero que comía con la derecha, Mac se dio cuenta de que él sabía la misma cantidad de detalles absurdos e íntimos de ella (o más): su actriz preferida era Meg Ryan y, aunque odiaba a Keira Knigthley, tenía una obsesión con *Orgullo y prejuicio*. Siempre pedía café solo, excepto cuando estaba muy cansada, entonces pedía infusión de menta. Su familia vivía en Miami y ella siempre llamaba a sus padres los miércoles. Apenas tenía relación con sus hermanos y su mejor amiga era Pam. No se mordía las uñas, pero cuando estaba nerviosa se tocaba el anillo que llevaba en la mano derecha y lo hacía girar en el dedo. Era pésima con el móvil y siempre tenía frío.

Mac no sabía por qué Susana había decidido cambiarse el nombre por el de Susan, pero sabía que no era un detalle sin importancia. Y sabía que ella nunca le había contado a Tim el motivo.

Necesitaba saber eso casi tanto como necesitaba volver a besarla.

Volver a perderse dentro de ella.

Las reglas del juego

Lo había llamado Kev. Antes de besarlo lo había llamado por su nombre; lo había mirado a los ojos y durante un segundo no le había ocultado nada. Se lo había dado todo y lo había llamado por su nombre.

Y cuando terminaron se lo arrebató y volvió a llamarlo Mac.

A él no le molestaba que sus amigos o sus compañeros lo llamasen Mac. Empezaron a hacerlo en la universidad cuando en un partido de la liga universitaria un comentarista le llamó «Huracán Mac». El apodo cuajó y se le pegó como una garrapata. Al principio le pareció raro, pero a esas alturas ya estaba acostumbrado. Los periodistas le llamaban Mac, los jugadores le llamaban Mac.

Sus padres y sus hermanos lo llamaban Kev.

Susana lo había llamado Kev.

Respiró hondo y al hacerlo inhaló el perfume de Susana, que todavía seguía flotando en el aire. O quizá se lo imaginó. ¿Qué diablos había hecho? Se había echado encima de ella como un animal salvaje y le había hecho el amor de pie, contra la puerta y sin desnudarse. Eso era lo que había hecho y, por mucho que lo intentase, y no estaba seguro de que quisiese hacerlo, jamás se arrepentiría. De hecho, si por arte de magia ella volviese a aparecer ahora mismo en su casa, haría exactamente lo mismo.

Y más, mucho más.

Pero por el modo en que lo había mirado al irse, sabía que era imposible. Susana no volvería.

De lo único que se arrepentía era de no haberla besado hasta que le doliesen los labios, de no haberla desnudado y de no haberle cubierto el cuerpo con caricias y susurros.

De no haberle pedido que lo besara y lo tocase.

Era la primera vez que se sentía vivo cuando otra persona lo tocaba. La primera.

Cuando Mac descubrió el sexo se sintió estafado. Sí, su cuerpo reaccionó como el de cualquier adolescente, pero en su mente, en sus entrañas, sintió que algo, o alguien, le había engañado. En esa época evidentemente no le dio ninguna importancia y el pensamiento desapareció al instante de su cabeza. Pero esa sensación de vacío volvió con el paso del tiempo. Él reaccionaba físicamente siempre que estaba con una mujer que le gustaba, pero era una reacción que no le penetraba la piel. Dentro de él existía una parte que nunca sentía nada.

Siempre se había imaginado que era culpa suya, que carecía de algo, como cuando alguien tiene el sentido del olfato limitado o una ceguera. En una ocasión incluso intentó explicárselo a su hermano y cuando este lo miró perplejo, Mac comparó lo que sentía con llevar guantes; sabes lo que tocas, puedes sentir la forma y el peso del objeto, pero no su tacto ni los detalles más elaborados. Harrison se rio, y por suerte para Mac estaba tan borracho que se olvidó de la conversación.

Ahora sabía que él no era el problema. El problema era que hasta ahora no lo había tocado Susana.

Levantó las manos y se frotó la cara. Daría cualquier cosa por poder volver atrás en el tiempo y quitarle como mínimo el vestido. Al menos así sabría qué aspecto tenía desnuda, claro que entonces le resultaría imposible quitársela de la cabeza.

«Ya no puedes.»

Dios, tendría que haberlo impedido. Tendría que haberse apartado de ella y haberla obligado a hablar, a pensarlo mejor. Pero cuando notó los labios de ella encima de su cuerpo, dejó de pensar. Sus manos querían arrancarle la piel y meterse dentro de ella. Los labios de Susana eran los únicos que le habían enloquecido de esa manera, sus besos, ese temblor que le recorría el labio inferior justo antes de besarlo era la respuesta más sensual que le había dado nunca una mujer. Los gemidos que salían de su garganta podrían hacerle eyacular en menos de un segundo. Y cuando entró en ella... Tenía que dejar de pensar en eso o iba a tener problemas.

¿Por qué había ido Susana a su casa a las tres de la madrugada? ¿Qué era eso que le había dicho que quería comprobar?

¿Ella también se había estado preguntando qué sucedía exactamente entre ellos dos?

Si seguía allí plantado terminaría enloqueciendo o derribando la puerta. Suspiró, giró sobre sus talones y caminó hacia el dormitorio. Por mucho que lo desease, Susana no volvería a aparecer.

Se tumbó en la cama y se quedó mirando el techo.

No sabía la respuesta a ninguna de esas preguntas, ni a muchas más: ¿Por qué lo había besado? ¿Por qué se había ido mirándolo de esa manera, tan asustada y arrepentida? ¿Qué había significado aquella noche para ella? ¿Estaba intentando vengarse de Tim acostándose con su mejor amigo?

¡Oh, mierda!

Se había acostado con la prometida de su mejor amigo. «Exprometida» —le dijo una voz en su mente—, «y Tim nunca ha tenido a Susana de esta manera», añadió la misma voz, aunque Mac no sabía si creerla.

¿Qué pasaría cuando volviese Tim? Mac tenía que contárselo antes de que volviese, tenía que decirle lo que había sucedido con Susana. Él no era de la clase de hombre que se acostaba con la esposa o la prometida de sus amigos. Pero ¿y si Tim quería volver con Susana? ¿Y si Susana quería volver con Tim?

Sintió náuseas y tuvo que apretar la mandíbula y respirar por la nariz para hacerlas retroceder.

No, eso no iba a suceder jamás. Tim estaba decidido a recuperar a Amanda, y Susana... Bueno, no tenía ni idea de qué quería Susana, pero en sus entrañas estaba convencido de que si se hubiese planteado la posibilidad de volver con Tim, no habría sido capaz de besarlo como lo había besado. Ni de prácticamente desnudarlo y exigirle que la besara y la tocase. Ella se había ido de allí mirándolo como si no quisiera verlo más, cierto, pero también había sido ella la que había tirado de sus pantalones y la que lo había pegado contra su cuerpo, haciéndolo enloquecer de deseo. Y de momento tenía que conformarse con eso.

A la mañana siguiente, o mejor dicho, a la tarde siguiente, Susan llegó a la conclusión de que había cometido la mayor locura de toda su vida al ir a ver a Mac en plena noche.

Asumió toda la culpa de lo que había sucedido; él, al fin y al cabo, era un hombre y solo había reaccionado del modo más natural y previsible posible. Lo que había sucedido entre los dos, la sangre quemándole las venas, los besos húmedos y ardientes, el sudor, la piel que buscaba la del otro... eso era el resultado de dos botellas de tequila, mucha frustración y toda la rabia que los dos llevaban meses conteniendo.

Él no la soportaba y ella a él tampoco... y al final los dos habían estallado del modo más inusual e impensable, pero lógico en cierto modo.

Lo que tenía que hacer ahora era comportarse como una mujer adulta y decirle que lamentaba el incidente y que esperaba que todo volviese a la normalidad entre los dos. Es decir, que siguiesen ignorándose durante el resto de sus vidas.

Una mujer adulta lo llamaría y lo invitaría a tomar una copa o un café y entonces le diría con mucha sofisticación cómo estaban las cosas. Susan se consideraba una mujer adulta, a veces incluso demasiado, pero al parecer Mac tenía el poder de hacerla retroceder hasta la adolescencia, porque al final fue incapaz de llamarlo y optó por escribirle un mensaje: «Lo siento. Ha sido culpa mía. No volverá a repetirse. Adiós. Susana.»

Le dio a la tecla de enviar y volvió a dejar el móvil encima de la cocina, que era donde estaba bebiéndose un café a pesar de que ya era hora de comer. Probablemente se pasó más de media hora mirando fijamente el dichoso aparato a la espera de recibir una respuesta de Mac. Y cuando esa media hora de silencio se convirtió en una y luego en dos y después en tres, dio por hecho que él no iba a contestar. Tal vez para Mac lo que había pasado entre los dos había sido tan insignificante que ni siquiera se merecía un mensaje de vuelta.

¿Cómo era posible?

¿La había besado como si la necesitase para respirar y ahora era incapaz de contestarle con un simple mensaje?

Mejor, eso era precisamente lo que ella quería, que las cosas volvieran a ser como antes. Mac (ya no era Kev) por fin volvía a comportarse como el energúmeno de siempre. Ahora ella tenía que volver a creer que la pasión y el sexo no tenían ninguna importancia en su vida.

Mac estuvo a punto de lanzar el móvil contra la pared del salón, pero se contuvo, aunque lo apretó con tanta fuerza que notó que la pantalla crujía entre sus dedos. Si Susan estuviese delante de él le demostraría exactamente la «culpa» que había tenido en lo de anoche.

Maldita fuese, cualquiera diría que había tenido que forzarlo. ¡Si no había tardado ni cinco minutos en terminar y apenas la había desnudado!

¿Y qué era exactamente lo que sentía? ¿Haberlo besado, habérselo tirado, haberse ido? A él siempre le había fascinado el modo de pensar de Susan —sí, ahora que había decidido reconocer lo que de verdad sentía por ella, ya no se molestaba en negarlo—, pero en ese momento la cogería por el cuello y... la besaría hasta que dejase de pensar.

Y el «no volverá a repetirse»... Joder, parecía que estuviese disculpándose por haber llegado tarde al trabajo o por haber infringido el límite de velocidad. Una persona no se disculpa por haberle dado a otra el mejor orgasmo de toda su vida. Ni hablar.

Soltó el móvil y lo dejó encima del sofá en el que se había sentado para pensar qué iba a decirle cuando la llamase. El problema era que había tardado tanto en dar con la frase exacta (que al final iba a ser un «Hola, soy yo, ¿te apetece ir a cenar conmigo esta noche?») que ella se le había adelantado y le había mandado ese estúpido e impersonal mensaje cortando por lo sano y de raíz cualquier posible relación entre los dos.

Maldita fuese.

¿Qué podía decirle ahora?

Hasta que leyó ese mensaje, Mac creía que a Susan le había gustado tanto como a él lo de la noche anterior. En su mente había justificado su abrupta partida diciendo que, probablemente, se había sentido abrumada por la intensidad del encuentro —al fin y al cabo habían hecho el amor de pie contra la puerta sin desnudarse—, pero que cuando durmiese un rato se tranquilizaría y vería las cosas con más calma.

Se había imaginado que la llamaría y que volverían a verse más tarde... y que se pasarían horas en la cama.

Qué estúpido había sido. A Susana no la abrumaba nada, sencillamente se arrepentía de haberse acostado con él y no quería volver a verlo. Él tendría que entenderlo mejor que nadie, en su juventud había hecho algo similar unas cuantas ocasiones; despedirse abruptamente de una mujer después de tener sexo con ella. Era justo incluso que le sucediese lo mismo precisamente con Susana.

Pero a pesar de la lógica, o de lo que pudiese decirle su cerebro, Mac no podía dejar de recordar cómo lo había besado, y seguía convencido de que en esos besos había algo más que atracción.

No eran imaginaciones suyas.

No lo eran.

Y sí, él tampoco sabía exactamente qué estaba sucediendo entre ellos, pero quería averiguarlo. Sus entrañas se retorcían solo con pensar en la posibilidad de no intentarlo.

Sonó el móvil y tenía tantas ganas de que fuese ella que contestó sin mirar.
—¿Sí?
—Vaya rapidez —le dijo Tim desde el otro lado—. ¿Acaso estabas pegado el teléfono?
Mac tuvo que tragar saliva para encontrar la voz.
—Sí.
—¿Te pasa algo?
—No, que va —carraspeó.
«Dile que te has acostado con Susana. Díselo.»
—Te noto raro —insistió Tim.
—¿Qué tal van las cosas con Amanda? —le preguntó para dejar de ser el centro de atención.
—Un poco mejor.
—¿En serio? —«Gracias a Dios. No quiere volver con Susana.»—. Me alegro mucho, Tim.
—Bueno, de momento lo único que he conseguido es ir a cenar con ella y apenas me dirigió la palabra. Pero supongo que puede decirse que voy avanzando. Jeremy es otra cosa, creo que a él empiezo a gustarle.
Mac notó la alegría de su amigo y decidió que no era el momento de contarle que se había acostado con la mujer que había estado a punto de convertirse en su segunda esposa.
—Mándame una foto, si puedes. Me encantaría ver a mi sobrino, espero que se parezca a su madre —bromeó.
—La verdad es que se parece mucho a mí —le explicó Tim, y en su voz se palpó el amor que ya sentía hacia su hijo.
—Bueno, podría ser peor, supongo.
—¿Has visto a Susan?
—No —mintió—. ¿Por qué?

—Ayer me llamaron de la agencia de viajes para confirmarme que me ingresaban el importe de la luna de miel y pensé en ella.

—Creía que no ibais a iros de luna de miel —recordó Mac.

—Sí, pero unas semanas antes de la debacle la convencí para que se tomase unos días. Íbamos a ir a Hawái. Esa chica trabaja demasiado —suspiró—. Supongo que, aunque me he dado cuenta de que no estoy enamorado de ella, le tengo mucho cariño. Y estoy preocupado por ella.

A Mac le habría gustado decirle que no hacía falta que se preocupase por Susana, que ya estaba él para hacerlo. Pero no lo hizo, y no por Tim, ni por él, sino porque Susana le había mandado ese maldito mensaje disculpándose por lo de la noche anterior. Seguro que la primera vez que se acostó con Tim no le mandó ningún mensaje al cabo de unas horas diciéndole que se arrepentía. No, seguro que con Tim se quedó a pasar la noche y durmieron abrazados.

Le entraron ganas de dar un puñetazo a su amigo. Al mejor amigo que había tenido desde la infancia, una de las pocas personas que siempre habían estado a su lado.

No podía seguir así. Esa mujer iba a volverlo completamente loco. Ella tenía razón. Lo de la noche anterior no iba a volver a repetirse. Él no iba a permitirlo, bastante complicada tenía la vida como para que Susana jugase con su cabeza. Tenía que cortarlo de raíz, igual que había hecho ella.

—Susan está bien —dijo entre dientes—. Si me enterase de algo, te llamaría, pero ella tiene a sus amigos y a su familia. Y tú ahora ya no formas parte de ella.

«Y yo tampoco.»

—Tienes razón, Mac. Supongo que me siento culpable.

Eso sí que podía entenderlo. Tim era muy buena persona, y seguro que lo carcomía haber dejado a Susana de la manera en que lo había hecho. Respiró hondo y le dio cancha a su amigo.

—Quizá cuando vuelvas podréis volver a ser amigos —sugirió—. ¿Cuándo volverás, por cierto?

—Todavía no lo sé. Aún faltan varias semanas antes de que empiecen los entrenamientos, así que no he tomado ninguna decisión al respecto.

—Mantenme informado, Tinman.

—Eso haré, Mac. Cuídate.

Después de colgar, Mac se quedó mirando el maldito teléfono durante unos minutos.

O tal vez una hora.

Al cuerno. Él no era un cobarde. Jamás lo había sido. Siempre había intentado mantenerse fiel a sí mismo, para conseguir sus sueños sin dejarse arrastrar por los de su familia. E iba a seguir haciéndolo. Su mayor habilidad consistía en saltarse las reglas sin que nadie se enterase, en la vida, en el fútbol y ahora con Susana. Sí, nadie podría definir nunca su relación como «normal», pero no estaba dispuesto a perder la oportunidad de averiguar todo lo que podía hacerle sentir aquella mujer solo porque se hubieran lanzado el uno encima del otro después de pasarse meses discutiendo.

Cogió el móvil y tecleó: «Ni hablar». Se lo mandó y lanzó el móvil contra la pared para asegurarse de que no recibía ningún estúpido mensaje más.

Decimoprimera regla del fútbol americano:

Intercepción: cuando un jugador defensivo atrapa un pase del quarterback rival antes de que el balón toque el suelo o salga del campo, se consigue una intercepción y ese equipo obtiene automáticamente la posesión del balón.

CAPÍTULO 11

SUSANA

«Ni hablar.»

Casi cuatro horas después de recibir mi mensaje, esa es la respuesta de Kev.

«Ni hablar.»

¿Qué diablos quiere decir? ¿Ni hablar, no pienso aceptar tus disculpas? ¿Ni hablar, esto no es un adiós? ¿O ni hablar, esto sí que volverá a repetirse?

¿Kev ha elegido esas palabras adrede para volverme más loca?

Paso los dedos por la pantalla, justo por encima del número.

Quiero llamarlo y el verdadero motivo es que quiero oír su voz, aunque sé que no voy a hacerlo.

Porque no quiero enfrentarme a lo que ha sucedido.

Todavía puedo sentirlo moviéndose dentro de mí, sigo

sintiendo su torso pegado al mío. Sus dedos sujetándome el rostro.

Su frente apoyada en la mía cuando ha susurrado mi nombre al terminar.

No voy a llamarlo.

Dejo de nuevo el móvil sobre de la encimera del baño —sí, es patético, desde que le he mandado ese mensaje no he podido separarme del maldito aparato— y sigo desnudándome.

He decidido darme un baño, la bañera está llena de agua y de burbujas, he puesto uno de mis álbumes preferidos de música de fondo y tengo una novela esperándome encima del taburete.

Meto la punta del pie derecho en el agua. Está perfecta.

Suena el móvil y ni siquiera me planteo no contestar, sino que me giro tan rápido que casi me caigo al suelo.

—¿Diga?

—Susana, ¿estás bien? Te noto acelerada.

—No, estoy bien, Parker.

No sabía que tuviese mi número de móvil.

—Espero que no te moleste, pero he sacado tu número de teléfono de los archivos de la cadena —me explica él adivinando mi pregunta.

—Vaya, Parker, conque incumpliendo la ley —flirteo para ver si soy capaz.

Parker se ríe.

—Es un asunto de vital importancia. Estoy seguro de que el jurado lo entenderá y me declararán inocente.

—Ah, vaya, ¿de qué se trata?

—Tengo entradas para la ópera este viernes.

—¿Las entradas de la ópera son tu asunto de vital importancia?

—Sí, claro. Me las ha regalado uno de los socios de la cadena y tengo que ir acompañado o intentará casarme con una de sus hijas.

—Pobre Parker —me río.

—Ten piedad de mí, Susan.

Puedo ver a Parker en su despacho, o tal vez en su lujoso apartamento (en el que nunca he estado), sonriendo y repasando mentalmente la lista de nombres de mujeres que tiene en su agenda.

Sé que, si le digo que no, llamará a otra. Y no me molesta.

Y que si le digo que sí, el viernes me tratará como si fuese la mujer más guapa del mundo.

Parker no sacudirá los cimientos de mi mundo.

—¿Susan?

—Lo siento —carraspeo—. Sí, de acuerdo. Te acompañaré a la ópera y te protegeré de las hijas casaderas.

—Eres la mejor, Susan. Pasaré a buscarte a las seis.

Parker se despide y yo me meto en la bañera. Ya no consigue relajarme como había planeado. A pesar de que acabo de aceptar salir con otro hombre, es el rostro de Kev el que no desaparece de mi mente.

Ni siquiera se desvanece cuando me meto debajo del agua.

Pasan los días sin noticias de Kev. No ha vuelto a aparecer por la cadena ni por mi piso, y tampoco ha vuelto a llamarme ni me ha dejado ningún mensaje.

No lo echo de menos, no puedo, no paro de pensar en él.

Sigo sin saber qué diablos significa ese «Ni hablar», pero supongo que ya no importa. Él se habrá olvidado del mensaje, de mí y de lo que sucedió en su casa.

Y yo voy a hacer lo mismo.

Seguro que la cita de hoy me ayudará a conseguirlo.

He elegido un vestido rojo para esta noche; no es nuevo, lo llevé hace unos meses a una gala benéfica a la que tuve que asistir con Tim. Lo he elegido porque me favorece y porque recuerdo que esa noche Kev me miró más furioso de lo que era habitual en él.

Sí, lo sé, aunque intento evitarlo aparece en todos mis pensamientos.

¿Cómo es posible que esté metido tan dentro de mi vida?

Suena el timbre de la puerta y me apresuro a abrir. Parker está impresionante, lleva esmoquin y parece sacado de una película de James Bond, y a mi estómago o a mi corazón le da exactamente igual.

—Estás preciosa —me dice él agachándose para darme un beso en la mejilla.

—Gracias, tú también.

Cojo el bolso y salimos del apartamento. Parker tiene un coche esperándonos. Es uno de los vehículos negros que utilizan los directivos de la cadena para la que ambos trabajamos y eso me lleva a pensar que quizá Parker tiene más poder del que creo.

El trayecto hasta la ópera es agradable, Parker me da conversación y entre pregunta y pregunta añade algún que otro piropo.

Incluso me hace reír dos veces.

Llegamos a nuestro destino y cuando el chófer detiene el vehículo, Parker desciende para abrirme la puerta y ayudarme a salir.

La ópera está preciosa, hay una alfombra roja en la entrada y del balcón principal cuelgan distintas banderas de terciopelo con el nombre bordado de la fundación que ha organizado el evento.

Estamos en la entrada charlando con unos amigos de Parker que él acaba de presentarme cuando un escalofrío me recorre la espalda y siento unos ojos encima de mi piel.

Puedo sentir el lugar exacto donde se posan y su fuego me hace temblar. No tengo que girarme para saber quién es, pero tampoco puedo evitarlo.

Muevo ligeramente la cabeza hacia la derecha y me quedo sin aliento al ver a Kev completamente inmóvil a pocos metros de distancia.

Lleva traje negro, camisa blanca y va mal afeitado. No deja de mirarme. Le tiembla el músculo de la mandíbula y veo que flexiona los dedos de la mano derecha.

Los ojos le brillan como nunca y en sus profundidades me parece ver rabia.

Y dolor.

Separo los labios para llamarlo, siento el impulso de explicarle que Parker trabaja conmigo y que no significa nada, pero la vulnerabilidad que he creído ver en él desaparece y su rostro se endurece.

Yo lamento la pérdida de inmediato y siento, absurdamente, que me escuecen los ojos.

Tengo que hablar con él, me humedezco el labio inferior en busca de mi voz y justo entonces la mano de Parker me rodea por la cintura.

La rabia que aparece en los iris de Kev me duele y aparto la mirada para no verla.

Cuando vuelvo a buscarlo él ha desaparecido. Me giro hacia Parker con la esperanza de haberme imaginado todo el incidente, pero veo la espalda de Kev entrando en la ópera acompañado de Mike, el entrenador de los Patriots, y su esposa Margaret.

Todo el mundo dice que la ópera es maravillosa, que la soprano está tocada por los ángeles y que los músicos son incomparables.

Yo no oigo ni una nota, no puedo dejar de pensar en los ojos de Kev y en cómo me han mirado en la entrada.

Y en cómo se niegan a mirarme desde entonces.

Kev está sentado en el palco justo enfrente del nuestro. Yo puedo verlo perfectamente y él, el muy cretino obstinado, mantiene todo el rato el rostro fijo en el escenario. Está tan rígido que podría romper una tabla de madera con el cuello.

Hay instantes en los que creo sentir de nuevo su mirada, como cuando Parker me ha puesto una mano en el muslo.

Pero, cuando he levantado la vista para buscarlo, Kev seguía completamente hipnotizado con el escenario.

Los aplausos se intensifican y se encienden progresivamente las luces.

Media parte.

Gracias a Dios.

—Si me disculpas —le digo a Parker—, tengo que ir al servicio. No tardaré.

Él me sonríe y se pone en pie solícito. Me explica que mientras yo voy al baño él irá a buscarnos unas copas de champán.

Le sonrío y prácticamente salgo corriendo, tengo que echarme agua en la cara y recomponerme un poco.

Veo la luz que señala los aseos y me dirijo hacia ella, y solo estoy a unos metros cuando alguien me sujeta por la cintura y tira de mí hacia unas cortinas.

En menos de un segundo me encuentro con la espalda pegada a la pared de un palco vacío y con Kev encima de mí.

Él sigue sujetándome por la cintura con una mano, y la otra la apoya al lado de mi rostro.

—¿Puede saberse qué diablos estás haciendo? —me pregunta con los labios a escasos centímetros de los míos.

Levanto las manos y las apoyo en su torso. Creo que iba a empujarlo, pero no estoy segura.

—Eso mismo iba a preguntarte yo a ti. Aquí puede vernos cualquiera.

—Este palco está siempre vacío. No nos ve nadie —afirma, pero entonces entrecierra los ojos y añade—: ¿Por qué te preocupa que nos vea alguien?

—Apártate —le digo negándome a contestarle.

—No. Le has dejado que te tocase la cintura. —Noto que aprieta los dedos que tiene allí—. Y el muslo.

Aparta la mano y con una destreza que no encaja con su enorme físico la desliza por debajo de mi falda hasta colocarla posesivamente sobre el muslo que antes ha rozado Parker.

—Apártate, Mac.

Las reglas del juego

—Abre los ojos y dímelo otra vez.

¿He cerrado los ojos?

Los abro y veo el rostro de Kev. Tiene la mandíbula apretada y una fina capa de sudor le cubre la frente. Le tiembla el pulso en la sien.

Está enfadado y dolido.

Y asustado.

—Lo del otro día fue un...

Él no me deja terminar, agacha la cabeza y me besa en los labios. Los coloca despacio sobre los míos y los separa levemente.

Durante un segundo solo respira y su aliento se mete dentro de mí y me hace temblar. Después su lengua me acaricia el labio inferior una y otra vez, hasta que un gemido se desliza entre nosotros y nuestras bocas se funden sin pedirnos permiso.

—No podemos hacer esto, Kev —susurro yo cuando él se aparta para respirar.

—¿Por qué?

—Hasta hace un mes nos odiábamos.

—Yo nunca te he odiado —me mira a los ojos de tal manera que me resulta imposible dudar de él.

No puedo respirar.

—Esto no tiene sentido —le digo ahora.

Él vuelve a agacharse y me da otro beso para demostrarme que la que carece de sentido soy yo.

—No puedo hacer esto, Kev. Vete, por favor —añado, y noto que me tiembla el labio.

Él se aparta y me mira preocupado. Sé que quiere abrazarme y veo que le duele contenerse.

Se va sin decirme nada.

ANNA CASANOVAS

Cuando vuelvo al palco, Parker me está esperando con dos copas de champán. Intento seguirle la conversación, pero mis ojos insisten en volver al palco de Kev.

Se oye la campanilla que anuncia el fin de la pausa y todo el mundo ocupa de nuevo sus asientos.

Todo el mundo excepto Kev.

Decimosegunda regla del fútbol americano:

Una vez finalizada la jugada (generalmente se da por finalizada cuando placan al portador del balón o cuando se falla un intento de pase), el partido se detiene y se vuelve a repetir el mismo proceso desde el punto de máximo avance del balón.

CAPÍTULO 12

Hacía dos semanas que no la veía. Al menos en persona, porque cada noche se torturaba a sí mismo y ponía el canal de noticias justo cuando Susana aparecía en pantalla. Le pareció que estaba más delgada y que tenía un poco de ojeras, y que estaba increíblemente guapa. Mac justificaba esos diez minutos de tortura diaria diciendo que así seguro que se aburriría de ella, aunque por el momento esa táctica no parecía estar haciendo ningún efecto.

Dedicó esas dos semanas a ir al gimnasio y a seguir trabajando en su proyecto: La mejor jugada. Estar ocupado no hacía que no pensase en Susana, pero al menos así se acostaba más cansado y con la sensación de tener cierto control sobre su vida.

Además, La mejor jugada requería toda su atención.

Mac, al igual que Tim, procedía de una familia muy adinerada. Su padre, Robert MacMurray, dirigía un banco que había pertenecido a su familia durante generaciones, y su madre, Meredith, provenía de una larga estirpe de rancheros de Texas. Mac y sus hermanos, Lilian y Harrison, se habían criado en una mansión en Boston rodeados de todos los lujos imaginables, pero sus padres también les habían enseñado que eran unos privilegiados y que tenían el deber de ayudar a los demás y de cumplir con las obligaciones que comportaba su posición más favorable. Toda su familia invertía parte de su tiempo y de su fortuna en labores sociales, pero lo hacían desde la discreción más absoluta porque nunca habían buscado el reconocimiento de nadie, sencillamente querían ayudar.

Mac habría podido participar en cualquiera de las fundaciones benéficas que habían creado sus padres, o en la que había fundado su abuela para proteger a las mujeres maltratadas y sin recursos, una de las más importantes del país, pero él quería tener su propio proyecto. Algo en lo que creer de verdad y a lo que poder dedicarse en cuerpo y alma cuando se retirase del fútbol profesional. Se había pasado años dándole vueltas al tema, buscando un proyecto que encajase con él de verdad. Hasta que un día, volviendo de un entrenamiento, lo encontró.

Llovía y era de noche, y la carretera por la que circulaba normalmente estaba cortada y lo desviaron por unas calles menos transitadas. Unos minutos más tarde se fijó en sus alrededores y vio que estaba en una zona que no tenía muy buen aspecto y no tardó en ver un par de bandas callejeras merodeando por una acera. Y detrás de ellos había un campo de fútbol completamente vacío y abandonado. A oscuras. Mac llegó a su casa sin que se produjese ningún incidente, pero no pudo quitarse de la cabeza la imagen de ese campo abandonado y de las bandas de adolescentes. Si el campo estuviese en buen estado y perfectamente iluminado, probablemente alguno se sentiría atraído. Y si además hubiese entrenamientos gratis, seguro que más de uno estaría tentado de intentarlo para buscar un futuro mejor. Y si organizasen una liga entre barrios, tal vez la gente que vivía allí se involucraría en el proyecto y entonces esas calles quizá dejarían de ser tan peligrosas.

Mac no era ningún estúpido y sabía perfectamente que para rehabilitar una zona no bastaba con jugar al fútbol, pero por algún lugar se tenía que empezar, ¿no? Mantener el anonimato le estaba resultando cada vez más difícil, y para eso había contratado a un abogado que se encargaba de hacer todas las gestiones, pero el que tomaba las decisiones era él.

Hasta el momento, La mejor jugada había rehabilitado varios campos de fútbol abandonados de la ciudad y patrocinaba unos cuantos equipos locales, la liga de equipos infantiles y varios campeonatos, pero el proyecto en el que estaba trabajando ahora era la compra de un solar que había quedado disponible en medio de cuatro edificios especialmente castigados por el tráfico de drogas. Si lograba hacerse con ese solar, no solo haría un campo de fútbol, sino que podría construir un miniestadio para que los más pequeños fuesen a jugar y también una pequeña biblioteca. Era un proyecto muy ambicioso, y tenía un gran obstáculo en el camino: una constructora de Boston también estaba interesada en el solar para levantar allí un centro comercial.

Esas últimas dos semanas habían sido muy intensas. La constructora había conseguido la aprobación de uno de

Las reglas del juego

los concejales del Ayuntamiento y, si Mac no encontraba el modo de anularla y de convencer al alcalde de que su proyecto era mejor, terminaría perdiendo el solar. Su abogado y él habían presentado todas las alegaciones posibles al proyecto del centro comercial, y adjuntaron los resultados más que favorables que estaban obteniendo con los campos de fútbol que habían rehabilitado por la ciudad; unos resultados que se traducían en la reducción de la criminalidad y en el aumento de la escolarización en la zona, pero no en términos económicos.

No sirvió de nada.

El Ayuntamiento sacó a subasta el solar y la constructora hizo una oferta que no pudieron rechazar.

Mac estaba en el despacho de su abogado cuando recibieron la noticia. Habría podido quedarse un rato y sopesar las distintas posibilidades que tenían, pero estaba demasiado furioso y demasiado cansado. Necesitaba pensar, así que se despidió de su abogado, bajó a la calle, metió las manos en los bolsillos del abrigo y empezó a andar sin rumbo fijo.

Caminar lo ayudaba a concentrarse, era algo que le había enseñado su primer entrenador de fútbol; sus pies se colocaban el uno detrás del otro, un movimiento sencillo, y su mente poco a poco iba centrándose en lo que más le preocupaba. La decisión del Ayuntamiento no era del todo definitiva, todavía existía la posibilidad de que denegasen la venta del solar a la constructora, pero tenían que darse un sinfín de condiciones. Le ponía furioso saber que por culpa de unos cuantos concejales avariciosos y cortos de miras su proyecto no iba a seguir adelante. Seguro que cualquier estudiante de Económicas podría explicarles que estaban cometiendo un error. ¿Estudiante de Económicas? Susana. Ella era doctora en Económicas y sabía explicarse mejor que nadie, incluso conseguía que las noticias financieras fueren comprensibles. Pero ella jamás accedería a ayudarlo y él nunca se lo pediría. Encontraría a otro economista, a un catedrático de reputación internacional, y le encargaría un informe para presentárselo al Ayuntamiento. Probablemente eso tampoco serviría de nada, tal vez debería olvidarse de ese solar y buscar otro. Lo más inteligente sería hacer ambas cosas, decidió; seguiría luchando por ese condenado solar y empezaría a buscar otro.

A Mac no le gustaba rendirse, y quizá por eso cuando alzó la vista no le sorprendió descubrir que estaba justo delante de la casa de Susana.

El único lugar donde quería estar.

Eran las doce del mediodía y Susan estaba en casa horneando un pastel. La cocina no era lo suyo, pero se negaba a aceptarlo. Le encantaba el olor a vainilla y como no podía pasarse el día viviendo en una pastelería, de vez en cuando se atrevía a hacer un pastel o unas galletas. Siempre le regalaba la mitad a Pam, que la insultaba por perjudicar su figura, y la otra se la comía ella poco a poco, y siempre antes de acostarse, cuando llegaba del trabajo y aprovechaba para relajarse.

Batió la mantequilla y pensó que era curioso que no se hubiese dado cuenta hasta ahora, pero nunca le había hecho ningún pastel a Tim. Ni siquiera se le había pasado por la cabeza hablarle de su pequeño pasatiempo.

Las reglas del juego

¿Qué otras cosas no le había contado?

Cuantos más días pasaban desde su ruptura, más dudaba Susan de que hubiesen llegado a ser felices de verdad. Y al mismo tiempo tenía que reconocer que cuando pensaba en Tim lo hacía con cariño, pero nunca con amor, ni con deseo, ni siquiera con lujuria.

¿Por qué no se había dado cuenta? ¿Por qué se había convencido de que lo quería cuando ahora veía tan claro que no?

Se apartó un mechón de pelo de la frente y se concentró en la receta. Añadió los huevos, la harina, el azúcar y el aroma de vainilla. Y luego vertió la masa en el molde y lo metió en el horno. Ese día había elegido un sencillo bizcocho; sencillo pero delicioso, el que mejor combinaba con la infusión que se bebía de noche.

Programó el horno y oyó que llamaban a la puerta. Se limpió las manos con el trapo y fue a abrir, convencida de que se encontraría con el portero; había comprado unos libros por Internet y el pedido estaba a punto de llegar.

Pero no era el portero el que estaba plantado en el dintel con una caja de libros en la mano, era Mac. Y estaba furioso. Y no sujetaba ningún libro.

—Me has hecho venir hasta aquí —le dijo, convencido de que esa frase tenía alguna clase de sentido. Colocó una mano en la puerta para terminar de abrirla y entró esquivando a Susana.

—Yo no he hecho nada —le contestó ella sin apartar los ojos de él, que se movía como un león enjaulado.

—Oh, sí, sí que me has hecho algo. He tenido dos semanas horribles, me las he pasado trabajando como un condenado y por las noches, ¿sabes qué he hecho por las noches? —le preguntó acercándose a ella—. Verte en la tele.

—Yo... —balbuceó Susana.

—Tú nada. Tú me mandaste ese mensaje horrible para disculparte, como si me hubieses rayado el coche. Joder, Susana, ¿tenías que ser tan fría? —Se pasó frenético las manos por el pelo—. ¿Tenías que salir con ese tipo? Mierda, Susana. Dejaste que te tocase —dijo entre dientes.

—No hables mal en mi casa. No pienso permitírtelo. Y Parker solo es un amigo.

—¿¡Qué!? —Mac levantó las manos exasperado—. ¿En serio? Tú te presentaste en mi casa a las tres de la madrugada y prácticamente me lanzaste la caja de bombones a la cabeza. Estabas medio borracha, o medio sobria, y me soltaste ese discurso acerca de todo lo que sabes de mí. Y luego, te lanzaste encima de mí antes de que yo pudiese contestarte. ¡No, no he acabado! —le advirtió al ver que ella iba a abrir la boca—. Me echaste un polvo contra la puerta y te fuiste, y luego me mandaste ese mensaje. Y al cabo de unos días fuiste a la ópera con Don Perfecto porque al parecer con él sí que pueden verte. Tú, Susana has hecho todas esas cosas, ¿y ahora no piensas permitirme que hable mal en tu casa? Solo he dicho un taco, tú en la mía hiciste algo mucho peor.

El corazón de Susan le estaba golpeando el esternón tan fuerte que apenas podía oír nada. Mac estaba furioso, de eso no le cabía la menor duda. Sin embargo, en sus ojos y en la comisura de los labios veía que también estaba frustrado y agotado, y algo le decía que no todo era culpa de ella.

Le había sucedido algo, algo lo bastante grave como para alterarlo de esa manera.

—¿Ha sucedido algo, Kev?

—Que si ha sucedido algo, me pregunta —dijo sarcástico—. Por supuesto que ha sucedido algo. Que viniste a mi casa, Susana.

—Me refería a hoy.

—Hoy, ayer, mañana. No puedo pensar. Después de verte en la ópera con ese imbécil creí que iba a lograrlo, que mi mente había captado el mensaje, pero no puedo dejar de pensar en ti. ¿Por qué me has hecho esto? —Mac no tenía ni idea de que esas palabras fueran a salir de su boca, y sin embargo no podía detenerlas. Estaba harto de intentarlo.

—¡Yo no te he hecho nada! Cualquiera diría que tuve que obligarte, parecías estar más que dispuesto a... a... —tragó saliva— seguirme la corriente.

—¡Joder, Susana, cómo puedes ser tan lista y tan tonta al mismo tiempo!

—Si vas a seguir insultándome, será mejor que te vayas.

—No te estoy insultando.

—¿Ah, no?

Con cada una de las frases que se lanzaban habían ido acercándose el uno al otro. Mac fue el primero en darse cuenta de que la tenía al alcance de la mano y vio que a ella se le había acelerado el pulso y que tenía los ojos completamente brillantes.

—A la mierda —farfulló, decidiendo que, estando tan alterados como estaban, no serviría de nada que siguiesen hablando.

La sujetó por los antebrazos y al mismo tiempo agachó la cabeza para devorarle los labios. Susana, muy a pesar de su orgullo, gimió al sentir el tacto de los de Mac pegados a los suyos. Él movió la lengua en el interior de su boca con rabia y subió las manos hasta enmarcarle el rostro con ellas. Susana levantó las suyas y con dedos firmes le sujetó las muñecas durante unos segundos, pero él la besó repetidamente, pegó su torso al de ella y dejó que notase lo mucho que la deseaba.

Susana le soltó las muñecas y le bajó las manos hasta la cintura de los pantalones para tirar de él y juntar sus caderas. Él también bajó las manos, pero para cogerla en brazos.

—El dormitorio —le dijo, apartándose solo los segundos necesarios.

Susana, desconociéndose por completo, le respondió:

—Al final del pasillo—. Y empezó a tirarle de la camiseta de las ganas que tenía por desnudarlo.

Él los llevó hasta allí y abrió la puerta de un puntapié. Los dos cayeron sobre la cama, frenéticos por encontrar el modo de desnudarse el uno al otro sin dejar de besarse y de tocarse. Mac fue el primero en quedarse sin camiseta, básicamente porque se la quitó con un movimiento brusco, y Susan lo siguió al instante. Ella le arañó la espalda y él le acarició y le besó los pechos por encima del sujetador.

¿Por qué perdía el control solo con ella? Mac solía ser un amante considerado y refinado que solo recurría a los movimientos bruscos cuando su pareja se lo pedía, y no solía excitarlo especialmente, pero con Susana su técnica se reducía a la de un adolescente y su único objetivo era meterse dentro de ella lo antes posible. Y quedarse allí durante tanto tiempo como ella le permitiese, y hacerla gemir y estremecerse de placer.

Tiró de los pantalones de Susana y los lanzó al suelo, y

ella se peleó con el botón de los vaqueros que él llevaba. Mac le apartó la mano porque, si ella lo rozaba, aunque fuese por casualidad, se correría. Le sujetó las manos encima de la cabeza y sin dejar de besarla se desabrochó los vaqueros, pero no se los quitó. Para quitárselos habría tenido que apartarse de ella, dejar de besarla y de tocarla, y no se veía capaz de hacerlo. La ropa interior de ella le molestaba, el sujetador iba a tener que quedarse porque ni loco iba a detenerse lo suficiente como para hacerse cargo de él, pero las braguitas eran otro tema. Podría rompérselas, e iba a hacerlo cuando recordó que ya le había roto unas.

Y si quería que Susana le diese la más mínima oportunidad, quizá debería demostrarle que era capaz de ser algo más sofisticado que un animal. Soltó el aire por la nariz y empezó a bajarle la prenda por los muslos. Ella levantó las caderas e intentó mover los brazos, pero Mac no se lo permitió. Susana entonces apartó los labios de los de él y le mordió el cuello.

Mac se estremeció de placer y un sonido gutural salió de su garganta.

¿En qué la estaba convirtiendo ese hombre? Ella nunca mordía a nadie, mejor dicho, nunca había sentido la imperiosa necesidad de morder a nadie, y menos a un hombre en su cama. Pero con Mac se volvía loca, perdía cualquier inhibición y su cuerpo tomaba el control. No solo quería morderlo, quería sujetarlo por el pelo y pegarlo contra ella, quería lamerle esa espalda que parecía no acabar nunca y recorrerle los pectorales y los abdominales de mármol con las uñas y ver si temblaban bajo sus palmas.

La mano de él subió por un muslo y buscó su entrepierna. Y sin previo aviso deslizó un dedo en su interior. Entonces se detuvo.

—Kev... —gimió Susana.

Al oírla decir su nombre, Mac se serenó un poco y abrió los ojos. Ni siquiera recordaba haberlos cerrado. Había ido al apartamento de Susana para hablar con ella. Iba a utilizar la excusa de que necesitaba ayuda con el informe económico de la fundación. No había ido allí para desnudarla y hacerle sentir que se moriría si no volvía a tocarla.

No podía pensar. Susana no podía condenarlo a no sentir nada durante el resto de su vida.

Estaba tan furioso y frustrado que había ido a verla para decirle que podía seguir saliendo con el imbécil de la ópera y meterse su mensaje donde le cupiese; él no era un chico de los recados al que pudiese despedir con una frase hecha. Había ido a verla para decirle que él tampoco quería repetir lo de la otra madrugada y que lo mejor para todos sería que nunca le contasen a Tim lo sucedido. Al fin y al cabo, solo habían echado un polvo sin importancia.

Pero cuando la vio vestida con esa camiseta y esos pantalones, oliendo a vainilla y con restos de harina en la cara, se olvidó por completo del discurso que tenía preparado y se puso más furioso todavía. Y Susana, típico de ella, reaccionó de un modo completamente inesperado.

Y Mac decidió que hablar con ella era una completa pérdida de tiempo y que lo que tenía que hacer era besarla. Besarla y llevarla a la cama. Quizá entonces los dos se tranquilizarían lo suficiente como para mantener una conversación civilizada.

Necesitaba estar dentro de ella, volver a hacerle el amor, sentirla a su alrededor. Susana temblaba y se movía debajo de él, pero todo estaba sucediendo muy deprisa y él preferiría morir a hacer algo que ella no quisiese.

—¿Es esto lo que quieres? —le preguntó con la voz ronca, deslizando la erección lentamente por encima de la entrepierna de ella.

La sorpresa de Susana fue más que evidente.

—¡Sí! Eres un cretino arrogante —dijo, aunque la segunda parte de la frase la añadió para quitarle importancia a la primera.

Mac asintió y apretó la mandíbula para recuperar cierto control y, cuando creyó tenerlo, buscó su miembro con una mano; sin quitarse los vaqueros lo dirigió hacia la entrada del sexo de ella. Respiró hondo y los dos se quedaron quietos un instante, mirándose a los ojos.

Le soltó las muñecas, pero Susana dejó los brazos donde estaban hasta que él colocó las manos encima de las de ella y entrelazó los dedos de ambos. Mac gimió desde lo más profundo de su alma cuando empezó a moverse muy despacio. Entró y salió poco a poco, obligándola a notar cada centímetro de su cuerpo, a reconocer lo que estaba pasando entre los dos; esa conexión que iba mucho más allá del deseo o de la atracción.

Ella se perdió en sus ojos y en un intento desesperado por ocultar lo confusa que estaba por los sentimientos que él le despertaba, se dejó llevar por el placer. De momento era lo único que se veía capaz de confesar que sentía... tenerlo dentro de ella era demasiado para sus emociones.

Llevaba un año negando que él era el único capaz de despertarlas.

Susan apretó las manos de Mac con las suyas y se rindió a esa adicción con un suspiro de desesperación.

Mac apretó los dientes al deslizar su excitado miembro por los empapados labios del sexo de ella. Se pegó contra sus pechos y se esforzó por mantener la calma mientras el resto de su cuerpo estaba pendiente del enorme placer que sentía al estar dentro de Susana. Los suspiros que salían de los labios de ella eran sin duda el sonido más erótico que había oído jamás. Mac ardía de los pies a la cabeza, le quemaba incluso el pelo, y en cuanto se le secaba una capa de sudor sobre la piel volvía a quedar empapado.

Necesitaba tener todos y cada uno de los centímetros de su cuerpo tocando el de ella. Apoyó la frente en la de ella y movió la nariz para acariciar la suya, sus labios.

—Susana —suspiró apartándole una pierna hacia un lado para poder penetrarla más—. Solo soy capaz de sentir cuando me tocas.

Susana giró las caderas de un modo que Mac apenas pudo soportarlo.

—Kev...

Oírla gemir así lo llevó a estremecerse con todas sus fuerzas.

—Maldita sea, deja de moverte o terminaré por perder el poco control que me queda.

—¿A esto lo llamas control? —suspiró y levantó las caderas para provocarlo, ajena al infierno que él estaba pasando por dentro—. ¿Qué diablos haces cuando lo pierdes por completo?

Mac sonrió por primera vez en semanas, le soltó las manos y la abrazó contra su cuerpo. La besó y empezó a mover las caderas lánguidamente, con el único objetivo de llevarlos a ambos al clímax.

Le habría gustado estar completamente desnudo, poder sentir el tacto de los muslos de Susana bajo los suyos, pero hacerle el amor con los vaqueros puestos era también muy sensual, la prenda le impedía moverse con total libertad y hacía que las embestidas de sus caderas fuesen más contenidas, más lentas.

Susana levantó las piernas y le rodeó la cintura; él bebió los gemidos de ella, los suyos se perdían dentro de su garganta. Notó el instante exacto en que Susana alcanzó el orgasmo, los labios de su sexo se cerraron alrededor de su miembro y le clavó los dedos en la espalda. Mac no pudo, y no quiso, hacer nada para seguir conteniendo su propio orgasmo y se entregó a él al mismo tiempo que ella.

Cuando los dos dejaron de temblar, Mac se quedó encima de ella durante unos segundos, pero pronto temió estar aplastándola y la soltó para poder incorporarse un poco. Lo hizo despacio, diciéndose que si lo miraba con frialdad podría soportarlo. Susana tenía la cabeza ladeada y la nuca y la frente cubiertas por una fina capa de sudor, sus labios estaban entreabiertos y se los humedeció al intentar recuperar el aliento.

Poco a poco, fue girando el rostro hacia el de Mac.

—Eres preciosa —farfulló él, y ella le sonrió, le sonrió de verdad, pero entonces sonó una especie de campanilla y la expresión de Susana cambió por completo.

Mierda.

Susana se sonrojó y apartó un poco la mirada. Mac no se movió y siguió mirándola fijamente, decidido a no permitirle que se distanciase de lo que acababa de suceder.

—Es el horno —le explicó—. Se quemará el bizcocho. Vuelvo enseguida.

Mac no se apartó porque sabía que si ella salía de allí sin

reconocer lo que estaba pasando, encontraría el modo de volver a levantar un muro entre los dos.

—Por favor, Kev —le dijo, tocándole la mejilla con una mano.

Si ella supiera el efecto que tenía en él que lo llamase por su nombre, jamás podría negarle nada. Y si a eso se le sumaba que lo había acariciado con ternura, a Mac le resultó imposible seguir resistiéndose. Salió con cuidado de ella y se tumbó en la cama.

Susan se levantó, cogió un batín que tenía encima de una silla del dormitorio y empezó a ponérselo ya en el pasillo mientras se dirigía a la cocina.

Mac se quedó allí con los ojos cerrados y el corazón acelerado, oyendo cómo ella efectivamente apagaba el horno y sacaba algo de dentro. El aroma de vainilla que había estado presente en el apartamento desde su llegada se intensificó. Susana estaba tardando demasiado, pensó Mac con suspicacia, aunque quizá solamente estuviera organizando algo en la cocina. Oyó los pasos de ella en el pasillo acercándose de nuevo hacia el dormitorio y suspiró aliviado. Susana no había cambiado de opinión respecto a él.

Y entonces sonó el móvil.

Decimotercera regla del fútbol americano:

Gol de campo: si un equipo llega a un cuarto tiempo y se encuentra cerca de la zona de anotación rival, entonces tiene la opción de buscar un gol de campo pateando el balón para introducirlo entre los postes de la portería.

CAPÍTULO 13

Susan se había planteado no volver al dormitorio. Había pensado salir en bata de su apartamento y esconderse en el vestíbulo hasta que Mac se fuera. Se había planteado encerrarse en el baño. No podía tener una relación con Kev MacMurray.

El abandono de Tim le había hecho daño. Si Mac la abandonaba, la destrozaría. Solo tenía que fijarse en cómo era el sexo con él; con Tim nunca se había sentido morir, nunca había tenido la sensación de que si Tim no la poseía, no querría seguir viviendo. Con Mac, se veía capaz incluso de matar a cualquiera que intentase impedir que la besara. Ella no era así, no tenía esa clase de relaciones. Era una chica normal y tranquila que lo único que quería era tener un buen trabajo, una familia y un futuro estable. Y Kev MacMurray era de todo menos estable.

Pero tampoco era una cobarde, se dijo, ni una mojigata, ni una remilgada. Era perfectamente capaz de tener una aventura con Mac. Además, él nunca le había insinuado que quisiese algo más serio con ella. Tal vez se estuviera agobiando innecesariamente. Tal vez él solo quisiera acostarse con ella. Sí, seguro que Mac solo quería sexo, era imposible que quisiese algo más. El que los dos hubiesen perdido la razón y fuesen incendiarios en la cama no implicaba que hubiesen dejado de caerse mal. Podían ser amantes hasta que uno de los dos se aburriese del otro, decidió, y sacó el pastel del horno.

Salió de la cocina decidida a volver al dormitorio a contarle a Mac que estaba dispuesta a ser su amante, pero entonces sonó el teléfono y recordó que lo había dejado en la barra de la cocina mientras preparaba el pastel, así que giró sobre sus talones y fue a buscarlo.

Era Pam.

—¿Sí? —contestó.

—Hola, Sue. ¿Qué estás haciendo?

Susana se sonrojó solo con pensarlo.

—Acabo de sacar un pastel del horno.

—¡Y no me has invitado! —exclamó ofendida su amiga—. No importa, estoy a menos de diez minutos de tu casa.

Oh, Dios.

—¡No, no vengas!

—¿Por qué? ¿Acaso tienes compañía, pillina?

—No, estoy sola.

—¿De verdad?

—Pues claro que estoy sola, ¿con quién quieres que esté?

—No sé, ¿con el capitán de los Patriots?

—No digas tonterías. No hace ni dos meses que rompí con Tim. No estoy con nadie y no quiero estar con nadie.

—Vale, vale, no te pongas a la defensiva.

Susana oyó un ruido en el pasillo y se dio media vuelta. Kev estaba vestido y plantado en la puerta de la cocina. El modo en que le brillaban los ojos y en que apretaba la mandíbula le dejaron claro que lo había oído todo. Ella tapó el micrófono del móvil y separó los labios para decirle algo, pero no pudo. Él esperó unos segundos sin apartar la mirada, retándola con ella. Sin ocultar que le había dolido esa última frase. Susana no hizo nada, no pudo, y entonces Kev asintió, giró hacia la puerta y salió del apartamento sin decir nada.

—¿Sue? ¿Susan?

La voz de Pam la hizo reaccionar.

—Perdona —dijo Susan tras carraspear—, me he distraído. ¿Qué me has dicho?

—Llegaré dentro de diez minutos, ¿vale?

—Vale.

Colgó y fue a ducharse, y el agua que tenía en el rostro no eran lágrimas.

Mac volvía a estar en la calle caminando sin rumbo fijo para ver si así conseguía entender qué demonios era lo que estaba sintiendo. Los minutos que había pasado tumbado en la cama de Susana esperándola a que volviese de la cocina habían sido probablemente unos de los más felices de toda su vida. Acababa de hacerle el amor a una mujer que lo fascinaba, que lo intrigaba y lo excitaba a partes iguales y que era increíble en la cama. Ella le había dicho que iba a volver y él había dado por hecho que dormirían un rato y que después volverían a hacer el amor. Se dormirían de nuevo, esa vez abrazados, y cuando despertasen ya planearía cómo pasar el resto del día. En su mente, saciada y eufórica por el sexo, Mac los visualizaba claramente a los dos en uno de sus restaurantes preferidos tomándose un plato de pasta y una copa de vino juntos.

Y entonces sonó el maldito teléfono móvil y él volvió a la realidad.

Solo había oído a Susana, pero las respuestas de ella le sirvieron para entender toda la conversación. El interlocutor de Susana le había preguntado si estaba sola y ella había contestado que sí. Un claro y rotundo sí. Y no solo eso, además había dejado claro que no tenía intención de estar con nadie en un futuro cercano, que su corazón seguía dolido por el abandono de Tim. A pesar de que su cuerpo se hubiese olvidado de él con pasmosa facilidad, pensó dolido Mac.

Apenas recordaba haberse puesto en pie e ir a por su camiseta. Se abrochó los vaqueros y salió del dormitorio sin molestarse en pasar por el baño. No quería verse la cara, porque no quería reconocer el dolor y la rabia que sin duda vería reflejados en su rostro. Caminó por el pasillo y se detuvo justo delante de la puerta de la cocina para ver si ella intentaba detenerlo. Evidentemente, no lo hizo. Como tampoco intentó justificarse o disculparse.

¿Por qué estaba tan enfadado y tan dolido? ¿Acaso quería que Susana proclamase a los cuatro vientos que estaban juntos? Él todavía no sabía si lo estaban, así que no era lógico que pretendiese que ella lo supiese. No, pero tampoco hacía falta que fuese tan rotunda al asegurar que no estaba con nadie y que no tenía intención de estarlo. Habría podido inventarse cualquier excusa y decirle a la persona que la había llamado —Mac estaba convencido de que era Pam— que no estaba sola, o podría haberle dicho que no quería que fuese a verla. Si hubiesen estado en su casa y lo hubiesen llamado a él, se habría inventado cualquier excusa con tal de que nadie los interrumpiese, habría dicho que tenía la peste si hubiese sido necesario. Pero a Susana no le importó mentir, no le importó decir que no había nadie. Y Mac dedujo que eso significaba que quería que se fuese. Si ella hubiese querido que se quedase se habría deshecho de esa llamada o no la habría contestado.

Por eso estaba dolido, porque él había empezado a hacer planes para pasar un día romántico con ella, y ella había decidido pasarlo sola. Probablemente ni siquiera había tenido intención de volver a la cama con él.

—Asúmelo, Mac, solo has sido un polvo.

Retomó el camino hasta el garaje donde esa mañana había aparcado el coche para ir al despacho de su abogado y, una vez allí, condujo hasta su casa.

Un par de días más tarde, Susana estaba en la redacción cuando se topó con la noticia de que el Ayuntamiento había subastado un solar de la ciudad al mejor postor y que al final se lo había adjudicado la constructora Realtor, una de las mayores de Boston. Al parecer, había una fundación que se oponía a dicho proyecto y, para apoyar su reclamación, había presentado varias pruebas aduciendo sobornos por parte de cierta constructora y preferencias inexplicables en el proceso de subasta por parte de la administración pública. La fundación era La mejor jugada, la misma que Susana llevaba tiempo siguiendo de cerca porque creía que tenía un proyecto muy claro y que estaba muy comprometida con la ciudad. Susana no solo respetaba dicha fundación, sino que admiraba mucho sus proyectos. La noticia en sí no era del todo sorprendente, en todas las ciudades había subastas que se adjudicaban a dedo, y en una tan grande como Boston no era de extrañar. Además, la constructora Realtor había depositado una importante suma como fianza, de eso no había ninguna duda, así que tal vez no se hubiera cometido ninguna ilegalidad en el proceso. De todos modos, a Susana le pareció una noticia interesante por el cariz humano que tenía y porque por fin tenía una excusa para investigar más a fondo la misteriosa fundación. Era una noticia económica y social al mismo tiempo, y podía incluirla en su sección sin ningún problema. A ella le gustaba mucho informar sobre la economía del país y también a nivel mundial, pero también creía que era de vital importancia destacar de un modo especial las noticias locales. Y esa lo era. Ilusionada por el reto, descolgó el teléfono y llamó a su contacto en el Ayuntamiento.

Media hora más tarde, y tras prometerle a Martha seis entradas para uno de los programas de más audiencia de la cadena (un reality show sobre madres que querían casar a sus hijos) había averiguado la identidad del fundador de La mejor jugada.

Kev MacMurray.

Martha, una de las secretarias del alcalde, le contó que a pesar de que el señor MacMurray apenas figuraba en ningún papel y de que había dado instrucciones muy estrictas a su abogado para seguir en el anonimato, el día en que la constructora ganó la subasta no tuvo más remedio que firmar él mismo los documentos que presentaron contra la decisión del Ayuntamiento. De lo contrario, no habrían logrado llegar a tiempo.

El mismo día que él fue a verla a su apartamento. Susana comprobó las fechas unas veinte veces, hasta que no le quedó más remedio que reconocer que era la misma. Por eso estaba tan alterado cuando apareció en su casa. ¿Había ido a verla para contárselo? ¿Porque necesitaba desahogarse con alguien? ¿O sencillamente no tenía nada que ver?

Después de que Mac se fuese de su apartamento tras mirarla de esa manera, Susan lloró en la ducha de lo confusa que estaba. Con Tim y con su único otro novio de la universidad las cosas habían sido mucho más sencillas; se habían conocido y tras unas cuantas citas habían empezado a acostarse juntos. Al final había roto con los dos, sin aspavientos y sin traumas, aunque sin duda el caso de Tim había sido doloroso. Pero con Mac... No sabía dónde tenía la cabeza, o el corazón, o el resto del cuerpo.

Había pasado de odiarlo a querer arrancarle la ropa en cuanto lo veía, de no soportarlo a besarlo como si lo necesitase para respirar.

Una parte de ella sabía que esa mañana en su apartamento le había hecho daño, tal vez no comprendía el porqué o el cómo, pero el modo en que él la había mirado al irse no le dejaba ninguna duda al respecto. Susan había tenido que contenerse para no salir tras él y para no llamarlo, pero tras la ducha se dijo que tampoco sabía qué decirle.

Mac era el mejor amigo de Tim, pero eso era solo la punta del iceberg de todos los problemas a los que tendrían que enfrentarse en el caso de que tuviesen una relación. La imagen que ella se había formado de Kev MacMurray a lo largo del tiempo que hacía que lo conocía cada vez encajaba menos con la realidad, y tenía miedo de equivocarse de nuevo. No podía decirse que tuviese muy buen ojo con los hombres.

Esa noche, cuando hizo su sección de economía en las noticias, estaba más nerviosa de lo habitual. No podía quitarse de la cabeza que Mac le había dicho que se torturaba mirándola. Se tropezó con tres frases y el presentador del programa tuvo que recordarle por dónde iba. Nadie le dio ninguna importancia, todo el mundo tenía un mal día de vez en cuando, pero Susan tenía la sensación de que era más que evidente lo alterada que estaba. No podía seguir así, terminarían despidiéndola. Por ese motivo, y no por cualquier otro, cuando terminó el programa no se fue a casa, sino que paró un taxi y le dio al conductor la dirección de Mac.

Mac apagó el televisor y volvió a ponerse las gafas que desde hacía poco necesitaba para leer. Todavía no se había acostumbrado, pero tenía que reconocer que las letras del periódico le resultaban mucho más nítidas desde que las llevaba. Cogió los documentos que había aparcado encima de la mesa antes de administrarse su ración diaria de Susana y empezó a leerlos. Su abogado y él seguían luchando por el solar, pero ya habían encontrado otro proyecto al que dedicar los esfuerzos de la fundación y poco a poco iba cogiendo forma.

En un mes se reanudaban los entrenamientos de los Patriots. Después de hablar con Mike, y sí, después de lo que había sucedido con Susana, había decidido que esa iba a ser su última temporada. Cada vez que lo pensaba se le formaba un nudo en el estómago y se le detenía el corazón un instante. El fútbol había sido su refugio, un lugar en el que podía dejar de ser Kev MacMurray y convertirse sencillamente en Huracán Mac, un gran jugador que cuidaba de su equipo. Mac siempre había sabido que algún día su vida se complicaría; él era como sus padres, cuando se enamorase sería para siempre y de verdad, y tal vez por eso lo había retrasado al máximo. Sus padres, a pesar de que estaban dedicados a sus respectivos trabajos, siempre habían sentido auténtica devoción el uno por el otro, y por sus hijos. Y Mac quería eso.

Ahora lo sabía.

Y Susana era la primera mujer que le hacía desearlo, había sido así desde el principio y por eso se había comportado como un niño de parvulario; porque ella estaba comprometida con su mejor amigo y él no podía tenerla. El rechazo de Susana le había hecho daño, pero al mismo tiempo había servido para abrirle los ojos y hacerle reaccionar. Mac disfrutaría al máximo de su último año como capitán de los Patriots, ganaría la Super Bowl, y después se retiraría y dedicaría todos sus esfuerzos a la fundación y a encontrar a una mujer con la que formar una familia. Lo último sería casi imposible después de Susana, pero iba a intentarlo.

Oyó que llamaban a la puerta y suspiró frustrado. A ese ritmo jamás terminaría de leerse esos papeles. Se levantó y fue a abrir planteándose seriamente la posibilidad de pagar de su propio bolsillo una señal de tráfico con todas las direcciones de ese bosque bien indicadas.

—Llevas gafas.

Susana estaba plantada en la puerta de su casa. Otra vez. Aunque en esa ocasión no sujetaba una caja de bombones vacía, sino que tenía las manos entrelazadas delante de ella y se balanceaba nerviosa sobre los talones.

Mac se llevó una mano al rostro y se quitó las gafas.

—Son para leer —le explicó confuso y sin saber cómo interpretar esa visita.

—¿Puedo pasar?

«No.»

—Claro, pasa—. Se apartó de la puerta y la cerró tras ella.

—Tienes una casa preciosa —dijo Susana deteniéndose justo detrás del sofá en el que él antes había estado sentado—. La última vez no te lo dije —se sonrojó.

—Gracias, era de mi abuela. —Mac se acercó a Susana e hizo algo que los sorprendió a ambos: le dio un suave beso en los labios. No los separó, ni los acarició con la lengua, solo los rozó levemente. Sencillamente, quería saber qué sentiría si cada día pudiese darle como mínimo un beso. Se apartó despacio y la miró a los ojos. Ella seguía allí, mirándolo tan confusa como probablemente lo estaba él.

—Siento lo del otro día —confesó Susana tras soltar poco a poco el aliento—. No quería que te fueras, tenía intención de volver al dormitorio y estar contigo —se obligó a añadir.

A Mac le costó coger aire, pero al final lo consiguió, y oyó cómo el corazón le latía dentro del pecho.

—¿Por qué dijiste eso por teléfono?

—Era Pam —empezó ella con la cabeza agachada. La levantó antes de continuar y lo miró a los ojos—. No sabía qué decirle.

Mac también la miró y vio que era sincera. Y que estaba nerviosa. Tal vez hubiera sido demasiado duro con ella; apenas hacía un mes que Tim se había ido a Francia y estaba claro que Susana no era de la clase de mujer que se acostaba con cualquiera. Si él estaba hecho un lío, ¿por qué diablos había dado por hecho que ella no?

—Tú y yo... —siguió Susana un poco insegura—. No sabía si querías quedarte.

—Quería quedarme —le aseguró Mac, y levantó una mano para apartarle un mechón de pelo de la cara—. Quería volver a hacer el amor contigo.

Susana se sonrojó y colocó una mano en la cintura de él.

—Yo también.

Mac eliminó la distancia que los separaba y la abrazó. Cuando Susana quedó entre sus brazos, Mac sintió el deseo que lo embargaba siempre que estaba cerca de ella, pero esa vez sintió algo más. El nudo que llevaba semanas atenazándole las entrañas se aflojó y el corazón le latió más despacio.

—¿Qué estamos haciendo, Kev? —Susana rozó su mejilla contra el torso de él y Mac suspiró antes de darle un beso encima de la cabeza.

—No lo sé. Nunca me había imaginado estando así contigo. —Se apartó un poco para poder mirarla a los ojos—. Y te juro que si te hubieses casado con Tim, jamás habría intentado nada contigo.

—Lo sé.

Incluso antes, cuando creía que Mac era un playboy millonario, Susan sabía que jamás habría intentado seducir a la prometida o a la esposa de su mejor amigo.

—Creo que por eso estaba siempre tan a la defensiva contigo —siguió él—, porque sabía que no podía tenerte. —Sonrió para burlarse de sí mismo—. Una reacción poco adulta por mi parte.

—A mí me pasaba lo mismo —volvió a sonrojarse y ocultó el rostro en el torso de Mac.

—¿Qué? ¿Qué pasa?

—Nada.

—Cuéntamelo.

Susan respiró hondo y dejó que el aroma de Mac la envolviese.

—Me ponía furiosa que tu olor se me pegase a la ropa y al pelo —le dijo Susana—. Tú siempre hueles a menta y cuando coincidíamos te olía durante horas, incluso días, y eso que apenas me acercaba a ti. Ya sabes lo que me gustan los bombones de chocolate y menta, y tu olor me los recuerda.

—Es el aceite de masaje para las lesiones —confesó él después de que se le deshiciera el nudo que sentía en la garganta.

—Eres tú.

Mac agachó la cabeza y le dio otro beso en el pelo.

—¿Por qué no te gusta que te llame Susana? —le preguntó entonces Mac, disfrutando de aquella sensación de intimidad.

Ella volvió a respirar hondo y apretó un poco los brazos con los que lo rodeaba.

—Mis padre y yo nos fuimos de España después de que muriese mi madre. Yo tenía diez años y cuando llegamos a Nueva York, no sabía ni una palabra de inglés. Papá estaba casi todo el día en el hospital o resolviendo los temas de la mudanza, buscándome niñera, un colegio, un piso. Todas esas cosas. Yo no encajaba en ninguna parte. Y justo cuando empecé a estar bien, volvimos a mudarnos a Chicago porque conoció a Lisa y ella heredó allí un restaurante. Y tuve que volver a empezar de cero. Papá y Lisa se casaron y yo convertí su vida en un infierno. —Se detuvo unos segundos y dejó que el calor de Kev penetrase en su cuerpo antes de seguir—: Lisa se quedó embarazada y entonces nació mi hermana Nora. Era un bebé precioso y recuerdo que pensé que ella iba a tenerlo fácil, que no sería la chica nueva, que ella hablaría inglés desde pequeña y que no sería nunca «la española» de la clase. Al día siguiente empecé a decirle a todo el mundo que me llamaba Susan. Y he sido Susan desde entonces.

—Excepto para mí —señaló Mac—. Siempre he tenido la sensación de que Susan Lobato no es de verdad, en cambio Susana... —le pasó las manos por la espalda—, Susana sí.

—Mi padre también me llama Susana. —Suspiró—. Y mi madre siempre me llamó así. Lisa, a la que llamo mamá desde hace años, solo me llama Susan.

Mac quería conocer más detalles sobre esa historia, quería saber todo lo que le había sucedido a Susana de pequeña y los problemas a los que había tenido que enfrentarse, pero en ese momento había algo más importante.

Necesitaba volver a besarla.

—¿Y yo puedo llamarte Susana?

Las reglas del juego

—Es la primera vez que me lo preguntas, antes no parecía importante no tener mi permiso.

—Ahora me importa.

—Me gusta que me llames Susana, Kev —añadió con una leve sonrisa.

Él se la devolvió y se agachó para darle un beso. En principio había tenido intención de apartarse enseguida, pero sus labios se negaron a abandonar los suyos y sus brazos la estrecharon con fuerza. Ella también se acercó a él y suspiró de aquel modo que le hacía perder el control. El poco que tenía siempre que estaban cerca. Abandonando cualquier intento de mantener esa conversación, la primera en la que no se insultaban, Mac la cogió en brazos y se dirigió hacia su dormitorio.

—Sé caminar —le dijo ella cuando él interrumpió el beso un segundo para abrir la puerta.

—Lo sé. —Le guiñó el ojo—. Me gusta llevarte.

Entró con ella y la colocó con cuidado sobre la cama. Estaba nervioso. No era la primera vez que estaban juntos, pero era la primera que ninguno de los dos estaba enfadado. La primera que los dos se miraban a los ojos y empezaban a besarse y a desnudarse sin ninguna excusa que lo justificase; sencillamente, porque querían estar juntos. Mac se colocó delante de ella y le tendió una mano, y cuando Susan la aceptó, la ayudó a ponerse en pie y empezó a desabrocharle los botones de la blusa que llevaba. Ella levantó las manos, las colocó en el torso de él y mantuvo la cabeza agachada, observando fascinada cómo los dedos de Mac temblaban encima de todos y de cada uno de los botones.

Él malinterpretó el gesto, le colocó un dedo bajo el

mentón para levantárselo y encajó los labios con los de ella. El beso empezó despacio, pero no tardó en aumentar de intensidad y pronto los labios de Mac se movían frenéticos sobre los de ella, robándole el aliento, mareándola. Susana se estremeció entre sus brazos y él tiró de la blusa hasta deshacerse de ella, pegándola contra su cuerpo inmediatamente después.

Ella deslizó las manos hacia la cintura de los vaqueros de él y tiró de la camiseta; la prenda le molestaba, quería tocarlo y notar la piel y los músculos bajo sus palmas. Frenética y nerviosa como estaba, la camiseta se enredaba entre sus dedos, hasta que él reaccionó y se la quitó con un único movimiento.

Mac quedó despeinado y la miró con ojos ardientes y sin ocultar nada de lo que estaba sintiendo, ni el deseo ni la confusión. Acercó las manos a los hombros de ella y le recorrió la espalda hasta llegar al cierre del sujetador. Lo desabrochó y lo apartó despacio. Susan notó que tanto él como ella estaban temblando. No recordaba haberse sentido tan desnuda delante de ningún hombre, sentía incluso vértigo, aunque al mismo tiempo sabía que se suponía que era así exactamente como tenían que ser las cosas entre un hombre y una mujer. Mac no dijo nada, la verdad era que parecía incapaz de hablar, y la levantó en brazos para tumbarla en la cama.

Y de repente estaba en todas partes. Tocándola, acariciándola. La pellizcaba con los dedos, tiraba de su piel. La lamía y la besaba. La mordía. No paraba de decirle con voz ronca lo mucho que le gustaba. Se detuvo un único instante y se sentó en la cama; le quitó la falda y las medias y él se deshizo de los pantalones. Cuando volvió a tumbarse, le dio un beso en el ombligo y siguió descendiendo hacia abajo.

—¡Mac! —suplicó ella, convencida de que moriría del deseo que él no paraba de avivar sin llegar nunca a saciárselo.

En las ocasiones anteriores, los dos habían estado impacientes por alcanzar el orgasmo, por apagar, aunque fuese solo un poco, el fuego que los consumía. Sin embargo, ahora Mac no parecía tener ninguna prisa. Todo lo contrario.

—Kev —la corrigió él.

—Kev...

Sin saber qué hacer ni qué decir, lo único que podía hacer era tocarle los hombros, el maravilloso pelo, la musculosa espalda cubierta de sudor. Mac era una obra de arte, tenía un cuerpo que la excitaba con solo mirarlo. El cuerpo de un guerrero, de un hombre dedicado a un deporte físico y violento como el fútbol. Antes había creído que era solo eso, ahora sabía que era mucho más. Y le daba miedo. Él debió de notarlo porque se apartó de sus muslos, que había estado besando con adoración, y se acercó a su rostro.

—Confía en mí, Susana. Dame una oportunidad, sé que puedo hacerte feliz —le dijo con la absoluta certeza de que nunca se había arriesgado tanto con una mujer. Diciéndoselo le estaba dando el poder para destruirlo. A pesar de que en ningún momento le había confesado lo que sentía por ella —porque estaba convencido de que ella no estaba preparada para oírlo—, era evidente que no le pediría a cualquiera una oportunidad de esa clase.

Susana asintió y levantó un poco la cabeza para besarlo. Mac apoyó las manos a ambos lados del cuerpo de ella y la penetró.

Se detuvo un instante. Intentó mantenerse inmóvil y esperar a que el sexo de ella se habituase a tenerlo dentro, pero no podía dejar de temblar. Apretó la mandíbula con fuerza y soltó despacio el aire por entre los dientes.

Susana había vuelto a cerrar los ojos y se mordía el labio inferior. Había entrado demasiado rápido; Mac podía sentir los frenéticos latidos del corazón de ella en su miembro. Si pudiera pasarse toda la vida en su interior, tal vez podría volver a vivir sin sentir esa presión en el pecho.

Ella aflojó los dedos con los que aferraba las sábanas y levantó las manos para colocarlas sobre los antebrazos de Mac. Los sintió temblar del esfuerzo que estaba haciendo por no moverse y mantener su peso separado de ella. Pasó los dedos por entre el vello que los cubría y notó cómo él se excitaba más.

Ella no había tenido jamás ese efecto sobre otra persona.

Dejó la mano izquierda encima del bíceps derecho de Mac y con la derecha siguió subiendo hasta alcanzar su rostro. Susan seguía con los ojos cerrados y cuando la mano llegó a la mejilla de Mac, él giró el rostro y le besó posesivamente la mano.

Abrió los ojos y encontró los de él completamente abiertos, entregándose a ella sin ocultarle nada.

Mac le dio otro beso en la palma de la mano y después pasó el rostro entero por la mano de ella, buscando desesperado esa caricia.

—Separa un poco más la piernas —dijo él con la voz ronca.

Las reglas del juego

Susan lo hizo y notó que el miembro de Mac la penetraba todavía más. Echó el cuello hacia atrás sin apartar la mano del rostro de él, que seguía pegado a su palma.

Mac siguió inmóvil, exceptuando el temblor que desprendían sus músculos, y una fina capa de sudor le cubrió la espalda. Necesitaba que Susana estuviese muy excitada, porque cuando empezara a moverse no podría contenerse y la poseería de tal manera que podría sentirlo dentro de su cuerpo toda la vida.

Susana jamás consentiría que otro hombre la tocase. Tal vez su mente o su corazón jamás le pertenecerían, pensó con tristeza, pero después de esa noche su cuerpo sería suyo para siempre.

Igual que él ya le pertenecía a ella.

—Dobla la rodillas.

Ella obedeció al instante y Mac apretó los dientes al sentir cómo su erección entraba todavía más dentro.

—Kev... Por favor —gimió—, haz algo.

Lo único que hizo él fue mover levemente las caderas y asegurarse de que su miembro llegaba al final del sexo de ella. Allí se detuvo. El calor era prácticamente insoportable. Estaba tan excitado que podía sentir cómo los muros de ella temblaban para adaptarse a la intrusión. Y lo encerraban en su interior.

Se retiró un poco y volvió a entrar un poco más.

Susan cerró los dedos de la mano izquierda alrededor del bíceps derecho de Mac y la otra mano tembló junto al rostro de él. Mac separó los labios y le mordió la muñeca un instante. Ella extendió los dedos y él succionó levemente con los labios.

El sexo de Susan se humedeció todavía más y Mac sintió alrededor de su miembro las pequeñas contracciones que indicaban que ella estaba cerca del orgasmo. Levantó la mano derecha, aguantando todo su peso con la izquierda, y le buscó el muslo derecho.

—Kev —susurró ella al notar los dedos de él encima de la piel.

Él no dijo nada. Cada vez que ella pronunciaba su nombre se excitaba más, pero le separó ligeramente la pierna hasta que su pelvis tocó el cuerpo de Susana.

Ella tembló y él siguió besándole la mano y la muñeca hasta que notó que el interior del cuerpo de Susana se apretaba alrededor de su miembro y volvía a encerrarlo dentro.

Despacio volvió a apoyar la mano derecha en las sábanas y repitió muy lentamente el mismo proceso con la otra pierna de Susana.

Nunca había estado tan dentro de una mujer. Nunca había estado tan desesperado por poseer a ninguna de esa manera.

—Quiero meterme dentro de ti —farfulló cuando sus caderas quedaron por fin pegadas completamente a Susana. Su miembro oculto dentro de ella—. Quiero que me sientas incluso cuando no esté.

Bajó lentamente los brazos hasta quedar apoyado en los antebrazos y no en las palmas de las manos.

—Kev, por favor —suplicó—, muévete.

Él guio las manos hasta los hombros de ella y la retuvo debajo de él. Necesitaba que Susan estuviese quieta, si se movía llegaría al final.

Y todavía no estaba listo para eso.

Respiró despacio y apoyó la frente cubierta de sudor en

Las reglas del juego

la de ella. Tenía que tocar a Susana, tal vez así se convencería de que estaba con ella de verdad. Necesitaba estar en contacto a lo largo de cada centímetro de su piel.

El vello de su torso se pegó a los pechos de ella y sintió cómo a Susan le temblaba el estómago.

Eso fue su perdición.

Mac contrajo los glúteos para ver si así contenía el placer, pero los labios del sexo de ella se apretaron alrededor de su miembro y empezó a eyacular.

El fuego empezó donde se unían sus cuerpos y se extendió súbitamente por los dos. Susan sintió cómo el orgasmo la sacudía de los pies a la cabeza y lo único que pudo hacer fue rodearlo con los brazos y suplicar por que él supiera qué hacer.

Ella estaba completamente perdida.

Mac hundió el rostro en el hueco del cuello de ella e intentó en vano contener los temblores que le sacudieron el cuerpo al alcanzar el orgasmo más intenso de su vida. Le lamió el pulso y apretó los dedos que tenía en los hombros de ella para que no se moviera, pero mantuvo el resto de su cuerpo completamente inmóvil.

Cuando terminó, notó que Susana le acariciaba el pelo y comprobó que sus cuerpos seguían unidos. Él seguía erecto, pero tras aquel orgasmo que habían compartido podía sentirla completamente húmeda a su alrededor.

Suspiró aliviado. Por fin podía poseerla como quería.

Empezó a besarle el cuello y la oyó suspirar. Movió las caderas una vez y dejó que su miembro se deslizase por aquel pasaje que quería convertir en su hogar. Susana le clavó levemente las uñas en el hombro.

Él apretó los dientes para contener el deseo —no iba a

perder el control otra vez— y deslizó una mano entre los dos en busca del sexo de ella.

Cuando lo sintió temblar tuvo que cerrar los ojos.

¡Dios! Ya volvía a estar al límite, pero esa vez iba a darle a Susan el placer que se merecía. Y le iba a demostrar que jamás encontraría a otro hombre como él.

—¿Te gusta? —le preguntó con la voz ronca.

—Sí —contestó ella.

Él siguió acariciándola lentamente y con suavidad, una suavidad que no encajaba con los movimientos fuertes y controlados de sus caderas. Susan echó la cabeza hacia atrás otra vez y Mac la retuvo por los hombros y la mantuvo prisionera bajo su cuerpo.

Apretó los glúteos y empujó con fuerza; su miembro tembló dentro del cuerpo de ella. Se retiró muy despacio, deleitándose en los temblores involuntarios de Susan. Y volvió a penetrarla lentamente.

Era un tortura.

Un ritmo que terminaría por enloquecerlos a los dos.

—Kev... —gimió ella.

—¿Qué quieres, Susana? —Le lamió una gota de sudor que le resbalaba por el cuello—. ¿Qué quieres?

—Kev...

Se retiró despacio y se quedó completamente inmóvil durante unos segundos. Sus cuerpos temblaban. Los dos estaban cubiertos de sudor y apenas podían respirar. Volvió a penetrarla y los dos respiraron un poco mejor.

—Bésame, Kev —le pidió ella.

Mac se apartó para mirarla y supo que jamás olvidaría el rostro de Susana en aquel instante. Ella lo necesitaba, quizá incluso tanto como él a ella.

—Susana...

—Bésame, te lo su...

La besó, le mordió incluso el labio inferior de la pasión que impregnó el movimiento, y deslizó la lengua hacia el interior de su boca.

—Tú... —le dijo entre dientes al apartarse y apretando los glúteos— no... —retiró las caderas y volvió a entrar dentro de ella con más fuerza— tienes... —entrar y salir— que suplicarme nada.

Dios, iba a correrse.

Ella lo miró a los ojos y Mac comprendió que no era él el que la estaba poseyendo a ella, sino al revés. Susana le sujetó el rostro entre las manos y tiró de él con todas sus fuerzas.

Lo besó con idéntico fervor con el que Mac le había estado haciendo el amor y cuando él se estremeció y alcanzó el clímax, ella lo siguió.

Los dos temblaron de la cabeza a los pies y sus cuerpos se sacudieron con un orgasmo que nacía en lo más profundo de sus almas y no tenía intención de soltarlos jamás. Mac movió frenético las caderas, lejos estaba aquel amante controlado del principio, ahora solo era un hombre desesperado por perderse dentro de su mujer.

Cuando terminó, siguió besándola.

En realidad, no dejó de besarla en toda la noche.

Se quedaron en silencio un rato, acariciándose, besándose. Olvidándose de todo lo que había sucedido los últimos días. Solo importaban ellos dos y lo que sentían cuando estaban juntos.

Susana también parecía incapaz de dejar de tocarlo y Mac se empapó de esas caricias por si tenían que durarle toda la vida. Solo con pensar en eso volvió a necesitarla y ella pareció entenderlo. Estaban tumbados de lado, frente a frente, y Mac le levantó una pierna para colocarla con cuidado encima de su cintura. Sin dejar de mirarla a los ojos guio su miembro hacia el interior del cuerpo de ella. Lo que sentía ahora no era deseo, ni pasión, ni mucho menos lujuria, era una angustia, un anhelo que le quemaba las venas y que solo se apagaba cuando sentía el calor de Susana a su alrededor.

Ella le acarició el rostro y buscó sus labios para besarlo. Empezaron despacio.

Una caricia, un beso, y los dos fueron excitándose hasta alcanzar otro orgasmo, esa vez abrazados.

Lo último que pensó Mac antes de correrse fue que estaba dispuesto a hacer cualquier cosa con tal de que Susana permaneciese a su lado.

Decimocuarta regla del fútbol americano:

Fuera de Juego: se señala cuando un jugador defensivo invade la línea de golpeo en el momento justo del comienzo de la jugada. Si el jugador logra retroceder a su posición inicial antes de que se produzca la jugada, no se considera falta.

CAPÍTULO 14

Mac y Susan se despertaron a la mañana siguiente. Ella se quedó dormida enseguida y él, después de ir al baño para asearse, volvió a la cama y se tumbó a su lado. Cuando Mac abrió los ojos y la descubrió mirándolo, durante un segundo sintió una opresión en el pecho, pero esta se desvaneció cuando Susana le sonrió y se acercó a darle un beso.

Volvieron a hacer el amor y cuando terminaron, él le pidió que se duchasen juntos. Era la opción más ecológica y Mac se preocupaba mucho por el medioambiente. Susana rechazó la invitación y cuando le dijo, sonrojada de los pies a la cabeza, que necesitaba un poco de tiempo para recuperarse, Mac dejó que se duchase sola... Después de llenarle el cuerpo de besos.

Y decretó que lo de la ducha tenían que intentarlo más adelante.

Ninguno de los dos mencionó la intensidad con la que

habían hecho el amor toda la noche, era como si hubieran decidido dar una tregua a sus sentimientos.

Mac se duchó y fue a la cocina a preparar el desayuno, y allí fue donde Susan lo encontró media hora más tarde; colocando los platos en la mesa de la cocina y cantando una canción sin afinar ninguna nota. Nunca lo había visto tan feliz, tan relajado, y sintió una pizca de satisfacción al pensar que probablemente ella tenía algo que ver con ello.

—Te he cogido prestada una camiseta —le dijo ella al entrar en la cocina—, espero que no te importe.

Él se dio media vuelta y se quedó embobado mirándola. A Susan le gustaban mucho las reacciones de Mac, para nada estudiadas ni postizas. Tim nunca la había mirado con tanta sinceridad, claro que estaba segura de que ella tampoco lo había mirado como miraba a Mac. Pasara lo que pasase con él, Susan sabía que había tenido suerte de no casarse con Tim.

—Por supuesto que no —contestó él tras unos segundos. Colocó unas cuantas tostadas en un plato y dejó una bandeja de cerámica con la mantequilla al lado—. ¿Esta noche tienes que trabajar?

—No —contestó Susan acercándose a él—. Tengo el fin de semana libre —se atrevió a añadir.

—Perfecto. —Mac sonrió de oreja a oreja—. ¿Qué te parece si te quedas aquí? Podemos ir a tu casa a buscar lo que te haga falta, aunque si prefieres ir desnuda o utilizar mis camisetas, no me opondré —le dijo guiñándole un ojo.

—Gracias, qué detalle —le devolvió la sonrisa.

—De nada. Esta noche podría cocinar algo...

—¿Tú cocinas? —le preguntó levantado ambas cejas.

—Claro, mi madre es de Texas —contestó como si eso lo explicase todo.

—Me rindo. No tengo ni idea de quién eres, Kev Mac-Murray —señaló, pero al mismo tiempo se puso de puntillas para darle un beso en los labios—. Pero me gustas mucho.

—Tú a mí también, Susana Lobato.

Tras esa pequeña confesión, que distaba mucho de lo que ambos sentían realmente, pero al menos era un principio, desayunaron y siguieron con su conversación.

—Anoche —dijo ella sonrojándose, aunque bebió un poco de café para disimular— no vine a verte para... —movió las manos sin saber qué decir— para esto.

—Susana —se rio él con cariño—, no me importa para qué vinieras. Lo importante es que viniste, y que te has quedado.

—Ya, bueno —carraspeó haciéndose la ofendida por la risa de él, pero Mac se acercó para darle un beso y entonces ella se olvidó del enfado—. ¿Qué estaba diciendo? Ah, sí —siguió—, vine a verte porque averigüé que eres el fundador de La mejor jugada.

Mac se atragantó con el café y le salió por la nariz.

Susan se levantó para darle unos golpecitos en la espalda.

—¿Estás bien?

—La próxima vez, avisa. ¿Cómo te has enterado?

—Trabajo en un programa de noticias. No soy periodista, pero algo he aprendido durante todos estos años. ¿Por qué no me lo habías dicho antes?

—¿Cuándo?

—Antes. —Tenía que aprender a contener esos sonrojos—. Ni yo misma recuerdo la cantidad de veces que te acusé de ser un playboy egoísta y sin cerebro, o de pensar solo en ti. Podrías habérmelo dicho y tendría que haberme tragado mis palabras.

—Sí, y probablemente no habrías vuelto a hablarme jamás. —Mac bebió un poco más de café antes de continuar—. En cierta manera, nuestras discusiones, nuestros insultos, eran nuestra manera de tirarnos los tejos.

—¿De verdad lo crees?

Mac se encogió de hombros.

—Prefiero creer eso a pensar que soy tan idiota que no me había dado cuenta de que el motivo por el que no podía soportarte era porque te deseaba.

—Ah, bueno, si es por eso... —Una parte de ella se sintió muy halagada por que Mac le hubiese confesado sin más que la deseaba o, mejor dicho, que llevaba tiempo deseándola, pero otra se preguntó si era eso lo único que sentía por ella. El modo en que le había hecho el amor toda la noche hablaba de algo más, aunque tal vez fuesen imaginaciones suyas. Si fuese una mujer más valiente quizá sería capaz de preguntárselo, pero no lo era y siguió con el tema de antes—: ¿Por qué insistes en mantener el anonimato en la fundación?

—Porque no lo hago por la fama o para que la gente crea que soy buena persona. Lo único que me importa son los niños de esos barrios a los que ayudamos, ellos saben quién soy y saben que pueden contar conmigo y con los recursos de la fundación. Los demás pueden pensar de mí lo que quieran.

Susan se quedó mirándolo largo rato, hasta que dejó la tostada que tenía en la mano en el plato, se levantó y se acercó a él para besarlo. Al terminar el beso se apartó y le dijo:

—Eres un hombre excelente, Kev MacMurray, y te pido perdón por haber pensado lo contrario.

A él le costó encontrar la voz.

—Gracias, pero no lo soy tanto. Más de la mitad de los insultos que me lanzabas son verdad, Susana. Y me porté como un cretino contigo. Además de llamarte todas esas cosas, le dije a Tim que no se casase contigo. ¿Qué clase de persona hace eso? —le preguntó preocupado de verdad—. Antes creía que lo hacía porque era muy buen amigo y porque no quería que Tim cometiese un error, pero ahora creo que lo estaba haciendo por mí.

—Tim y yo habríamos cometido un error si nos hubiésemos casado.

—Lo sé, pero no sé si yo lo decía por eso o porque en mi subconsciente te quería para mí.

Susan comprendía perfectamente lo que Mac estaba intentado decirle y respetó su sinceridad.

—Eso ya no importa, ¿no crees?

Él entrelazó los dedos de una mano con los de ella.

—Quiero contarle a Tim que estamos juntos —le dijo mirándola a los ojos—. Quiero que lo sepa todo el mundo, Susana.

Susan tomó aliento y apretó los dedos de Mac antes de contestar.

—De acuerdo, se lo contaremos cuando vuelva —accedió ella, ansiosa por dar el tema por zanjado.

—Tim me llama de vez en cuando —insistió él—. No sé cuándo volverá.

—¿No crees que deberíamos decírselo en persona?

Las reglas del juego

Mac la miró e, igual que la noche anterior, la encontró nerviosa. «Tienes que ser paciente», le recordó una voz en su interior. Tim y ella iban a casarse, era normal que no quisiese decírselo por teléfono.

—De acuerdo —aceptó resignado—, se lo diremos cuando vuelva. —Le soltó la mano y terminaron de desayunar.

Iba a encontrar el modo de quedarse para siempre con esa mujer.

Ese fin de semana no solo fue el primero que pasaron juntos, sino que también marcó el funcionamiento de su relación. Sí, tenían una relación; no sabían cómo llamarla, pero tenían una relación. Durante la semana, se quedaban en el apartamento que Susan tenía en la ciudad. El primer lunes, Mac apareció sin avisar a la una de la madrugada y la riñó porque por su culpa ya no podía dormir en su casa si ella no estaba. Susan sintió mariposas en el estómago y lo rodeó por el cuello para besarlo y quitarle el mal humor. Él interpretó el gesto como «hazme el amor encima de la mesa del comedor» y una hora más tarde los dos se quedaron dormidos en la cama.

Los fines de semana los pasaban en la casa de Mac.

No salían nunca, de lunes a viernes Susan salía del programa demasiado tarde para ir a cenar y él siempre la esperaba en el apartamento. Mac de verdad sabía cocinar, y si no, cocinaba ella o pedían comida a domicilio. Él se pasaba los días completamente centrado en la fundación; ahora que estaba con Susan, por fin podía concentrarse y las sugerencias que ella le hacía durante la cena o cuando desayunaban juntos le eran de mucha ayuda. Cada noche hacían el amor, a veces era rápido e intenso, como esa primera vez contra la puerta de su casa (Mac se estaba planteando la posibilidad de quitarla y convertirla en un monumento); otras veces lo hacían despacio y mirándose a los ojos mientras se entregaban el uno al otro. Mac no había vuelto a sacar el tema de Tim, pero cada vez que su amigo lo llamaba y le preguntaba por Susana, tenía que morderse la lengua para no contarle lo que estaba pasando. Quizá no tuviera sentido, pero una parte de él seguía teniendo celos de Tim, a pesar de que una noche ella le había confesado que nunca había sentido por Tim lo que sentía estando con él. Mac quería exigirle a Tim que dejase de preocuparse por Susana, que ahora ella le pertenecía y que estaba decidido a cuidar de ella, pero se obligó a respetar su decisión y mantuvo el silencio.

El sábado y el domingo no abandonaban la casa de Mac porque apenas salían de la cama. Tanto él como ella tenían miedo de que aquello no fuese real; habían pasado de odiarse a no poder quitarse las manos de encima. Y desde que se acostaban no habían discutido ni una sola vez. Sí, habían tenido sus pequeños roces, pero bastaba con que él le diese un beso, o con que ella lo tocase, para que los dos se olvidasen del motivo que había ocasionado la riña.

En una palabra, eran felices. Y los dos, aunque ninguno se lo decía al otro, tenían miedo de que el mundo se entrometiese entre ellos y lo echase a perder.

El mundo se entrometió unos días más tarde.

Era miércoles y Mac se había pasado la tarde en las oficinas de su agente deportivo repasando los detalles de su contrato para la inminente nueva temporada de fútbol. A Susana todavía no le había contado que, aunque los Patriots le habían ofrecido un contrato por varios años, él estaba decidido a retirarse después de la siguiente temporada. Tenía treinta y cinco años y estaba en el mejor momento de su vida; ya le había dedicado muchos años al fútbol, ahora quería dedicárselos a la mujer que amaba y a sí mismo. Se quedó petrificado en la silla de cuero del despacho de su agente. Amaba a Susana, completa, definitiva e irremediablemente.

La espalda se le empapó de sudor.

—¿Estás bien, Mac? —le preguntó su agente.

—Sí, por supuesto —contestó, y fingió leer otra hoja.

«Solo que acabo de descubrir que estoy enamorado de la exprometida de mi mejor amigo y no sé si ella siente lo mismo por mí». Susana tenía que sentir lo mismo, ella ya le había confesado que le gustaba, y también le había dicho que en la cama nunca había sentido con nadie lo que sentía estando con él. Eso tenía que significar que lo amaba, ¿no?

«No necesariamente.»

Los entrenamientos empezaban en dos semanas, y Tim le había confirmado que volvería a tiempo, tanto si lo acompañaban Amanda y Jeremy como si no. Ahora que él había encontrado la felicidad, o que podía rozarla con los dedos, Mac deseaba lo mismo para su amigo, y estaba convencido de que si Tim volvía solo, no tardaría en abandonar el equipo para mudarse a París. Tim no iba a permitir que Amanda se le escurriese de entre los dedos por segunda vez, y menos ahora que sabía que tenían un hijo en común.

Tras despedirse de su agente, un hombre imponente que gritaba demasiado, Mac se fijó en la hora que era y vio que Susana estaba a punto de salir del trabajo. Él ya estaba en la calle, y uno de sus restaurantes preferidos se encontraba a escasos metros de donde estaba. Mac era cliente habitual, y una celebridad, así que aunque se presentasen sin reserva, seguro que les darían mesa. Sin dudarlo ni un segundo, sacó el móvil del bolsillo y la llamó.

—Hola, soy yo —le dijo cuando ella le contestó tras el primer timbre. Sonrió al recordar por un instante que antes Susan dejaba que sus llamadas fuesen al contestador.

—Hola, tú, ¿sucede algo? ¿Quieres que me pare a buscar alguna cosa antes de que vaya a casa?

Mac sintió un agradable calor en el pecho al oír la palabra «casa» y al comprobar que ella daba por hecho que él estaba incluido en esa definición.

—No, precisamente te llamaba para decirte que no estoy en casa. Acabo de salir de las oficinas de mi agente y he pensado que hoy podríamos cenar fuera.

—¿Ah, sí?

Ella sonaba algo insegura, pero pensó que tal vez fueran imaginaciones suyas.

—Estoy a pocos metros del Paper Moon.

—No tendrán mesa, hay que reservar con meses de antelación.

—Lo sé, pero no sé si sabes que tu novio es el capitán de los Patriots.

Susana tardó unos segundos en responder y Mac se negó a creer que era porque había utilizado la palabra «novio». A él, personalmente, le parecía un término demasiado infantil para definir la relación que tenía con Susana, le gustaba mucho más la palabra «marido» o «pareja», pero la había elegido porque no quería presionarla.

Y porque tenía miedo de que ella lo negase.

—De acuerdo —accedió ella sin hacer ninguna mención a lo otro—. Nos vemos allí dentro de media hora.

—Te estaré esperando.

Colgó antes de caer en la tentación de añadir un «te quiero» o cualquier otra frase que pudiese espantarla. Mac se guardó el móvil y le dio rabia sentirse tan inseguro. Él quería ser comprensivo, pero al mismo tiempo no podía quitarse de encima la sensación de que, mientras él se había entregado por completo, ella seguía manteniendo algo de distancia. «Son imaginaciones tuyas», se dijo. «Hace demasiadas semanas que duermes poco y te estás volviendo paranoico. Susana está contigo, así que relájate».

Sacudió la cabeza y caminó con paso decidido hacia el restaurante. Llegó al Paper Moon y el propietario salió a saludarlo. Tras una breve conversación de cortesía el hombre le aseguró que tendría una mesa lista en cuestión de minutos y lo invitó a tomarse una copa en la barra mientras esperaba. Mac aceptó la invitación y se sentó en un taburete para esperar a Susana. Pidió un whisky, una especie de guiño a esa noche semanas atrás, cuando la vio con aquel vestido que dejaba la espalda al aire, y lo bebió despacio.

—Hombre, Mac, no esperaba verte aquí —lo saludó Quin, efusivo, cogiéndolo por sorpresa—. Hace semanas que no sé nada de ti.

El compañero de equipo de Mac le dio un abrazo.

—He estado ocupado —contestó Mac—. ¿Y, tú? ¿No te ibas de viaje con Patricia?

—Sí, volvimos hace unos días. —En aquel preciso instante apareció la esposa de Quin—. Patricia, cariño, Mac está aquí.

—Hola, Mac —le dio un beso en la mejilla—. ¿Has venido a cenar solo?

—No, estoy esperando a...

—Mira quién está aquí —la frase de Quin impidió que Mac terminase lo que iba a decir—. Qué casualidad encontrarte aquí, Susan. —Quin se acercó a Susan, que acababa de cruzar la puerta de la entrada, y añadió—: Me enteré de lo de Tim. No sabes cuánto lo siento.

Mac se puso en pie decidido a dejar las cosas claras, pero las siguientes palabras de Susana lo dejaron sin habla.

—No te preocupes, Quin. Me alegro de volver a verte, y a ti también, MacMurray.

¿Lo estaba saludando como si las cosas no hubiesen cambiado entre ellos? ¿Por qué? Tragó saliva y asintió.

—¿Estás bien, Susan? —le preguntó Patricia mirándola a la cara—. Estás un poco pálida.

—Sí, solo estoy cansada.

—¿Has quedado aquí con alguien? —Patricia siguió hablando con ella.

—No, os he visto pasar y he entrado a saludaros.

Mac iba a ponerse a gritar en cualquier momento y la miró a los ojos para advertírselo. Él había accedido a no contárselo a Tim hasta que este volviese de París, pero no a convertir su relación en un sucio secreto.

Y así era como se sentía ahora, como si lo que estaban haciendo estuviera mal. Y no pudo soportarlo.

—¿Y tú, Mac, estás esperando a alguien?

—Eso creía —dijo entre dientes—, pero al parecer me he equivocado —añadió sin dejar de mirar a Susana.

Las reglas del juego

—¿Por qué no os quedáis a cenar con nosotros? —los invitó Patricia.

—No, yo...

—Vamos, Susan, tengo ganas de hablar contigo —insistió Patricia—, y seguro que Mac y Quin sabrán distraerse hablando del equipo.

—¿Qué me dices, Mac? ¿Te quedas?

Él esperó a que Susana dijese algo. ¿De verdad iba a fingir que no eran nada?

—No sé, Patricia, no quiero molestar. Y la verdad es que estoy cansada.

Sí, iba a seguir fingiendo. Mac dudaba entre largarse de allí en aquel preciso instante o ponerse a beber como un cosaco.

—Tú no molestas, cielo —le dijo Quin—, y la verdad es que me gustaría hablar con Mac. Quedaos a cenar, vamos, no os hagáis de rogar.

—De acuerdo —accedió Susan.

—Por mí, perfecto —dijo Mac, y dejó la copa en la barra después de vaciarla.

Decimoquinta regla del fútbol americano:

Safety: *Se produce cuando la defensa logra derribar al jugador atacante que está en posesión del balón dentro de su propia zona de anotación.*

CAPÍTULO 15

Quin colocó una mano en la cintura de su esposa para acompañarla hasta la mesa. Mac tuvo que cerrar los dedos para no hacer lo mismo con Susana, aunque a juzgar por cómo ella aceleró el paso para esquivarlo, habría tenido que hacerle un placaje como si estuviesen en el campo.

Mac estaba estupefacto, dolido, confuso y muy enfadado.

Sí, ella le había dicho que a Tim no quería decírselo por teléfono y él había accedido (a regañadientes), pero él le había dejado claro que no quería ser ningún secreto.

Él quería proclamar a los cuatro vientos que estaban juntos.

Y no entendía que ella no quisiera lo mismo. Peor, le aterrorizaba pensar en los motivos que podían justificar dicho comportamiento.

¿Acaso quería volver con Tim?

Las reglas del juego

—Esta es su mesa —les dijo un camarero a los cuatro, y separó primero una silla para Patricia y después otra para Susana.

Las dos mujeres quedaron sentadas juntas, frente a sus respectivas parejas.

«¿Pareja? ¡Ja!»

Pasaron unos minutos leyendo la carta y Mac oyó a Quin y Patricia comentar algunos platos. A él le latía tan fuerte el corazón que no tardaría en salirle por las orejas.

Pidieron la cena y el vino. Mac tenía los ojos fijos en Susana y podía ver que ella estaba nerviosa, le latía el pulso del cuello y con una mano apretaba la servilleta. Era ella la que los había metido en esa situación, pensó furioso, y ella era la única que podía sacarlos de allí.

—Me alegro mucho de verte tan bien, Susan —le dijo Patricia.

—Gracias —contestó ella escueta.

—Dime, ¿este brillo que tienes es mérito de Parker? Una prima mía os vio en la ópera —explicó Patricia—, creo que incluso os detuvisteis a charlar con ella y con su marido. Bob estudió en la universidad con Parker.

Susan miró instintivamente a Mac antes de contestar. Él estaba apretando la mandíbula tan fuerte que se le iba a romper un diente de un momento a otro. Como dijera que Parker era el responsable de la felicidad que él había puesto en su rostro, seguro que no podría seguir conteniéndose.

—No, Parker y yo solo somos amigos.

—¿Solo amigos? —la otra mujer no la creyó—. Mi prima me dijo que hacíais muy buena pareja, y sé de buena tinta que Parker está interesado en ti. Y ahora que no estás comprometida...

El ruido de la silla de Mac arrastrándose por el suelo las interrumpió.

—Disculpadme —dijo él levantándose—, acabo de acordarme de que tengo que hacer una llamada.

—¿Estás bien, Mac? —le preguntó Quin.

—Perfectamente.

Se alejó de la mesa y se dirigió a la barra donde antes había estado esperando a Susana. ¿Cuánto le había durado la felicidad? ¿Diez minutos?

Se sentó en un taburete que eligió tras asegurarse de que ni Quin ni su esposa podían verlo desde la mesa y pidió otro whisky.

Allí estaba otra vez, esperando a Susana. Aunque la escena de ahora no se parecía en nada a la anterior. ¿Qué habría pasado si hubiese elegido otro restaurante? ¿O si Quin y Patricia hubiesen llegado media hora antes, o media hora más tarde?

Cogió el vaso y bebió un poco.

Tenía que dejar de hacerse eso. Su relación con Susana no podía depender de tantos condicionantes. Él necesitaba que fuese sólida, era lo que se merecían sus sentimientos.

—Kev.

Oyó su nombre y no se giró. Sabía que ella estaba detrás de él. No había dudado un segundo de que iría tras él... ¿para pedirle perdón?, ¿para exigirle que siguiera en silencio? No sabía para qué.

Susan no dijo nada y Mac no pudo soportar el silencio.

—¿Por qué, Susana?

—Eres el mejor amigo de Tim.

Él sacudió la cabeza y ella lo interpretó como que esa explicación no le satisfacía.

—Es demasiado pronto.

Otra excusa y otro movimiento de cabeza.

—Dime una cosa, Susana —empezó él sin apartar la mirada de la copa—, ¿cómo te habrías sentido si yo hubiese asistido a la ópera con otra mujer, o si Quin me hubiese felicitado delante de ti por mi última conquista?

Ella se quedó en silencio y Mac se giró despacio hasta mirarla.

—Esta mañana he estado dentro de ti, Susana. Te he hecho el amor y tú me has besado. Y ahora has sido capaz de negar que existo. Has sido capaz de tenerme delante y no tocarme. Has dejado que Patricia, una mujer por la que los dos sentimos cariño, piense que estás disponible y más que dispuesta a seguir viéndote con ese tal Parker. Quiero saber por qué. Me merezco saber por qué.

—La prensa todavía me pregunta por Tim y hay gente que aún me mira con cara de lástima. No dicen nada, pero sé que piensan que soy una pobre chica a la que un jugador de fútbol guapísimo, rico e inalcanzable ha dejado plantada en el altar.

—Tú no eres una pobre chica, Susana, y lo sabes. Lamento que la prensa siga molestándote, pero no entiendo qué tiene eso que ver con nosotros.

—Si saben que estamos juntos, me convertiré en el hazmerreír de la cadena cuando me dejes.

—Cuando te deje —repitió Mac notando que se le abría una grieta en el corazón. A pesar de que se había disculpado con él por haberlo prejuzgado y de que le había hecho el amor con desesperación, Susana jamás lo había visto de verdad. Si lo hubiera mirado a los ojos una sola vez, se habría dado cuenta de que era imposible que él la dejara.

—Sí —siguió ella ajena al dolor que a él lo derribaba por dentro—. No quiero ser la chica que se ha acostado con los dos jugadores estrella de los Patriots. Mi carrera profesional jamás se recuperaría.

«Su carrera profesional.»

—Podrías ser la chica que salió con uno de los jugadores de los Patriots y se casó con otro —sugirió Mac mirándola a los ojos—. O podrías dejarme tú a mí, tal y como estás haciendo ahora.

Susana abrió los suyos y se le escapó el aliento antes de contestar.

—No digas tonterías. Tú no quieres casarte conmigo.

Mac no se lo había planteado hasta ese momento, cierto, pero que ella lo negase con tanta rotundidad le revolvió el estómago. Ahora el comportamiento de Susana tenía mucho más sentido; su reticencia a contarle a Tim que estaba con él, todas esas noches que no quería salir de casa —de su apartamento—, los fines de semana que se habían pasado encerrados en la cabaña...

Susana estaba teniendo una aventura con él. Estaba cometiendo la típica locura que comete alguien cuando se divorcia, o cuando lo abandonan semanas antes de casarse. Para ella eso eran unas vacaciones de su vida.

Y él, el muy idiota, se había enamorado.

Para él eso, ella, era su vida.

Mac volvió a girarse y cogió de nuevo el vaso de whisky. Miró el líquido ambarino y respiró despacio. Tarde o temprano el dolor terminaría por desaparecer. O lo mataría. Fuera lo que fuese, el resultado final dependía de Susana. Ella en ningún momento le había dicho que quisiera dejarlo, pero necesitaba estar seguro.

—¿Qué quieres de mí, Susana?

—¿No podemos seguir como hasta ahora?

Una parte de él quiso decir que sí. Podía conformarse con eso y seguro que si se acostaba con ella cada noche terminaría por convencerla de que les diese una oportunidad. No, no tardarían en discutir. En unas semanas iba a celebrarse la cena de presentación del equipo para la nueva temporada y él iba a pedirle que lo acompañase. Ahora sabía que ella le habría dicho que no. Discutirían y Susana volvería a odiarlo. A fingir que no existía.

—No —dijo casi para sí mismo—, no podemos.

Vació la copa y se puso en pie. Dejó un billete de cincuenta dólares junto al vaso y se permitió mirarla por última vez.

—Diles a Quin y a Patricia que me ha surgido un imprevisto. Tú quédate a cenar, por favor. Yo mientras iré a tu apartamento a recoger mis cosas.

—Kev, yo... —balbuceó—. No lo entiendo.

—Ya lo sé —afirmó él acercándose a ella para darle un beso en la mejilla—. Dejaré la llave dentro.

Se atragantó con la última frase. En ese momento le resultaba muy doloroso pensar que unos días atrás Susana le había dado una llave de su casa. Y, sin embargo, esa noche había sido incapaz de cogerle la mano delante de Quin y de su mujer.

Salió del restaurante sin mirar atrás. Ella no corrió tras él para detenerlo.

Al día siguiente, Mac hizo una maleta y se fue al rancho que su abuelo materno tenía en Texas. Llamó a sus padres para avisarles, ellos solían pasarse por allí de vez en cuando y no quería asustarlos. Su madre, Meredith, le preguntó si le sucedía algo y él consiguió engañarla. O eso creyó. Tras un breve interrogatorio, la mujer se dio por vencida, gracias a Dios, pero le dijo que su hermano pequeño, Harrison, también iba a estar allí.

Mac compró el primer billete que encontró y partió hacia Texas esa misma noche. No quería quedarse en su casa y pasarse el rato mirando la puerta.

Y tampoco quería cometer la estupidez de coger las llaves del coche y plantarse en casa de Susana para decirle que aceptaba «seguir como hasta ahora». Si accedía a conformarse con eso, terminaría odiándola. Y si le suplicaba que le diese una oportunidad a su relación y ella accedía por lástima, sería ella la que terminaría odiándolo a él.

Susana y él no iban a existir jamás.

Ella lo había afectado tanto que en ese mismo instante estaba sentado en un avión rumbo a Texas en vez que seguir en Boston ocupándose de sus cosas y buscando la manera de olvidarla. Estaba furioso y la rabia fue aumentando durante el viaje.

¿Por qué diablos no había discutido con ella? Antes discutían por las cosas más insignificantes, desde el nombre de un color hasta el deshielo de los polos, y la noche anterior había sido incapaz de decirle nada.

No, no había sido incapaz. No había querido decirle

nada. ¿De qué serviría que intentara convencerla? Si ella no sentía la misma necesidad que él de estar juntos, lo mejor sería que la olvidase cuanto antes.

Pero, ¿de verdad no la sentía? ¿Iba a darle esos mismos besos y esa pasión a su próximo amante? ¿A Parker?

El avión aterrizó y cuando Mac salió por la puerta de llegadas encontró su hermano esperándolo. Los dos hombres se abrazaron y Mac pensó que ir allí era la mejor decisión que había tomado en mucho tiempo.

—No hacía falta que vinieras, Harry —le dijo a su hermano cuando lo soltó.

—No digas tonterías, Kev. Vamos, el abuelo nos está esperando. Creo que quiere que desayunemos o cenemos juntos, todavía no me he acostumbrado al cambio horario.

Mac miró a Harry y entonces se dio cuenta de las profundas ojeras negras que tenía su hermano pequeño bajo los ojos.

—¿Cómo has logrado que te soltasen?

—Me he escapado.

Harry trabajaba en Washington como asesor de un político, lo que significaba que viajaba mucho y que nadie sabía exactamente lo que hacía.

—¿Va todo bien, Harrison?

—Lo estoy arreglando, Kev —le contestó este mientras ponía el todoterreno en marcha—. ¿Y tú? ¿Estás bien?

—También lo estoy arreglando.

Subieron al coche y no se dijeron nada más durante el trayecto. No les hizo falta. Mac miró el paisaje de Texas y pensó que debería llamar más a menudo a su hermano.

ANNA CASANOVAS

***

Cuando Susan entró en su apartamento después de que Mac la dejase cenando en el Paper Moon con Quin y Patricia, se dijo que no notaría que él no estaba. Al fin y al cabo, Tim y ella habían estado juntos casi un año y cuando él se fue todas sus pertenencias cupieron en una caja de cartón que seguía en el suelo de uno de sus armarios.

Mac no iba a tener caja.

Abrió la puerta y tuvo que apoyarse contra ella para no caerse al suelo. No podía respirar. Era como si Mac se hubiese llevado todo el oxígeno con él. Miró hacia el comedor y tuvo que cerrar los ojos al recordar que él le había hecho el amor encima de esa mesa. La cocina era todavía peor, allí él le había contado cómo empezó a jugar a fútbol, y también estaban allí el día que él se fue después de oírla hablar con Pam por teléfono.

La primera vez que ella negó su existencia.

No se sintió capaz de entrar en el dormitorio ni en el baño. Le dolía mirar cualquier mueble, cualquier pared. Todo le recordaba a él.

Cuando Tim la dejó y anuló la boda, Susan se preguntó por qué no se quedó destrozada y por qué no notó un horrible vacío cuando su prometido desapareció de su vida.

Ahora lo sabía. Tim nunca había entrado en su vida, y jamás había estado lo bastante dentro de ella como para destrozar nada.

Oh, Dios. Le fallaron las rodillas y se deslizó hasta el suelo. ¿Qué había hecho?

Las reglas del juego

Se llevó una mano al pecho para contener los latidos de su corazón. Si sentía esa horrible agonía cuando Mac y ella solo llevaban un mes juntos, ¿qué habría sucedido cuando él la abandonase más adelante? No, había hecho lo correcto. Tarde o temprano, Mac la habría dejado y ella jamás lo habría superado.

No, Mac no tenía una caja, Mac tenía el piso entero.

«Podrías ser la chica que salió con uno de los jugadores de los Patriots y se casó con otro. O podrías dejarme tú a mí, tal y como estás haciendo ahora.»

Rompió a llorar desconsolada.

Decimosexta regla del fútbol americano:

Cuando un árbitro observa que se ha cometido una infracción, lo primero que hace es lanzar al terreno de juego un pañuelo amarillo que lleva en el bolsillo.

CAPÍTULO 16

Para sorpresa de todos, Tim Delany volvió a Boston cuatro días más tarde. Aterrizó en la ciudad acompañado de su esposa Amanda y de Jeremy, su hijo de once años. En el aeropuerto dejó que lo fotografiasen con su familia porque tampoco habría podido evitarlo, pero no contestó a ninguna de las preguntas malintencionadas que le hicieron sobre Susan o sobre la boda.

El día antes de emprender el viaje, Tim llamó a Susan para anunciarle su regreso. No quería que la prensa la cogiera desprevenida y era lo mínimo que podía hacer por ella. Susan lo felicitó por haber recuperado a la mujer que amaba. A Tim la felicitación le sonó sincera y en la voz de su exprometida detectó la tristeza.

—¿Te sucede algo, Susan? —se atrevió a preguntarle.

Ella estuvo a punto de decirle que sí, que estaba destrozada porque había cometido el error más grave de su vida y no sabía cómo arreglarlo. Quería preguntarle si sabía dónde podía estar Mac. Se había armado de valor, había ido a buscarlo a su casa y la había encontrado vacía. No le había llamado. Había marcado el número cientos de veces, pero ni una sola le había dado a la última tecla porque no quería que él le colgase. O la ignorase.

—No, nada. Solo estoy cansada.

—Te llamaré cuando estemos instalados. Me gustaría que conocieras a Amanda.

—Ya veremos, Tim —suspiró—. Gracias por avisarme de que volvías.

Ella le colgó antes de que él pudiera volver a preguntarle si estaba bien.

Tim volvía a Boston porque los entrenamientos de los Patriots empezaban en unos días. Lo que significaba que Mac también iba a volver a la ciudad.

Y tal vez entonces Susan se atrevería a ir tras él a pedirle una segunda oportunidad.

Mac estaba en la cocina viendo las imágenes de Tim en el aeropuerto con Amanda y Jeremy. Amanda había cambiado muy poco durante esos años y era innegable que Jeremy era idéntico a Tim cuando tenía esa edad. Evidentemente, después de ese vídeo apareció la imagen de Susan en la pantalla. Los periodistas la habían seguido hasta la puerta de su casa para ver si decía algo. Ella no dijo nada y él la observó con la misma fascinación que un náufrago miraría una isla en medio del mar.

Tenía el móvil en una mano y deslizó el pulgar por las teclas que formaban su número. Ella no lo había llamado. Sí, ese no era el teléfono que utilizaba normalmente;

aquel lo había dejado en la ciudad para no caer en la tentación de llamarla, pero el muy idiota se sabía el número de memoria.

Igual que lo sabía todo de ella.

El aparato que sujetaba en la mano era el teléfono de contacto de la fundación. Si Susana hubiese querido ponerse en contacto con él, lo habría encontrado. No lo había hecho, una prueba más de que no lo echaba de menos y no quería estar con él.

—Llámala —le dijo Harrison.

—Ella no me ha llamado —contestó Mac a la defensiva.

—Ah, sí, tu estúpida prueba del teléfono. Vamos, Mac, no seas imbécil. Eso no significa nada.

—Tal vez.

—Nada de tal vez. Tú y yo somos la prueba viviente de que el amor convierte a la gente más lista en idiotas. —Su hermano se sentó delante de él—. Vamos, llámala, seguro que te necesita.

Mac dejó el teléfono en la mesa y lo apartó de él con los dedos.

—Mañana vuelvo a Boston. Los entrenamientos empiezan en unos días —le explicó a Harry dando por zanjado el tema de Susana.

Era mejor así.

—Te llevaré al aeropuerto, yo todavía me quedaré unos cuantos días más.

—Nunca has llegado a contarme qué era eso que tenías que arreglar —le recordó Mac con el cejo fruncido.

—No, no lo he hecho. —Se puso en pie—. Vamos, si te vas mañana, ¿qué te parece salir a cabalgar una vez más?

Harrison salió por la puerta trasera de la cocina y se detuvo para acariciar el hocico de uno de los perros del abuelo. Cuando se incorporó se le tensó la espalda y, al ver el gesto, Mac frunció el cejo. Era obvio que a Harrison le dolía, y mucho, el hombro izquierdo. Eso de por sí no era preocupante, pero que se lo hubiese ocultado, sí.

Si hubiese tenido un accidente de coche o si se hubiese lesionado en el gimnasio, se lo habría contado.

¿Por qué diablos Harrison no le había dicho a nadie, ni siquiera a él, que le dolía el hombro?

Mac entrecerró los ojos y repasó mentalmente diversas cosas que había hecho su hermano a lo largo de los días que llevaban allí y que no encajaban demasiado con la vida que se suponía llevaba en la ciudad, como por ejemplo ese par de llamadas que recibió de madrugada y que negó cuando le preguntó por ellas a la hora del desayuno. En circunstancias normales, Mac probablemente ni se habría enterado, pero gracias a Susana no podía dormir y las había oído perfectamente.

Y Harrison había cerrado la puerta de su dormitorio con llave. Todas las puertas del rancho tenían cerrojo, pero su abuela había insistido en que era una estupidez echarlo y siempre que la visitaban de pequeños les prohibía cerrarse. La abuela ya había muerto, pero tanto Mac como sus hermanos seguían respetando sus deseos siempre que visitaban al abuelo. Excepto Harrison, que esa vez había cerrado con llave.

Mac se puso en pie y fue tras su hermano. Lo encontró en el establo. En realidad, los gritos que salían de allí probablemente podían oírse a varios kilómetros de distancia. Harrison estaba discutiendo con alguien por teléfono, pero hablaba tan rápido, y por encima de los sonidos de los caballos, que Mac no pudo distinguir claramente qué decía, solo que estaba furioso. Harry colgó de repente y lanzó el móvil al suelo. Ajeno a la presencia de su hermano mayor, se pasó las manos por el pelo como si se estuviese planteando seriamente la posibilidad de arrancárselo y soltó varios insultos.

Después hizo algo que dejó a Mac completamente paralizado; sacó una pistola de una de las alforjas que colgaban de un gancho, comprobó que estaba cargada y se la colocó en la espalda, por la cintura de los vaqueros... como si lo hubiera hecho toda la vida.

—Tienes una pistola —se le escapó a Mac, atónito.

No lograba conciliar lo que acababa de ver con la imagen que tenía de Harrison. Para él, Harrison, Harry, era un tipo afable, un apasionado de los libros y de los viajes y el único deporte que practicaba, además de montar, era salir a correr por la ciudad. Harry no tenía un arma y no sabía cargarla ni ponérsela bajo la camisa en la espalda.

—Mac —dijo Harrison, girándose—, no te he oído llegar.

—Tienes un arma.

—Sí —reconoció sin añadir nada más. Se movió en silencio y se dedicó a ensillar dos caballos mientras Mac seguía observándolo.

—¿Por qué diablos tienes una pistola, Harry?

Harry se detuvo y tiró de una de las bridas. Mac no dijo nada más, desde donde estaba podía oír pensar a su hermano.

—Por el trabajo. —Se apartó del animal—. No te preocupes, sé utilizarla —añadió con un macabro sentido del humor, girándose hacia Mac para mirarlo.

Las reglas del juego

—El hombro izquierdo... ¿te dispararon?

—Sí, pero ya me he recuperado. No se lo digas a papá y mamá.

—¡Joder, Harry! —exclamó Mac—. ¡Joder! ¿Cómo puedes decirme que te han disparado sin prácticamente inmutarte y después añadir que no se lo diga a nuestros padres como si fueras un adolescente? ¿En qué mierda te has metido?

—No puedo contártelo, Kev. Lo siento.

Mac paseó nervioso de un lado al otro del establo.

—O sea, que no has venido aquí porque te hayas peleado con una mujer —sugirió entonces.

—Oh sí, sí que me he peleado con una mujer, y te aseguro que lo que me hizo ella me duele mucho más que la herida de bala —le explicó Harrison.

—Tienes que contarme qué ha pasado, Harry. Tal vez pueda ayudarte.

Harrison cogió las riendas de los dos caballos que había ensillado y empezó a tirar de ellos.

—No puedo contártelo, Kev, todavía no. Pero te prometo que no estoy en peligro. —Vio que su hermano enarcaba ambas cejas y añadió—: Está bien, si necesito ayuda, tú serás el primero al que llamaré, ¿de acuerdo?

—De acuerdo —accedió Mac a regañadientes.

Los dos hermanos montaron y cabalgaron un rato en silencio. Se detuvieron junto a un lago para que los caballos bebiesen un poco y hablaron de las mujeres que, al parecer, les habían roto el corazón a los dos. Harrison no le contó ningún detalle, pero le dijo que sería un estúpido si no intentaba arreglar las cosas con Susana. «Al menos tú puedes arreglarlas», le dijo.

Y Mac no pudo dejar de preguntarse qué diablos le había pasado a Harrison.

A la mañana siguiente, Harrison llevó a Mac al aeropuerto tal y como le había prometido y este se pasó el vuelo entero pensando en Susana, en lo que sentía por ella y en la absurda discusión que habían tenido en ese restaurante la noche que se encontraron con Quin y su esposa.

No podía perder a la mujer que amaba por algo así, y sería absurdo que no hablase con ella por culpa de su maldito orgullo. La había presionado demasiado; ella acababa de salir de una relación muy seria y él ya le estaba pidiendo que volviese a comprometerse. Era normal que quisiera ir despacio, que quisiera tomárselo con calma. Lo único que tenía que hacer él era tener paciencia, estar a su lado, demostrarle que no le haría jamás lo que le había hecho Tim... Susana ya sentía algo por él, no lo besaría de esa manera de lo contrario. Solo tenía que ser paciente.

Y volver a estar con ella.

Agotado por su propia estupidez, nada más llegar a casa se dirigió como un autómata hacia la cocina, donde había dejado el teléfono móvil. Seguro que ella le había llamado.

Tenía dos llamadas perdidas de Tim, en una de ellas le había dejado un mensaje preguntándole dónde se había metido y explicándole que volvía a Boston. Después había un mensaje de Mike recordándole que esperaba verlo en los entrenamientos y otro de su abogado referente al último proyecto de la fundación.

No había ninguna llamada de Susana.

Las reglas del juego

Cansado, y no solo del viaje, se tumbó en la cama y se durmió. Tim lo despertó con una exigente, e insistente, llamada telefónica y no lo dejó en paz hasta que accedió a ir a comer con ellos en su casa.

No era que Mac no tuviera ganas de ver a su mejor amigo; sencillamente, no sabía si estaba preparado para tener delante de sus narices al hombre que, sin quererlo, había logrado que Susana no quisiera arriesgarse a estar con él.

Suspiró abatido y se puso en pie. Tim no tenía la culpa de nada, razonó mientras se duchaba. Y se lo repitió de camino a la casa que este tenía en un barrio residencial de la ciudad.

Tim estaba tan contento que a Mac le resultó muy difícil, por no decir imposible, seguir deprimido, pero lo consiguió cuando su mejor amigo le habló de Susana.

—El otro día hablé con ella por teléfono —empezó Tim—, y me pareció que estaba triste.

—¿Cuándo? —necesitó saber Mac.

—Hace dos días —le contestó Tim entrecerrando los ojos—. La llamé para avisarla de que volvía.

Después de una comida deliciosa, que por supuesto había preparado Amanda, esta y Jeremy habían ido a descansar un poco. Madre e hijo no estaban tan acostumbrados como Tim a esos viajes transatlánticos.

—Amanda está muy bien, se la ve feliz —dijo Mac.

Mac y Tim estaban sentados en los escalones que daban al jardín trasero de la casa con una cerveza en la mano.

Tim escudriñó a Mac con la mirada y de repente levantó las cejas.

—Ha sucedido algo entre Susan y tú —afirmó rotundo.

A Mac le costó tragar.

—¿Por qué lo dices? —Mantuvo la mirada fija en un árbol que había en una esquina.

—Por cómo has reaccionado cuando he mencionado su nombre. —Bebió un poco y dejó que su amigo se tomase su tiempo—. ¿Qué ha pasado, Mac?

—¿Te acuerdas del día que conociste a Susana? Tú y yo habíamos ido a la cadena de televisión para hacer una entrevista y te chocaste con ella en el pasillo.

—Me acuerdo.

—Creo que ese día me enamoré de ella —confesó cansado y triste. Las consecuencias de aquel primer encuentro le pesaban demasiado.

—Joder, Mac. ¿Por qué no me lo dijiste?

—Porque no lo sabía. Vosotros dos empezasteis a salir y yo... —carraspeó—. Te juro que cuando estabais juntos jamás me planteé meterme entre vosotros.

—Ya lo sé, Mac. No nos insultes a ambos diciendo estas cosas. —Tim le dio una colleja y después bebió un poco más de cerveza.

—Una noche, cuando estabas en París, fui a ver a Susana al trabajo y le regalé una caja de sus bombones preferidos. Se puso furiosa.

—¿Susan tiene unos bombones preferidos? —Miró a Mac—. No lo sabía.

Mac se encogió de hombros.

—Pensé que podíamos estar juntos —resumió porque no se veía capaz de explicarle el resto de detalles a Tim—. Pero Susana no opina igual.

—¿Estás seguro?

—Sí, lo estoy.

—Lo siento, Mac —dijo Tim—. Dejando a un lado a

Las reglas del juego

Amanda y a Jeremy, Susan y tú sois las personas que más quiero en el mundo y, en mi opinión, hacéis muy buena pareja.

Mac se terminó la cerveza antes de mirar a su amigo.

—¿No te lo estás tomando demasiado bien, Tim? Ibas a casarte con ella, y yo acabo de decirte que llevo un año enamorado de tu exprometida.

Tim le aguantó la mirada.

—Perder a Amanda fue lo peor que me pasó en la vida y estos últimos días he descubierto muchas cosas acerca de mí de las que no me siento especialmente orgulloso. Sé que si me hubiera casado con Susan, jamás te habrías acercado a ella. Y sé que ninguno habría sido feliz. Tienes que luchar por tu felicidad, Mac.

—¿Quién te ha dicho eso?

—Jeremy.

Mac le sonrió y volvieron a quedarse en silencio.

Decimoséptima regla del fútbol americano:

Piña: reunión que realiza el equipo ofensivo sobre el terreno de juego en donde uno de los jugadores (normalmente el quarterback) *le explica a sus compañeros la jugada que el entrenador ha decidido poner en práctica.*

CAPÍTULO 17

El primer día del entrenamiento fue muy duro. Mike les hizo pagar a todos las semanas de vacaciones y no paró de provocarlos durante las cuatro horas que estuvo torturándolos. Cuando se apiadó de ellos y les dijo que podían ir a ducharse, Mac dio gracias a Dios de seguir vivo y cruzó el campo hacia el vestuario.

Varios de sus compañeros de equipo se reían y charlaban como si no se hubiesen pasado las últimas horas corriendo, y Tim se estaba quitando las protecciones a toda velocidad para poder ducharse y salir de allí cuanto antes. Estaba impaciente por ver a Amanda y a su hijo, se lo había confesado durante el entrenamiento varias veces y era más que evidente. Mac envidiaba esa clase de felicidad; ahora que la veía reflejada en el rostro de su amigo no tenía ninguna duda de que Tim jamás había sentido esa clase de anticipación, de necesidad, con Susana.

Y él sí.

Las reglas del juego

Incluso la noche que perdieron la Super Bowl, Mac pensó en Susana antes de ir a cenar a L'Escalier. Pensó en ella mientras se duchaba y mientras se vestía. Y mientras conducía hacia el restaurante.

Que estúpido había sido.

No había vuelto a verla, pero no dejaba de pensar en ella. Ir al rancho y hablar con su hermano Harrison le había ayudado a comprender que no podía alejarse de ella sin intentar hablar una última vez. Sí, ella no lo había llamado ni había ido a suplicarle que la perdonase, pero él tampoco. Los dos habían reaccionado impulsivamente, por lo que decidió que era mejor darse un poco de tiempo, a ambos. Iba a esperar en la retaguardia igual que haría en un partido. La prensa ya había perdido cualquier interés en ella. Ahora, por desgracia para Tim y Amanda, estaban obsesionados con la historia de amor interrumpido de ellos dos.

Así que Mac decidió esperar. No se había convertido en el mejor capitán de la historia de los Patriots por ser un cabeza hueca, y Susana le importaba mucho más que cualquier partido. Esperó hasta que no pudo más.

No fue demasiado, aunque teniendo en cuenta que habría ido a buscarla el primer día que volvió a Boston, podría afirmarse que había demostrado tener muchísima fuerza de voluntad.

Pero ya no podía más.

Iría a verla. La esperaría en la emisora y le pediría una cita. Esa vez lo haría bien. Aunque Mac nunca renegaría de lo ocurrido en el pasado entre ellos dos, esa vez seguiría las reglas y le demostraría que podía confiar en ellos y que su relación se merecía una oportunidad. Lo habían hecho todo completamente al revés; habían empezado odiándose y después se habían convertido en amantes, pero los sentimientos de ambos eran tan intensos y los tenían tan a flor de piel que no habían podido controlarlos.

Y se habían olvidado de hacerse amigos, de enamorarse despacio.

Él ya estaba completamente enamorado, así que iba a esperar a que ella lo alcanzase. La llevaría a cenar y al cine. A pasar un fin de semana en el rancho de su abuelo. La cortejaría, y ella no tendría más remedio que dejarlo entrar en su corazón. Y cuando lo lograse, se encerraría allí a cal y canto, y no saldría jamás.

Ese era el día. Iba a volver a ver a Susana y arreglarían las cosas. Empezó a desnudarse a toda velocidad, impaciente por tocar a Susan, y se olvidó de todo excepto de ella. Se duchó y vistió en cuestión de minutos y se dirigió hacia la salida del vestuario, aunque antes se detuvo un segundo al lado de Tim.

—Deséame suerte —le dijo a su amigo.

Tim le sonrió al adivinar a quién iba a ver.

—Suerte.

Mac tardó media hora en llegar al edificio donde se encontraban los platós de la CBT y subió directamente a la planta en cuestión.

«Voy a ver a Susana. Voy a besarla.»

Salió del ascensor silbando y con las manos en los bolsillos.

Se quedó petrificado en medio del pasillo.

Ella estaba de pie a unos metros de distancia. Tenía la espalda apoyada en la pared y frente a ella estaba el imbécil que la había acompañado a la ópera. Parker. Estaba son-

Las reglas del juego

riendo y saludó a una chica que se acercó a enseñarle un papel. Le cayó un mechón de pelo por la frente y Parker se lo apartó.

Susana siguió hablando con la otra chica como si nada. Ese hombre, Parker, la había tocado de esa manera tan íntima allí delante de todos y a ella no le había importado.

Mac murió un poco y se sintió como un imbécil por haberse pasado todos esos días pensando en ella, en cómo arreglar las cosas entre los dos.

Susana ni siquiera había sido capaz de darle la mano delante de Quin y de Patricia, pero no tenía ningún problema en que Parker la tocase delante de sus compañeros de trabajo.

¿Cuántas veces más tenía que pisotearle el corazón esa mujer para que él se diese por vencido?

Se abrió un ascensor detrás de él y el sonido de la campanilla captó la atención de Susana.

Sus miradas se encontraron y él creyó que la de ella se llenaba de lágrimas. Mac giró sobre sus talones y entró en el ascensor.

—¡Kev, espera! —gritó ella poniéndose a correr.

Las puertas de acero empezaron a cerrarse y Mac aguantó la respiración. Justo un segundo antes de que los paneles encajaran el uno con el otro, Susana se lanzó dentro del ascensor y aterrizó encima del torso de él.

Y entonces se aflojó la banda de acero que le oprimía el pecho.

Ella le rodeó la cintura con fuerza y él tuvo que recordarse que acababa de verla con otro hombre para obligarse a soltarla.

—Te he echado tanto de menos, Kev... —susurró ella.

—Nadie lo diría —dijo él furioso—. Parker parece tenerte muy ocupada.

Susana retrocedió y lo miró a los ojos.

—¿Parker?

—Oh, vamos, Susana. Acabo de verte. No te preocupes, lo entiendo. Con Parker sí que pueden verte, él sí que no va a dejarte ni va a convertirte en un hazmerreír. Ah —levantó las manos—, y él tampoco será perjudicial para tu carrera.

—Entre Parker y yo no hay nada.

—Pues cuando lo haya, ¿qué vas a hacer?, ¿dejar que te eche un polvo en medio del pasillo? Porque ese tipo te acompañó a la ópera cuando a mí ni siquiera te dignaste a darme la mano en un restaurante.

Vio que levantaba una mano para abofetearlo.

—Oh, sí —la retó—, pégame. Eso sí que no tienes ningún problema en hacerlo. —Susan dobló los dedos—. Igual que tampoco tienes ningún problema en desearme, ¿no es así, Susana?

Se acercó a ella como un animal salvaje y la atrapó contra la pared del ascensor. Con la mano derecha bloqueó los botones para asegurarse de que nadie los interrumpía.

—Puedo oír cómo te late el corazón desde aquí —le dijo él pegándose a ella—. Y tienes las pupilas dilatadas. Y ahora mismo vas a humedecerte el labio inferior de las ganas que tienes de besarme. Pero ya estoy harto de que me utilices.

Intentó apartarse, pero Susana le sujetó por el cuello y tiró de él para besarlo. Mac se permitió sentir el aliento y el sabor de ella durante un segundo y después se apartó furioso.

—No.

—Sé qué cometí un error, Kev. Y lo siento.

—No te creo. —Se pasó las manos por el pelo y después le dio al botón para que el ascensor reanudara la marcha—. Si hoy no hubiese venido aquí como un estúpido, tú jamás habrías vuelto a ponerte en contacto conmigo.

—No es cierto. —Se apartó de la pared y se acercó a él, pero este la esquivó—. Fui a tu casa hace unos días y no estabas.

—Mentira.

—Es verdad. Necesitaba... —tragó saliva y se secó una lágrima de la mejilla—, necesito hablar contigo.

—¡Ja! Y por eso me has estado cosiendo a llamadas.

El ascensor se detuvo.

—No te vayas, Kev.

—Vuelve con Parker, Susana.

La campanilla del ascensor anunció que iba a abrir sus puertas.

—¡No estoy con Parker! Maldita sea, Kev, ¿por qué no me escuchas?

La puerta se abrió y Mac salió al vestíbulo.

—No me has dicho nada que valga la pena escuchar.

Ella apretó los labios, respiró hondo y miró nerviosa el reloj que llevaba en la muñeca. Mac se percató del gesto y se puso más furioso. Si tanta prisa tenía por irse, él no iba a entretenerla más.

—Kev, ahora no tenemos tiempo, tienes que...

—Yo no tengo que hacer nada, Susana.

—Por favor —repitió ella—. Entra en el ascensor y sube conmigo.

—¿Tan estúpido crees que soy? —Se pasó las manos

por la cara—. Mira, olvídate de todo esto, achácalo a una crisis de la edad o a lo que quieras.

Susana volvió a mirar el reloj.

—Kev, por favor, sube conmigo.

Un par de ejecutivos pasaron el control de la entrada y se dirigieron hacia el ascensor. Mac tenía que entrar o salir. No podía quedarse allí todo el día, y tampoco serviría de nada.

—Vuelve con Parker, Susana. Es lo mejor para los dos.

—Sí, tendría que haber ido detrás de ti, tendría que haberte llamado. En cuanto saliste del restaurante supe que había cometido un error.

—Entonces, ¿por qué no lo hiciste?

Susana se mordió el labio inferior para que él viese que no le temblaba.

—Yo...

¿Por qué diablos no podía contarle la verdad? ¿Por qué no podía decirle que no había ido detrás de él porque tenía miedo de que la rechazase? ¿O que se había pasado todos esos días pensando en él y buscando el modo de arreglar las cosas, de demostrarle todo lo que sentía por él? Susana estaba convencida de que si, sencillamente, le decía a Mac que lo amaba —y lo amaba como nunca habría creído ser capaz de amar—, él no la creería y por eso necesitaba que subiera con ella, para enseñarle lo que había hecho por él.

—Déjalo, Susana —suspiró cansado—. Mira, en realidad solo venía a verte para decirte que estaba de vuelta en la ciudad y que, aunque ya no estemos juntos, le he contado a Tim lo que sucedió.

Susana no pudo respirar.

—¿Por qué?

Mac malinterpretó su pregunta. El «¿por qué?» de Susana se refería a «por qué dices que no estamos juntos», que se lo hubiese contado a Tim no le importaba lo más mínimo.

—Porque es mi mejor amigo —contestó Kev distante—. Tranquila, él no dirá nada a nadie, así que no te preocupes por tu carrera ni por nada.

Susana tuvo que tragar varias veces para poder encontrar la voz.

—¿De verdad solo has venido para decirme eso?

—De verdad. —Se metió las manos en los bolsillos, soltando así el botón que mantenía bloqueado el ascensor y que él había apretado antes—. Es como si lo nuestro, fuera lo que fuese, no hubiese existido nunca.

—¿Y si yo quiero que exista? —consiguió preguntarle ella.

Mac salió del ascensor y la miró.

—¿Para qué?

«Sal del ascensor y ven detrás de mí. No dejes que me vaya. Impídemelo».

Una parte de él quería decirle que él también quería que existiera, quería incluso decirle que podían volver a estar juntos como antes, pero no podía dejar de verla apoyada en esa maldita pared sonriéndole a Parker mientras este le apartaba el pelo de la cara.

¿Qué habría sucedido si él no hubiese aparecido en aquel preciso instante? ¿Habría pasado lo mismo que con Tim? Al parecer, para Susana existían dos clases de hombres: los que salían con ella oficialmente y podían darle la mano en público, y él, que no podía tocarla fuera de la cama a pesar de que era más que evidente que ella quería volver a meterse en una con él.

Estaba harto de ser el único que ocupaba la segunda categoría. No le bastaba con eso.

Sacudió la cabeza.

Si el destino estaba tan empeñado en demostrarle que Susan no era para él, tal vez hubiera llegado el momento de hacerle caso.

—No —dijo casi para sí mismo—. Adiós, Susana.

Susana quería ir tras él. Por supuesto que quería ir tras él, pero no podía correr el riesgo de que el hombre que había accedido a reunirse con ella en su despacho en dos minutos saliese huyendo.

Le había costado mucho convencer a Leonard Tapestry y sabía que si no se presentaba a esa cita jamás encontraría las pruebas necesarias para recuperar el solar de Mac. Así que aunque lo que más quería —y necesitaba— era correr detrás de él y besarlo, se obligó a apretar el botón del ascensor que la llevaría de nuevo a su planta.

Leonard Tapestry era una de esas personas cuyo aspecto físico encajaba a la perfección con su profesión. Leonard era contable y parecía un contable. Era menudo, llevaba las gafas prácticamente en la punta de la nariz y tenía ojos de lechuza. El hombre trabajaba en el Ayuntamiento y estaba a punto de jubilarse, y había descubierto que alguien había falsificado su firma en unos documentos. El bueno de Leonard, de aspecto y carácter afable, no se había tomado nada bien que uno de sus superiores lo hubiese traicionado y utilizado de ese modo, por no mencionar que no tenía ningunas ganas de pasar sus años de jubilación en la cárcel, y afortunadamente para Susan había de-

Las reglas del juego

cidido hacer algo al respecto. Y ese algo, gracias a Dios, consistía en contarle lo sucedido a su sobrina Martha, que también trabajaba en el ayuntamiento y era amiga de una conocida presentadora de televisión.

El día que Martha la llamó para contarle que creía haber descubierto algo que podía ayudar a la fundación La mejor jugada a quedarse con el solar que había sido adjudicado a la constructora, Susan pensó que era el modo que tenía el destino de decirle que había sido una estúpida dejando escapar a Mac.

En realidad no hacía falta que ni el destino ni nadie se lo dijesen, Susana lo sabía perfectamente, pero ahora, gracias a Leonard y a Martha, tenía la posibilidad de hacer algo por él. Decidida, le dijo a Martha que no hablase con nadie más y empezó a reunir las pruebas necesarias para demostrar que la adjudicación del solar a Realtor había sido fraudulenta y que, por tanto, tenía que ser anulada. Lo tenía pensado, reuniría las pruebas y prepararía un reportaje donde dejaría en evidencia lo sucedido. Mac recuperaría el solar y quedaría tan embobado por el gesto que la perdonaría.

Y serían felices para siempre.

Pero Mac ni siquiera la había escuchado. «Porque dejaste que Parker te apartara un mechón de pelo de la cara y en cambio a él ni siquiera le diste la mano.» Mac solo había ido a verla para decirle que Tim estaba al corriente de lo sucedido y que lo suyo había terminado. «No ha terminado, no te ha mirado como si hubiese terminado.» Se había ido sin darle la posibilidad de explicarse. «Tú no lo has llamado ni has ido tras él.»

Susana quería estar furiosa con él por haberla juzgado

y condenado por lo de Parker (que en realidad era una tontería), pero no podía. Dios, había sido una estupidez ocultarle lo de Leonard y el Ayuntamiento. Ella lo había hecho porque creía que así sería todo más dramático, más romántico, como en las películas. Se había imaginado a sí misma retransmitiendo la historia en las noticias de la noche y a Mac entrando en la cadena para darle las gracias y confesarle que la amaba delante de todo el mundo.

Pero Mac no quería eso, no quería grandes gestos... Lo único que quería él era darle la mano por la calle y besarla en un restaurante.

Estúpida.

Se abrió la puerta del ascensor y Susana se encontró con el rostro de Karen, una de sus compañeras de redacción.

—Hay un señor esperándote en el despacho —le dijo.

—Lo sé, gracias.

—¿Es por lo de la historia del Ayuntamiento? ¿Crees que podrás emitirla esta noche?

—Sí, pero no creo que la historia esté lista para hoy.

—Oh, de acuerdo. Avísame si necesitas ayuda para producirla.

—Claro —aceptó Susan despidiéndose.

La reunión con Leonard fue breve y fructífera. El contable le proporcionó todas las pruebas necesarias para demostrar que la constructora había falsificado unos informes y que había sobornado a varios empleados del departamento de urbanismo. Susan, después de darle las gracias a Leonard y a Martha por su colaboración, se reunió con Parker y este le aseguró que era imposible que la fundación no consiguiera el solar.

Las reglas del juego

Esa noche, Susan no habló de eso en su sección de noticias económicas. Y tampoco lo haría la noche siguiente. Le mandaría los documentos al abogado de Mac y este seguro que se encargaría del resto. Susan iba a demostrarle que lo amaba de la manera que él quería que se lo demostrase, confesándole sus sentimientos sin artificios ni aspavientos, pero con sinceridad.

Le diría que lo amaba, que nunca había sentido por nadie lo que sentía por él. Que nunca había creído que existiesen esa clase de sentimientos hasta que él se los enseñó y que por eso se había asustado y se había comportado como una idiota.

Pero antes Mac tenía que escucharla.

Decimoctava regla del fútbol americano:

Si un jugador cae sin que algún jugador contrario lo haya derribado o por lo menos tocado, puede levantarse y continuar con la jugada.

CAPÍTULO 18

SUSANA

Tendría que haberlo llamado, no puedo dejar de repetirme que tendría que haberlo llamado. Si hubiese ido tras él esa noche ahora no sentiría que me falta el aire, que no puedo ni quiero pasar un día más sin besarlo, sin oír su voz cuando me llama «Susana».

Tendría que haberme plantado delante de la puerta de su casa y esperar a que volviese. Tendría que haber perseguido a Mike, a Quin, a quien fuera y averiguar dónde estaba e ir tras él. Tendría que haber hecho muchas cosas que no he hecho. Tendría que haberle dicho que le amo.

Mi única excusa es que estar con él me ha cambiado tanto que he tardado unos días en aprender a funcionar de nuevo. Y no verlo durante todos estos días me ha resultado muy difícil. No he dejado de pensar en él ni un segundo. Me he pasado las noches imaginándolo a mi lado, sintiendo su calor a mi lado.

Arrepintiéndome de mi cobardía.

Lo que hice en el restaurante la noche que coincidimos con Quin y Patricia no tiene explicación. Solo se justifica con el miedo, pero echar a Kev de mi lado para evitar que él me dejase más adelante es estúpido e imperdonable.

Pero es la verdad.

Recuerdo ese día perfectamente, recuerdo que me desperté con los labios de Kev pegados a mi espalda. Me besó los omoplatos y me apartó el pelo de la nuca para besarme el cuello. Deslizó una mano por mi cintura y me susurró al oído. Recuerdo que me acercó a su torso y me hizo el amor con nuestros cuerpos perfectamente pegados.

Y recuerdo que al terminar él se quedó abrazado a mí y yo susurré «Te amo» contra la almohada.

Kev no me oyó, pero yo no pude pensar en otra cosa durante el resto del día.

Amaba a Kev.

Le amo.

Amo a Kev y solo hemos pasado unas semanas juntos. A Tim no le amaba a pesar de llevar más de un año con él.

Pensé que me equivocaba, que era imposible amar tanto a alguien en tan poco tiempo, que era imposible amar así, que estaba confusa, que él y yo no nos habíamos convertido en «nosotros». Y pensé que se me pasaría.

No se me ha pasado ni se me pasará jamás. Estos días que he estado sin verlo, aunque han sido muy duros, me han servido para demostrarme a mí misma que le amo. Lo que siento por él no es el resultado de una fuerte química sexual ni una rebuscada estratagema para superar el abandono de Tim.

Pero la noche que nos encontramos con Quin no lo sabía. Cuando entré en el restaurante lo primero, lo único, que vi fue a Kev allí, sentado en la barra.

Estaba tan guapo... Me quedé sin aliento y pensé que quería pasarme la vida entera con él. Y entonces Quin y Patricia se acercaron a él. Quin, otro de los jugadores de los Patriots, y Patricia su espectacular esposa que solía ocupar la cubierta del *Sports Illustrated*. Y pensé que yo no encajaba en esa imagen.

Kev no se merecía mi rechazo. Esa noche tendría que haberlo besado delante de nuestros amigos o, como mínimo, tendría que haberle dado la mano. Y tendría que haberle dejado claro a Patricia que entre Parker y yo no había y no hay nada.

Parker.

Cuando esta noche me ha apartado el mechón de pelo me ha cogido por sorpresa, pero Parker y yo nos hemos hecho amigos desde que le dejé claro que no pasaría de ahí. Él está encantado de tener una amiga en el bando enemigo, así fue como me definió, aunque supongo que sigue siendo un seductor.

Me he puesto furiosa con Kev cuando ha dado por hecho que Parker y yo estábamos juntos. ¿Cómo diablos puede pensar que estoy con otro después de estar con él?, le habría gritado allí mismo a pleno pulmón, después de besarlo.

Kev me ha dicho adiós y en sus ojos he visto que lo decía en serio.

Suspiro.

Espero que él haya visto en los míos que no voy a permitirle que se aleje de mí.

KEV MACMURRAY

Tendría que haberla llamado. Tendría que haberla llamado y así me habría ahorrado esa humillación... y que volviese a patearme el corazón.
Es mejor así, así lo he visto con mis propios ojos y mi cerebro no tendrá más remedio que hacerse a la idea de que Susana está con Parker.
Aprieto los dedos alrededor del volante y piso el acelerador.
Ha habido un segundo, cuando Susana me ha sujetado el rostro entre las manos y me ha besado, que he vuelto a sentir.
Solo siento algo cuando ella me toca.
Mierda.
Tendré que acostumbrarme a no sentir. Puedo hacerlo.
Voy a hacerlo.
Odio que Susana esté tan pendiente del resto del mundo. Odio que no sea capaz de elegirme a mí por delante de los demás. Odio que haya utilizado mi cuerpo y se haya negado a darle una oportunidad al resto de mi persona.
Odio que esté dispuesta a conformarse con un Parker o con un Tim cuando los dos juntos podríamos vivir una historia de amor de esas que hacen de verdad que la vida tenga sentido. Quién iba a decir que al final iba a ser yo el que terminaría con el corazón destrozado.
Joder.

Quién iba a decir que yo tenía un corazón tan desesperado por amar y que elegiría a la peor mujer del mundo.

Me suena el móvil y salta el manos libres del coche.

—¿Sí?

—Te has ido sin dejarme hablar.

La voz de Susana invade el interior del todoterreno. Mierda, ahora voy a tener que deshacerme de este coche.

Le cuelgo.

El aparato vuelve a sonar y de inmediato salta el manos libres. ¿Cómo diablos se desconecta esta cosa?

—No quiero hablar contigo.

—Pues escucha —me ordena ella—. No estoy con Parker. Jamás he estado con Parker y jamás estaré con Parker.

—Eso no es lo que he visto.

—Ya hemos cometido una vez el error de juzgar al otro por las apariencias, Kev. ¿No crees que no deberíamos volver a hacerlo?

Aprieto los dientes.

—No aprietes los dientes, te harás daño.

Odio que sea capaz de adivinar mis reacciones sin verme.

—Necesito hablar contigo, Kev. ¿Puedo ir a tu casa?

—No.

—Te he echado mucho de menos, por favor, deja que te vea.

Va a matarme.

—No. Ese día en el restaurante me dejaste ir sin más. Lo único que tenías que hacer era cogerme de la mano y me dejaste ir.

—Lo siento, Kev. Cometí un error, un estúpido error. Pero me asusté.

Las reglas del juego

—¿Acaso crees que yo no teng... —me muerdo la lengua— tenía miedo?

—Deja que vaya a tu casa —vuelve a pedirme—. Necesito verte y los dos nos merecemos tener esta conversación.

—Una conversación, Susana —le digo—. Nada más. No puedo seguir haciéndome esto.

—Una conversación, Kev —accede.

—Pero hoy no —añado de repente—, tengo que preparar una reunión de la fundación. —Es mentira.

—¿Cuándo?

—Dentro de dos días, después del primer partido de la temporada.

—¿Dos días? —Noto que no le ha gustado demasiado la idea y mi estúpido corazón se siente optimista.

—¿Qué tal dentro de una semana?

No debería disfrutar torturándola, pero no puedo contenerme.

—Dos días —acepta Susana—. Iré a buscarte al estadio.

—No, no te preocupes. Alguien podría verte.

Le cuelgo porque no sé si estoy preparado para oír la respuesta a esa última provocación.

Dos días más tarde, estadio de los New England Patriots, primer partido de la temporada

El campo se puso en pie para escuchar el himno nacional. Los jugadores ocuparon solemnes sus posiciones y esperaron a que la cantante, una niña de un coro escolar, terminara de cantar las últimas notas.

Los aplausos eran ensordecedores.

Los capitanes se acercaron para saludarse formalmente y después volvieron con el resto de sus hombres. Los altavoces recordaron a los asistentes los resultados de los últimos enfrentamientos entre los Patriots y los Dallas Cowboys. La balanza se decantaba a favor de los primeros, aunque los segundos también acumulaban un número importante de victorias.

Kev MacMurray, el capitán de los Patriots, daba las últimas instrucciones a los miembros de su equipo. Iba a ser un año muy importante para Huracán Mac, el último de su carrera; ya había anunciado que se retiraría después de la temporada y, a pesar de la insistencia de la directiva, abandonaría por completo el mundo del fútbol americano.

Se rumoreaba que quería empezar de nuevo.

La grada reservada para la prensa estaba a rebosar, los periodistas deportivos ocupaban los mejores lugares, pero habían tenido que pelearse con los corresponsales y los fotógrafos de la prensa del corazón. Ese partido era la primera ocasión que tenían de fotografiar juntos a Tim Delany, Tinman, con su esposa y su hijo secreto.

La historia de la pareja había generado mucha expectación y varias cadenas de televisión habían intentado comprar la exclusiva. Les habían hecho ofertas incluso para escribir un libro. Ellos las habían rechazado todas.

Amanda Delany y Jeremy estaban sentados en el palco reservado para familiares e invitados directos de los jugadores. Allí también se encontraba Patricia, la exmodelo casada con Quin Thompson, y Margaret, la esposa del entrenador del equipo. Junto a ellos estaban las esposas, novias, amigos y hermanos de los demás hombres que estaban en el campo de juego.

Pero no había nadie de parte de Mac.

Su hermano Harrison iba a ir. Desde que coincidieron en el rancho tenían una relación más estrecha, pero Mac había recibido el día antes un mensaje de lo más extraño en el que le decía que le resultaría imposible asistir, que lo que tenía que «arreglar» se había «estropeado más».

El estadio estaba hasta los topes, no quedaba ni un asiento libre. Por eso mismo, Susan estaba sentada en una de las garitas reservadas para los técnicos de imagen y sonido del campo. Su amiga Pam la había llevado hasta allí. Era una garita que disponía de unas vistas privilegiadas del campo de juego y que estaba rodeada de cristal, pero desde fuera nadie podía ver lo que sucedía dentro.

Pam era la única que conocía la historia de Susan y Kev, aunque de eso solo hacía unas horas. Sucedió cuando Susan le pidió a su mejor amiga que la ayudase a entrar en el campo sin ser vista y esta le preguntó si era por Mac.

Bastó con eso.

Bastó con una sencilla pregunta con el nombre de Mac en medio para que Susan se pusiera a llorar y le explicase a Pam que se había enamorado del hombre más maravilloso del mundo y lo había echado de su lado.

Pam consoló a Susan y la felicitó por entender por fin en qué consistía el amor de verdad, y la ayudó a entrar en el campo como si de una misión de James Bond se tratase.

Y allí era donde se encontraba Susan en ese momento, con las manos apoyadas en el cristal y pendiente de todos y cada uno de los movimientos de Mac.

Los Patriots eligieron la posición de ataque. Mac se colocó detrás del centro para recibir el balón y poder hacer el pase. Empezó la primera jugada, que no era tan violenta como creería cualquiera que viera las manos de Susan.

Esta flexionó los dedos y cerró los ojos al ver que varios jugadores de los Cowboys se lanzaban sobre Mac.

Fin de la jugada.

Mac se puso en pie y Tim se le acercó para gritarle algo. Los dos se quitaron los cascos y Tim fue el primero en alejarse después de señalar a Mac con un dedo.

El capitán estaba distraído, pero sacudió la cabeza y volvió a ponerse el casco. Los jugadores se reunieron para hablar de la siguiente jugada. Asintieron y, tras un grito de guerra, se colocaron de nuevo en posición.

Los Cowboys hicieron lo mismo y los estaban esperando.

Mac cogió el balón y lo pasó a uno de los corredores. Iniciaron la carrera por el campo, una yarda, dos.

Mac volvió para recibir el balón y echó el brazo derecho hacia atrás para lanzarlo con todas sus fuerzas.

Dos jugadores de los Cowboys lo golpearon por ambos lados.

Nadie oyó el grito de Susana.

El casco de Huracán Mac cayó al suelo junto a su cuerpo inconsciente.

Decimonovena regla del fútbol americano:

El fin de una jugada está condicionada a diferentes circunstancias, siendo una de las más comunes cuando el jugador que lleva el balón es derribado por un contrario dentro del terreno de juego.

CAPÍTULO 19

El médico de urgencia que estaba siempre en el banquillo saltó a la zona de juego y corrió hacia el capitán de los Patriots, que seguía sin moverse. Los jugadores de su equipo estaban a su alrededor, excepto Tim, que estaba arrodillado a su lado. Los jugadores de los Cowboys estaban consternados y los dos que habían bloqueado a Mac no podían apartar la mirada del casco que había en medio de la hierba.

—Dejadme espacio, chicos —les ordenó el médico con voz firme.

Los Patriots se apartaron, pero no demasiado. Ninguno quería estar lejos de Mac.

El estadio entero estaba en silencio y pendiente de los movimientos del hombre de pelo blanco que auscultaba a Huracán Mac. Sus movimientos lentos desprendían cierta calma, hasta que sacó un móvil y en cuestión de segundos apareció una camilla en el campo.

Las reglas del juego

Unos minutos más tarde se abría también una de las puertas de acceso al campo para dejar paso a una ambulancia.

Dos fornidos camilleros subieron a Mac al vehículo después de inmovilizarle el cuello y el médico volvió a sacar el móvil para dar instrucciones al hospital al que iban a dirigirse.

El servicio de megafonía del estadio anunció una pausa de media hora y a la grada entera se le encogió el corazón.

Tim se levantó de la hierba y corrió hacia donde se encontraban los cámaras televisivos.

—¡Pam! ¡Pam! —gritó a pleno pulmón abriéndose paso.

La joven salió de detrás de una cámara y lo miró atónita.

—¿Dónde está Susan?

Pam tardó medio segundo en comprender a qué se debía la pregunta del exprometido de su amiga y, cuando lo hizo, se le iluminó el rostro.

—En una de las garitas.

—Acompáñame a buscarla —le ordenó Tim tirando de ella.

Corrieron por uno de los pasillos del estadio y cuando giraron por el último recodo que conducía a las garitas, Tim chocó con Susan.

Igual que el día que la conoció, tuvo que sujetarla por la cintura para que no se cayera al suelo.

Pero esa vez ella se soltó de inmediato y lo miró furiosa.

—¡Has dejado a Kev solo! —Tenía lágrimas en los ojos

y le temblaba la mandíbula del esfuerzo que estaba haciendo para contenerse.

Tim la miró y se preguntó cómo era posible que no se hubiese dado cuenta desde el principio de que esa mujer tenía el nombre de Mac escrito en el rostro.

—No me han dejado subir a la ambulancia. —La cogió de la mano y tiró de ella sin darle otra explicación excepto—: Tengo que llevarte al hospital.

Corrieron por otro pasillo hasta llegar al palco reservado para los familiares de los jugadores, frente a cuya puerta los estaba esperando Amanda con las llaves del coche.

Tim las cogió al vuelo.

—Nos vemos allí —le dijo Amanda en voz alta—, Margaret nos llevará. No te preocupes.

—Gracias, cielo. Te quiero —le gritó Tim sin detenerse.

—Estás muy enamorado —señaló Susan casi para sí misma, pero Tim la oyó.

—Mucho —afirmó este sonriéndole—, probablemente tanto como tú de Mac.

Le guiñó un ojo y Susan supo que siempre había estado destinada a ser una muy buena amiga de ese hombre.

Pero nada más.

—No —se burló ella a pesar del miedo atroz que sentía en el corazón por Mac—, yo estoy más enamorada.

—Eso tendremos que verlo.

Tim abrió el coche y prácticamente la metió en el asiento del acompañante.

—Abróchate el cinturón.

Las reglas del juego

Tim condujo como un poseso, pero siempre que podía le cogía la mano a Susan y le decía que Mac iba a ponerse bien. Ella intentó creerlo a pesar de que era evidente que Tim también estaba muy preocupado y que estaba haciendo un esfuerzo por ocultárselo.

Llegaron a urgencias y descubrieron consternados que ya había algunos periodistas esperándolos. Evidentemente saltaron los flashes, pero ni Tim ni Susan se detuvieron a contestar ninguna de las estúpidas preguntas que les hicieron.

En cuanto el ascensor los dejó en la planta donde una enfermera les había dicho que encontrarían a Mac, vieron al médico de los Patriots sentado en una silla blanca con la cabeza entre ambas manos.

—Doctor Corbin —lo llamó Tim.

El hombre levantó la cabeza y se puso en pie.

—Sigue inconsciente, se lo han llevado a hacer un escáner, y me temo que se ha roto la clavícula —les explicó sombrío.

Tim le dio una palmada en el hombro mientras que con la otra mano estrechaba las manos de Susan, que no dejaban de temblar.

—¿Cuándo sabremos algo más? —preguntó Tim.

—Nos avisarán lo más rápido posible, pero de momento solo podemos esperar.

El doctor Corbin volvió a sentarse y Tim, que todavía iba vestido con el uniforme de los Patriots, hizo lo mismo y tiró de Susan para que ocupase la silla de al lado.

Se quedaron en silencio, como si creyeran que así los médicos que estaban atendiendo a Mac prestarían más atención, y esa improvisada sala de espera fue llenándose de gente. El primero en llegar fue Mike, el entrenador, y unos cuantos jugadores. Al final se había decidido suspender el partido. Después lo hicieron Margaret, Amanda y Jeremy. Y después Pam y algunos directivos del club. En principio la prensa no estaba autorizada a llegar hasta allí, pero todos sabían perfectamente que estaban al corriente de lo que estaba sucediendo.

Se abrió la puerta que conducía hacia los quirófanos y las salas de rayos X y apareció un médico vestido de verde pálido.

—Soy el doctor Denton —se presentó acercándose al doctor Corbin para estrecharle la mano—. Hizo un gran trabajo en el campo.

—Gracias —asintió Corbin.

—¿Con quién puedo hablar sobre el estado del señor MacMurray?

El doctor Corbin miró a Tim, pero antes de que alguno de los dos pudiese decir algo, Susan se puso en pie y contestó con voz firme y decidida.

—Conmigo.

—¿Y usted es...? —le preguntó Denton.

—Susana Lobato, Kev y yo somos pareja.

El doctor, ajeno a todo lo que había tenido que pasar Susan para llegar hasta allí, se acercó a ella, le estrechó la mano y se dispuso a contarle cómo estaba Mac:

—El señor MacMurray sigue inconsciente. Ha sufrido un grave golpe en la cabeza que le ha producido un hematoma interno. Por suerte, el doctor Corbin le administró un anticoagulante a tiempo evitando así la formación de un coágulo permanente. Es probable que cuando el señor MacMurray se despierte sufra un importante dolor de cabeza durante un tiempo. Puede que ni siquiera recuerde el partido o haber recibido ese placaje, pero se recuperará.

—¿Cuándo se despertará?

—No lo sabemos, todavía le estamos realizando algunas pruebas. En cuanto a lo demás, se ha dislocado la clavícula derecha. Se la hemos vuelto a colocar pero mi consejo es que se lo tome con calma a partir de ahora. ¿De acuerdo?

—Sí, de acuerdo. —Susana tragó saliva—. Gracias, doctor.

El hombre asintió y en ese preciso instante una enfermera se acercó hacia ellos para comunicarles que Mac ya estaba en una habitación.

—El señor MacMurray tiene que descansar, pero puede recibir la visita de una persona.

Nadie dudó que esa persona iba a ser Susan.

—Iré yo.

—Por supuesto —aceptó el doctor—. La enfermera la acompañará y yo pasaré más tarde.

El doctor Corbin, mucho más aliviado que cuando había llegado, se acercó a hablar con Mike y con la esposa de este. Los jugadores de los Patriots se abrazaron entre ellos de lo contentos que estaban porque Mac fuese a recuperarse. Y Tim se acercó a Susan.

—Vendré mañana por la mañana —le dijo sin más.

—Gracias, Tim.

Se miraron y Tim le sonrió con las manos en los bolsillos (se había cambiado con la ropa que le había llevado Amanda).

—De nada.

—Eh, Tinman —lo detuvo Pam—, no ha estado mal lo que has hecho en el campo. Deja que me despida de Sue y os acompaño para darte una bolsa para que se la traigas mañana. Me temo que ahora que está enamorada no piensa apartarse de Mac ni un segundo.

—Ni un segundo —afirmó ella.

«Aunque Kev tal vez intentará echarme.»

Hubo abrazos y palabras de ánimo y a Susan lo que más le sorprendió fue que a nadie le pareció raro que Mac y ella estuviesen juntos.

Qué tonta había sido.

Cuando se quedó sola, la enfermera la acompañó a la habitación donde Mac descansaba en medio de una cama blanca. Encima de una silla estaba doblado su uniforme manchado de hierba y un poco de sangre.

Susana oyó que la enfermera cerraba la puerta y se acercó a la cama, ansiosa por tocarlo y asegurarse de que estaba bien. Le acarició el pómulo donde empezaba a aparecerle un morado y soltó despacio el aire que había contenido en los pulmones. Mac también tenía una herida en el labio, probablemente la culpable de las manchas de sangre, y tampoco pudo evitar tocársela. Deslizó la palma de la mano por su torso y la detuvo justo encima del corazón.

Latía con fuerza.

Le resbaló una lágrima por la mejilla y apartó la mano para seguir recorriendo su torso. Jamás iba a poder vivir sin él.

El recorrido de Susana terminó encima de la mano que Mac tenía sobre el estómago. Entrelazó los dedos con los de él y se la acercó para depositarle un beso en los nudillos.

Las reglas del juego

—Ahora entiendo eso que dijiste sobre que solo sentías si yo te tocaba. A mí me sucede igual, Kev. Solo siento si tú me tocas. La otra gente me toca y es solo presión, pero tú, tú puedes rozarme un dedo cuando me acercas una taza y mi cuerpo entero sabe que eres tú. Cuando me besas —siguió—, siento como si todo tú te estuvieras metiendo dentro de mí y es una sensación maravillosa. Pero da miedo. Tengo miedo de no volver a sentirla, Kev. No me obligues a ello, por favor. —Le dio otro beso en los nudillos—. No me obligues a estar sin ti.

Vigésima regla del fútbol americano:

Touchdown: *es la forma básica de anotación en el fútbol americano y se produce cuando el jugador que lleva el balón cruza la línea de la zona de anotación.*

CAPÍTULO 20

Mac abrió los ojos muy despacio y notó dos cosas: la primera, que tenía un impresionante dolor de cabeza; y la segunda, que Susana estaba dormida a su lado hecha un ovillo.

Parpadeó dos veces e intentó moverse, y un horrible dolor le cruzó la parte posterior del cráneo y le llegó hasta el brazo derecho, que tenía inmovilizado.

Intentó contener la reacción de su cuerpo, pero no lo consiguió y ella se despertó y se apartó de su lado como se si estuviese quemando.

Mac entrecerró los ojos y apretó los dientes para ver si así aminoraba el dolor y cuando volvió a abrirlos vio que Susana estaba sentada en una silla que había al lado de la cama, completamente sonrojada.

—¿Dónde estoy? —farfulló.

—En el hospital —contestó ella mirándolo preocupada y mordiéndose el labio inferior, como hacía siempre que estaba nerviosa—. ¿Quieres que llame a un médico?

Las reglas del juego

—No, de momento no —dijo él apoyando la cabeza en la almohada y cerrando los ojos de nuevo.

Mac tomó aire y notó que ella le acariciaba el pelo. El gesto tan cariñoso lo llevó a mirarla y la emoción que vio reflejada en el rostro de Susana le cerró la garganta. Ella lo vio tragar y le ofreció agua.

—Sí, gracias —aceptó Mac, y lo lamentó al instante porque Susana se apartó para ir a buscarle un vaso.

Por suerte, cuando regresó lo ayudó a incorporarse y volvió a tocarlo.

Mac suspiró, y le dolió porque recordó la angustia de no estar a su lado.

—Ahora lo entiendo —le dijo Susana adivinando milagrosamente lo que significaba el suspiro de Mac—. Tú también eres el único que me hace sentir. —Le resbaló una lágrima por la mejilla y se la secó sin hacerle caso—. Incluso antes de... Cuando estaba con Tim, siempre que me tocabas se me quedaba grabado en la memoria, en la piel; me rozaste la mano al pasar por mi lado en la boda de Quin, me tocaste la espalda para apartarme en uno de los pasillos del estadio en el quinto partido de la temporada pasada, tu pierna izquierda estuvo al lado de mi muslo derecho cuando le entregaron a Tim el premio al mejor jugador de la liga.

Mac carraspeó. El dolor de cabeza había ido cediendo espacio a los recuerdos de lo que había sucedido la última vez que ellos dos se vieron.

Ella estaba allí ahora, y era más que evidente que estaba preocupada por él, pero Mac no se veía con fuerzas para volver a oír como ella le decía que él acabaría dejándola.

—¿Cómo acabó el partido?
—Lo anularon. Hace dos días.
—¿Dos días?
Susana se sentó en la cama y le cogió la mano para entrelazar los dedos con los suyos. Parecía fascinarle ver sus manos entrelazadas. Tenía la mirada fija en sus dedos, en cómo encajaban los unos con los otros, los de él fuertes y magullados, los de ella delicados y menudos.

Y entonces Mac se dio cuenta.

Ella nunca le había cogido la mano antes.

Dios mío. Había besado a esa mujer hasta quedarse sin aliento. Le había hecho el amor como un poseso de pie contra la puerta de su casa. La había desnudado en la cocina y la había poseído durante horas. Y ella había hecho exactamente lo mismo con él...

Y aunque jamás olvidaría ninguno de esos momentos, de esas caricias, o de esos besos, ninguno había significado tanto ni le había hecho tanto daño como que ahora le diese la mano.

—No deberías hacer esto —dijo Mac rompiéndose el corazón—, puede entrar una enfermera en cualquier momento y seguro que se lo contará a alguien. Por no hablar de los periodistas que...

Susana levantó las manos entrelazadas y Mac se quedó en silencio al ver que ella le besaba los nudillos y después apoyaba la mejilla en el dorso de la mano.

Dios, no podía respirar. Menos mal que ya estaba en un hospital.

Susana lo miró y sin decirle nada inclinó la cabeza hacia él y lo besó suavemente en los labios. Después, se puso en pie y le soltó la mano. Mac se dijo que no importaba, que ya sabía que lo suyo iba a terminar así. Él mismo le había dicho en ese ascensor que tenían que seguir cada uno su camino, y si ella se iba ahora al menos tendría para siempre aquel recuerdo.

Cogió aire y se obligó a ser fuerte y no decir nada más.

Susan no se fue. Se acercó una mesa que había en una esquina, y que Mac veía por primera vez, y cogió el montón de periódicos y revistas que había encima. Se los llevó a la cama y los dejó con cuidado encima del regazo de Mac.

Él tardó unos segundos en reaccionar, en comprender qué era lo que se suponía que tenía que hacer, hasta que cogió el primero y se lo acercó a los ojos para leerlo. Echó de menos sus gafas, pero consiguió descifrar el titular.

¡¡Huracán Mac y la comentarista económica Susan Lobato juntos!!

Bajo el titular había una foto de Susana entrando consternada en el hospital detrás de Tim.

Mac tragó saliva y dejó el periódico para coger otro.

MacMurray y Lobato llevaban meses viéndose en secreto. ¿Es un amor de temporada? ¿Acaso la presentadora pretende olvidar a su exprometido con el capitán de los Patriots?

La foto que acompañaba ese artículo era de la cena en L'Escalier, cuando perdieron la Super Bowl. No se había dado cuenta de que los habían fotografiado juntos en el pasillo del restaurante.

Malditos móviles. La foto era justo del momento en que Susana le tocó la frente cuando Mac salió alterado del baño.

Mac lo soltó ofendido y cogió otro. Le molestaba horriblemente que le hubiesen arrebatado la intimidad de esa caricia.

Susan Lobato no ha abandonado el hospital desde que MacMurray fue ingresado inconsciente. ¿Qué sucederá cuando se despierte el capitán de los Patriots?

En ese caso la fotografía estaba muy pixelada porque era del interior de la habitación del hospital y podía adivinarse a Susana sentada en la misma silla en la que se encontraba en ese momento.

Mac desvió furioso la mirada hacia la ventana y adivinó que la habían obtenido con un superobjetivo a distancia.

Dejó ese periódico y cogió otro.

—Ese es mi preferido —susurró Susana, que hasta entonces había estado en silencio.

Mac lo leyó:

—«Susan Lobato siempre estuvo enamorada de MacMurray: las fotos que lo demuestran.»

Bajo el titular (que pertenecía a una revista sensacionalista) había varias fotos de Susana tomadas a lo largo de su noviazgo con Tim en la que se la veía mirando a Mac. Y, aunque la edición era de lo más hortera, las fotografías en cuestión no estaban trucadas y bastaba con mirarlas para ver que la mujer que aparecía en ellas estaba enamorada del hombre que estaba observando.

Mac dejó la revista sobre su regazo.

Susan tomó aire y devolvió las revistas y los periódicos a la mesa. Se detuvo un segundo, Mac la observó y vio que temblaba. Él no quería hacerse ilusiones, tal vez Susana estaba furiosa por lo de esas revistas e iba a echarle la culpa, así que no dijo nada y esperó.

E intentó contener el amor que sentía.

Susana se dio media vuelta y se acercó a la cama. No volvió a sentarse, sino que se detuvo al lado de él.

Tomó aire y clavó los ojos, que le brillaban por las lágrimas, en los de él.

—Te amo, Kev. Esa noche, cuando volví a mi casa después de cenar con Quin y Patricia, supe que jamás conseguiría llenar el vacío que habías dejado. Llevo más de un año enamorada de ti —se secó una lágrima—, y me siento como una estúpida por no haberme dado cuenta. Y... y lamento mucho haberte dicho todas esas estupideces sobre mi carrera profesional... —otra lágrima.

»Lo siento. No sé por qué me ha costado tanto ver que tú no eres capaz de hacerme daño, que eres el único que encaja en mi alma y en mi cuerpo, y que sin ti, sin ti nunca más volveré a sentir.

Lo miró, él siguió en silencio y Susana sintió un opresión en el pecho, pero se obligó a seguir.

—Cuando llegué a los Estados Unidos con mi padre tuve la horrible sensación de que jamás encontraría mi lugar, de que nunca, por mucho que lo intentase, me sentiría como en casa. Llamarme Susan en vez de Susana, comprometerme con Tim, intentar controlar hasta el más pequeño detalle de mi vida, no me ha servido de nada. —Lo miró a los ojos—. Te parecerá estúpido y supongo que tienes derecho a reírte de mí y a pedirme que me vaya, pero cuando me besaste esa madrugada en tu casa sentí que todo encajaba de repente. Y me asusté. Por fin había encontrado mi hogar, y ese hogar eres tú, Kev.

Las lágrimas le resbalaron libremente por las mejillas.

—Me asusté y lo siento. Dios, cómo lo siento. Tú eres el hogar que siempre he estado buscando, la parte que falta dentro de mí. Cuando estoy contigo puedo respirar y al mismo tiempo siento que el corazón no me cabe en el pecho. Tengo ganas de besarte y de suplicarte que entres dentro de mí, quiero que me abraces, quiero abrazarte y saber que yo también soy tu hogar, que sin mí no podrás ser feliz. Porque yo sé que sin ti nunca más volveré a serlo. Te amo, Kev.

Mac no podía hablar, el corazón le latía tan rápido que no conseguía calmarse lo suficiente como para formular una frase, así que levantó la mano, cogió la de Susana que tenía más cerca y tiró de ella con todas sus fuerzas.

Ella aterrizó sorprendida a su lado en la cama y antes de que pudiera decir ni una sola palabra más y terminase perdiendo la poca cordura que le quedaba, Mac la besó.

La besó, la besó y la besó.

Deslizó la lengua por el interior de su boca y no dejó que se le escapara ni un suspiro. Le besó el labio inferior porque necesitaba recordarle que entre ellos dos, además de amor, había pasión y dejó que ella lo sintiese temblar para que supiese que él también estaba muy asustado.

Mac habría podido seguir besándola horas, días, pero alguien carraspeó y los interrumpió.

—Buenos días, señor MacMurray, me alegro de verlo despierto —lo saludó el doctor Denton.

Las reglas del juego

Mac no apartó la mirada de la de Susana, y cuando esta se sonrojó e intentó salir de la cama, él la retuvo con una sonrisa y la sujetó por la cintura.

—Buenos días, doctor —lo saludó Mac girando despacio la cabeza.

—Me temo que va a tener que dejar que la señorita Lobato salga de la cama, señor MacMurray. Todo parece indicar que se ha recuperado, pero me gustaría hacerle unas pruebas antes de darle el alta.

—De acuerdo doctor, solo un segundo. Antes tengo que hacer algo muy importante —le contestó Mac.

Entonces, volvió a girarse despacio hacia la mujer que le había enseñado a sentir y le dio un beso, delante del doctor y de cualquiera que quisiera entrar en esa habitación. Y cuando se apartó le susurró:

—Te amo.

Le dieron el alta dos días más tarde, y Susana y él abandonaron el hospital cogidos de la mano. Gracias a un escándalo relacionado con un famoso cantante no tuvieron que vérselas con ningún periodista y pudieron llegar a casa de Mac sin ninguna dificultad. Tim y Amanda habían ido a visitar a su amigo el día anterior, y aunque los primeros minutos fueron algo incómodos con los cuatro metidos en esa habitación tan pequeña, enseguida se rieron.

En realidad, fue Amanda la que se encargó de aflojar la tensión y establecer las bases de su futura amistad.

—Bueno, Susan, es un placer conocerte —le dijo acercándose a la otra mujer para darle un abrazo.

—Lo mismo digo —contestó esta, sincera y confusa.

—No te preocupes, sé que no somos competencia, basta con mirarte un segundo para saber que estás loca por Mac. Y basta con mirarlo a él para saber que arrancará la cabeza a cualquiera que intente apartarte de su lado.

—Gracias —farfulló Susana.

—Lo que no comprendo —dijo Amanda mirando a Tim primero y después a Mac en la cama— es cómo estos dos idiotas no se dieron cuenta antes.

Mac no lo dijo entonces, pero estaba convencido de que si Tim no hubiese dejado a su entonces prometida para irse a París a recuperar a Amanda, él habría impedido la boda. En sus entrañas sabía que jamás habría permitido que Susana se casase con Tim. Jamás.

—¿En qué estás pensando? —le preguntó Susana ahora de camino a su casa. Conducía ella y estaban saliendo de la ciudad rumbo a la casa de Mac.

—En que si Tim no te hubiese dejado habría impedido que te casaras con él.

Ella apartó una mano del volante y buscó la de Mac para tocarlo. No podía decir una frase así sin tocarla.

—Gracias —susurró emocionada.

—¿Por?

—Por decir eso.

—Es la verdad. Esa noche en L'Escalier quería besarte, cuando me tocaste en ese pasillo tuve que contenerme para no arrancarte la ropa y poseerte allí mismo. Habría perdido el control, tarde o temprano. No sé cuándo ni cómo, pero te aseguro que habría impedido que te casaras con él.

Las reglas del juego

—Yo... —se humedeció el labio—, cuando viniste a la emisora y me trajiste la caja de bombones, pensé que me moriría si no me besabas. Te eché porque me dolían las manos de lo fuerte que tuve que apretarlas para no tocarte.

Mac se limitó a asentir y a estrecharle los dedos. No podía hablar, no podía respirar, necesitaba concentrarse en mantener la calma y no besarla allí mismo mientras conducía.

Por suerte llegaron a casa en menos de cinco minutos y Susana detuvo el todoterreno en la entrada con movimientos algo bruscos, pero eficaces. Mac se giró y cuando vio cómo ella lo estaba mirando, se le detuvo de nuevo el corazón.

¿Cómo diablos había podido estar más de un año tan cerca de ella sin saber quién era, lo que significaba para él?

«Lo sabías.»

Salió del vehículo sin decir nada y fue a buscarla. Abrió la puerta del conductor y la tomó en sus brazos para besarla. Caminó hasta la casa sin separar los labios de los de ella y sin dejarla en el suelo. Al llegar, apoyó a Susana levemente en la entrada para buscar las llaves con la mano derecha y cuando las encontró, abrió y volvió a besarla igual que si llevase siglos sin hacerlo.

Cerró la puerta de una patada y durante un segundo pensó en llevarla al dormitorio y hacerle el amor con la desesperación que le ardía en las venas. Pero cambió de opinión.

La depositó un segundo en el suelo y la miró a los ojos.

—Te amo, Susana. Eres mi vida, ahora y siempre. Empecé a sentir el día que me tocaste por primera vez y moriré el día que dejes de hacerlo. Jamás habría dejado que le pertenecieses a otro.

—Kev...

Ella se puso de puntillas y lo besó. Los labios de él se rindieron a su paso y Susana volvió a sentir, igual que siempre que lo besaba, que había encontrado su hogar. Recorrió el interior de la boca de él con la lengua y le acarició la nuca y el pelo. Mac se estremeció y la sujetó por la cintura para pegarla a él. Ella entonces aflojó los dedos y los deslizó por la musculosa espalda de él con intención de quitarle el jersey.

Mac la sorprendió dando un paso hacia delante y luego otro y otro, hasta que la espalda de Susana chocó con la puerta de madera. Entonces ella abrió los ojos y vio que él le sonreía.

—De todas las cosas que han sucedido entre los dos...

—¿Sí? —lo animó a seguir ella cuando él se quedó en silencio y empezó a desabrocharle la cremallera lateral del vestido.

—Hay dos de las que me he arrepentido siempre.

—¿Cuáles? —Perdió el aliento al notar que él deslizaba la mano dentro del vestido y la colocaba encima de su piel.

—De no haberte desnudado el primer día que hicimos el amor.

Susana volvió a respirar.

—¿Ah, sí?

—Sí —contestó Kev antes de besarla.

—¿Y la segunda? —susurró.

—De no haberte hecho el amor con ese collar de perlas

que te caía por la espalda la noche de L'Escalier —confesó él recorriéndole precisamente esa parte del cuerpo con los dedos.

—El collar lo tengo en mi apartamento —suspiró Susana—, podemos ir a buscarlo.

Kev le besó el cuello muy despacio.

—No, no creo que pueda esperar tanto. —Susana le pasó los dedos por el pelo y lo notó temblar—. Creo que voy a desnudarte y a hacer realidad todo lo que soñé aquella madrugada —añadió pegado a los labios de ella.

—¿Qué soñaste con hacerme?

Kev se apartó y la miró a los ojos. Con la mano que tenía ilesa le acarició el rostro y susurró:

—Esto.

Y declaró su amor con un beso.

Tras aquel beso, sincero, desnudo, de entrega absoluta, Mac se apartó solo para desnudarlos a ambos. Y cuando estuvieron piel con piel le hizo el amor del mismo modo que se lo había hecho aquel primer día, contra la puerta de su casa, como si su vida dependiera de ello... porque así era. Pero al terminar ella no cogió la ropa y se fue asustada, sino que lo abrazó, lo besó, entrelazó los dedos con los de él y le dijo que lo amaba. Y se acostaron juntos con las manos entrelazadas.

Restaurante L'Escalier, unos meses más tarde

La cena de celebración iba a tener lugar en el restaurante más exclusivo de Boston. La directiva del club había reservado todo el local para agasajar a sus jugadores, a sus familias y a todo el equipo técnico de los Patriots tras una de las mejores temporadas de la historia. Sin embargo, el personal de L'Escalier había tenido el acierto de no decorar el establecimiento hasta conocer el resultado del partido. La cena se llevaría a cabo tanto si el equipo ganaba o no la codiciada Super Bowl, pero el ambiente sería distinto, así como las pancartas y el resto de sorpresas previstas para esa noche. El menú sería el mismo.

Ganaron.

Fue un gran partido. Lucharon por la victoria hasta el final y lo consiguieron.

Los New England Patriots habían ganado la Super Bowl.

Pero la cena de esa noche iba a contar con una gran ausencia, bueno, dos en realidad: el capitán de los Patriots, Kev MacMurray, no iba a asistir porque su esposa decidió dar a luz esa misma noche.

Prórroga

Método de desempate que se utiliza cuando existe igualdad al terminar el tiempo reglamentario del partido original.

Vigesimoprimera regla del fútbol americano:

Clipping: *es cuando un jugador placa por debajo de la cintura a un jugador que no posee el balón. Se penaliza con quince yardas de retroceso.*

CAPÍTULO 21

KEV MACMURRAY

Lucas nació el día que ganamos la Super Bowl. Diría que fue el día más feliz de mi vida, pero mentiría. Este último año he tenido tantos que me resulta imposible elegir uno. También los ha habido difíciles. Susana y yo tardamos un tiempo en perdonarnos de verdad todo lo que había sucedido, pero cuando decidimos darle una verdadera oportunidad a lo nuestro los dos supimos que íbamos a salir adelante.

Hoy Lucas cumple cuatro meses. Elegimos ese nombre porque Susana está segura de que a su madre le habría gustado y lo cierto es que le queda perfecto. Tiene los ojos de Susana y cuando sonríe puede hacer conmigo lo que quiera.

Oigo el motor de un coche acercándose por el camino de grava y sonrío. Y se me acelera el corazón. Susana ha vuelto al trabajo, en la emisora le dijeron que podía tomarse el tiempo que quisiera pero ella ha insistido en volver, aunque ha negociado un cambio de horario y dentro de una semana empezará su programa semanal y dejará de aparecer en las noticias de la noche. Podrá trabajar desde casa, o desde donde quiera, y tendrá que acudir a la emisora para montar el programa o realizar entrevistas.

Es una gran noticia y debería suponer una mejora en los horarios de Susana, pero ella está tan nerviosa que de momento es incapaz de verlo. Solo se tranquiliza cuando está con Lucas.

La llave entra en el cerrojo y gira el picaporte. Susana entra hablando como si hubiéramos estado manteniendo una conversación durante horas y yo supiera perfectamente a qué viene su siguiente frase.

—No puedo hacerlo, Kev. No puedo...

No la dejo terminar, agacho la cabeza, le sujeto el rostro entre las manos y la beso.

Mis labios se posan con firmeza en los de ella y los detengo un instante para que nuestros alientos se encuentren. Los de Susana tiemblan levemente y se separan, y deslizo la lengua por ellos.

Un suspiro.

El ruido de las llaves cayendo al suelo. Los dedos de Susana alrededor de mis muñecas.

El beso lento, sensual, recordándonos a los dos qué sentimos cuando nos tocamos.

No dejo de besarla, ni lo intento, dejo que mis labios recorran los de ella con la precisión y la intensidad que necesito. Durante unos segundos el beso es tierno y romántico, pero no tardamos en necesitar más y mi pies avanzan hacia ella.

Sí, por fin nuestros cuerpos se tocan y la ropa que nos separa me molesta. Suelto despacio el rostro de Susana sin dejar de besarla y bajo las manos hasta su cintura. Las detengo allí y subo la tela de la falda capturándola entre los dedos.

Ella aparta los labios y busca mi mirada. Tiene la respiración entrecortada y el rastro de mis besos en los ojos.

—Hola —susurro sonriéndole.

—Hola.

Vuelvo a besarla con suavidad y cuando mis dedos tocan las medias que cubren sus muslos, tiembla.

—Kev... —me interrumpe con los ojos cerrados— Kev—. Respira profundamente, se humedece los labios y me mira—. ¿Y Lucas?

Sé que ve el deseo en mi rostro, por entre el amor que no puedo ni quiero contener, y también que la necesito mucho más de lo que jamás podré expresarle con palabras. Inclino la cabeza para besarle el cuello y contesto pegado a su piel:

—Con mis padres.

Susana se estremece y la cojo en brazos para levantarla del suelo. Camino decidido hacia nuestro dormitorio, ella me rodea el cuello y descansa la cabeza encima de mi corazón. Notará que está acelerado.

—Hemos quedado con ellos dentro de tres horas —le explico mientras la tumbo en la cama—. Y llamarán si sucede algo —añado antes de que pueda interrumpirme, y le doy otro beso.

Me tiemblan las manos, probablemente es ridículo que siga pasándome, pero no me importa. Sé que Susana me afectará de esta manera hasta el día que me muera.

Las reglas del juego

Ella levanta las manos y desliza los dedos por mi pelo, devolviéndome el beso con un suspiro. Después las baja por mi torso y se dispone a tirar de mi camiseta. Le cojo las muñecas y la aparto.

—No, si me tocas... —tengo que tragar saliva y esperar unos segundos antes de continuar. Estoy encima de ella, sujetando mi peso con un brazo mientras con el otro retengo las manos de Susana. Agacho la cabeza y la beso.

Le suelto las manos, no me doy cuenta, y Susana me acaricia el rostro y el pelo pero no intenta desnudarme.

Tal vez así podré ir más despacio, pienso absurdamente durante un segundo, porque cuando Susana dobla las rodillas y mi cuerpo queda enmarcado entre sus muslos, sé que ni siquiera podré intentarlo.

Mi lengua busca la de ella con desesperación y el resto de mi cuerpo me odia porque no puede tocar el de Susana. Deslizo una mano entre los dos y le desabrocho con torpeza los botones de la camisa. «No es suficiente», me susurra una voz ansiosa en mi mente.

—Ayúdame —la palabra escapa de mi boca sin que me dé cuenta.

Las manos de Susana aparecen en mi camiseta y tira de ella hacia arriba hasta desnudarme. Los segundos que han interrumpido el beso han sido demasiados.

Aparto los extremos de la blusa de Susana y noto su piel en la mía, los dos temblamos y nos besamos con el corazón en la garganta.

Si pudiera fundiría mi cuerpo con el de ella para no tener que alejarme jamás, pero no puedo, y tengo que conformarme con esto.

—Necesito más —le pido besándole el cuello mientras le levanto la tela de la falda en busca de su ropa interior.

Susana me besa el pómulo y acerca los labios a mi oído para susurrarme:

—Tranquilo, yo también.

Sus manos, mucho más firmes que las mías, aparecen en medio de nuestros cuerpos y me desabrocha los vaqueros. En cuanto siento su piel sobre mi erección, pierdo el control.

Necesito estar dentro de ella ahora mismo.

Siempre.

Susana busca mis labios y me besa con todo su ser tras pronunciar mi nombre. Recuerdo que la primera vez que me besó también lo hizo y esa imagen me obliga a perderme de nuevo en el interior de Susana.

—Kev, amor... —susurra ella cuando nos convertimos en uno.

—Susana.

Apoyando una mano en el colchón, muevo la otra en busca de la de Susana y cuando la encuentro entrelazo mis dedos con los de ella y las levanto hasta colocarlas junto a su cabeza. Después hago lo mismo con la otra y cuando nuestras manos están entrelazadas, nuestras miradas pendientes la una de la otra, y nuestros cuerpos completamente unidos, me rindo y le hago el amor como necesito.

Susana no deja de besarme.

Si alguna vez deja de hacerlo, no podré soportarlo.

Nos hemos quedado dormidos abrazados y he sido el primero en despertarme. Estos días Susana está muy nerviosa por el nuevo programa, aunque intenta disimularlo, y la dejo descansar mientras me ducho y me visto. Llamo a mi madre, están instalados en el hotel Beacon y hemos quedado allí para cenar y recoger a Lucas. Mis padres han perdido la cabeza por Lucas, vienen tan a menudo a Boston que están planteándose comprar una casa en la zona. Después de colgar, vuelvo al dormitorio y me siento en la cama mirando a Susana.

No puedo resistir la tentación de agacharme y darle un beso en los labios. Ella parpadea y se despierta despacio.

—Me he quedado dormida.

—Sí. —Sonrío al comprobar, una vez más, lo compenetrados que estamos ahora—. Nos esperan en el hotel. ¿Vas a contarme por qué estás tan preocupada?

Susana arruga las cejas y sus hombros se tensan.

¿Por qué?

—No quiero preocuparte. Bastante tienes tú con la fundación y con entrenar a tu equipo.

Aunque me he retirado como jugador, mi hermano Harrison me convenció para que entrenase a un equipo de adolescentes problemáticos.

—Quiero preocuparme por ti, Susana —le contesto—. Quiero hacerlo todo por ti.

Ella aparta la sábana y me levanto.

—Lo sé, Kev—. Se pone en pie y me da un beso en los labios—. Voy a ducharme.

Tengo la sensación de que me está ocultando algo. Es absurdo, pero no me gusta. Susana debería saber que puede contar conmigo para lo que sea.

Oigo correr el agua de la ducha y me digo que probablemente sean imaginaciones mías. Y por suerte para mí en ese preciso instante suena el teléfono.

Es Harrison, llega a la ciudad esta noche para pasar unos días con nosotros.

—¿Ya estás en el hotel? —le pregunto al descolgar.

—No —noto que está furioso—. Lo siento.

—¿Dónde estás?

—No puedo decírtelo.

—Joder, Harry. No empieces otra vez con eso —ahora yo también estoy furioso.

—Tengo que pedirte un favor. Es muy importante, Kev.

—Dime dónde estás.

—No puedo.

—Pues no cuentes conmigo.

—No me hagas esto, Kev. Por favor. Necesito tu ayuda.

Mierda. Respiro entre dientes y flexiono los dedos de la mano con la que no sujeto el aparato.

—Está bien. ¿Qué necesitas?

—Que me entierres.

—¿Qué has dicho?

—Dentro de dos semanas te llamará alguien de Washington para decirte que he muerto. Tienes que seguirle la corriente.

—Esto no tiene gracia, Harrison. Cuéntame qué diablos te pasa.

—No puedo, Kev. Te prometo que en cuanto pueda serás el primero en saber toda la verdad —hace una pausa y oigo unas sirenas—. O el segundo.

—Mierda, Harry. ¿Qué es lo que pretendes, que te entierre, que vaya a vaciar tu piso y me comporte como si mi hermano pequeño hubiese muerto?

—Sí, eso es exactamente lo que pretendo.

—¿Y papá y mamá, y Susana?

—No pueden saberlo.

—A Susana no voy a mentirle, Harrison. No puedo. Maldita sea, todo esto es una locura. ¿Por qué tienes que fingir tu propia muerte? —Aprieto el teléfono y noto que me suda la palma de la mano—. Papá y mamá lo pasarán muy mal, eres su preferido —intento bromear.

—No pueden saberlo, Kev. Por favor. Es peligroso. Si a Susana tienes que decirle la verdad, dísela, pero que no se lo diga a nadie. No es solo mi vida la que depende de esto.

Me froto la sien. La preocupación y el miedo que detecto en la voz de mi hermano me obligan a tomarme muy en serio lo que me está pidiendo.

—De acuerdo, Harrison, pero con una condición. Llámame al menos una vez a la semana.

—No sé...

—Llámame una vez a la semana o te juro que iré a Washington y llamaré a todas las agencias gubernamentales hasta encontrarte. No me subestimes.

—Está bien —accede a regañadientes porque sabe que ahora no estoy bromeando—. Tengo que irme.

—Ten cuidado.

—Lo tendré—. Se le quiebra la voz—. Gracias, Kev.

Me cuelga.

Estoy tan aturdido que me siento en la cama con el teléfono todavía entre los dedos. No veo a Susana hasta que noto que me acaricia el pelo.

—¿Estás bien, Kev?

La miro y tardo unos segundos en responder. Tiene el pelo mojado y lleva mi albornoz.

—Quiero casarme contigo —son las palabras que salen de mis labios. No sé si es por la llamada de Harrison, o por lo que he sentido antes cuando Susana y yo hemos hecho el amor, pero me doy cuenta de que lo deseo con todas mis fuerzas.

Susana me mira confusa y guía su mano hasta mi rostro.

—Ya estamos casados.

—Fuimos al ayuntamiento a firmar unos papeles —le recuerdo—. Y solo porque te dije que, si no, no te dejaba vivir aquí conmigo. —Sonrío, aunque sé que la sonrisa no llega a mis ojos, y capturo su mano con la mía para depositarle un beso en la palma—. Cásate conmigo de verdad.

Vigesimosegunda regla del futbol americano:

Fumble o *balón suelto: se produce cuando el portador de la pelota pierde la posesión involuntariamente o se le cae tras haber recibido un pase completo (o antes de enviarla en el caso de los* quarterbacks) *y antes de que la jugada se dé por terminada.*

CAPÍTULO 22

SUSANA

—Cásate conmigo de verdad —las palabras de Kev me detienen el corazón.

Una presión se instala en mi pecho y el aire deja de circular por mis pulmones. Es ridículo, lo sé, pero estoy aterrorizada.

—Ya estamos casados de verdad —le digo en voz baja.

Me suelta la mano y se levanta de la cama. Camina serio hasta la mesilla de noche que hay en su lado de la cama y deja encima el móvil que hasta ahora apretaba entre los dedos. Veo que respira despacio, igual que hacía en el campo cuando preparaba mentalmente una jugada, y después se da media vuelta y me mira.

—Ya sé que estamos casados de verdad, Susana. Y también sé que ningún papel podría aumentar lo que siento por ti. Lo sé.

Las reglas del juego

Se acerca a mí y me coge las manos. Las encuentra frías y temblorosas y las levanta para besarlas.

No puedo evitarlo, me escuecen los ojos y una lágrima me resbala por la mejilla.

—Te amo, Kev.

—Yo también te amo, Susana.

Me pongo de puntillas y le doy un beso, él suspira con suavidad y tras soltarme las manos me rodea por la cintura para pegarme a él.

Y pensar que por culpa de mi estupidez podría haberle perdido... Me estremezco solo de pensarlo y le beso con más fuerza. Acabamos de hacer el amor, pero de repente siento la necesidad incontrolable de estar con él. Le rodeo el cuello con los brazos y no intento disimular el temblor que me recorre el cuerpo.

—Susana...

—Te necesito.

Me besa y noto que ha aflojado el cinturón del albornoz para tocarme la piel.

Por fin vuelvo a sentir su piel.

Me toca la cintura con delicadeza, su mano firme y cálida me estremece a su paso y noto las yemas de sus dedos deslizándose por mi ombligo y mis costillas. Es una caricia suave, dulce, como si supiera que me he asustado.

Nunca había sentido que perteneciera a ninguna parte, hasta que encontré a Kev.

—Cásate conmigo —vuelve a pedirme cuando se aparta—. Quiero verte vestida de novia—. Me da un beso en el cuello mientras sigue acariciándome.

—Kev...

—Sé que no tiene sentido —susurra llenándome de besos la clavícula tras apartar el cuello del albornoz—, sé que solo me has amado a mí—. Aprieta los dedos en mi cintura—, pero tengo celos de Tim.

Echo la cabeza hacia atrás para mirarlo. Por nada del mundo quiero que ese hombre tan magnífico sienta celos de nadie.

—Lo que siento por ti nunca lo sentí por Tim. Jamás —le digo colocando unos dedos temblorosos en sus labios—. Ni siquiera sabía que existía esta clase de amor hasta que te conocí. Y si no te hubiera conocido —se me detiene el corazón un segundo solo de pensarlo—, jamás lo habría sentido.

—Lo sé —me asegura él apartándome la mano. Besa los dedos y después me besa en los labios—. Quiero celebrar una boda porque los dos nos lo merecemos. Nuestra historia de amor se lo merece. Lucas se lo merece.

—Oh, Kev...

Necesito besarlo otra vez, hacerle sentir que sin él no tengo sentido. Si Kev no estuviera a mi lado mi vida habría sido un desastre, perfecta desde el exterior pero un completo desastre. Me habría casado con un hombre maravilloso pero completamente equivocado para mí, y yo para él. Nunca habría sabido lo que se siente al besar al amor de tu vida, o a la desesperación que es capaz de sentir mi cuerpo cuando él está cerca y me toca.

—Dime por qué tienes miedo.

No es una pregunta. Me conoce tan bien que no va a fingir que no sabe que estoy asustada, aunque yo no se lo he contado.

—Porque nunca podría soportar volver a perderte.

—Nunca me perdiste, Susana —contesta antes de besarme otra vez—. Nunca.

—Te hice daño.

—Sí, mucho —reconoce mirándome a los ojos—, pero también me has hecho el hombre más feliz del mundo.

Tengo la espalda apoyada en una de las paredes de nuestro dormitorio. No me he dado cuenta, pero los besos de Kev me han llevado hasta allí. Noto el cuello del mullido albornoz en mi nuca y veo que Kev apoya las manos a ambos lados de mi cabeza.

—¿De verdad quieres casarte conmigo? —me atrevo a preguntarle tras humedecerme los labios.

La sonrisa de Kev me aprisiona el corazón y un cosquilleo se propaga por el interior de mi cuerpo.

—De verdad—. Me besa en los labios—. Además, ya estamos casados, ¿recuerdas?

Se separa ligeramente y empieza a besarme el cuello. Aparta la mano izquierda de la pared y vuelve a colocarla en mi cintura para tocarme la piel desnuda.

—¿Prometes que no me dejarás nunca?

Kev se detiene de inmediato y me mira a los ojos. El deseo brilla en ellos, como siempre que estamos cerca, y también el amor y una determinación que arde con mucha fuerza.

—Mírame —me pide.

Trago saliva y asiento.

Kev me coge una mano y la lleva hasta su torso. Allí la detiene y la coloca encima de su corazón.

—No te dejaré nunca —afirma con solemnidad, y a mí me tiembla el labio inferior. Él se da cuenta y me da un beso—. No aparecerá nada de mi pasado para interponerse entre los dos, y aunque eso sucediera, no importaría. Tú eres mi vida, mi corazón. No quiero estar sin ti, no puedo. Así que, Susana, voy a quedarme contigo para siempre.

—Yo también voy a quedarme contigo para siempre —susurro.

—Entonces, ¿qué te parece si lo celebramos? Podemos llamarlo boda, o como tú quieras, no importa, pero quiero celebrarlo. Di que sí.

—Sí.

Todos los besos de Kev son maravillosos, se meten dentro de mí y se extienden por todo el cuerpo hasta llegar al último rincón, pero ese beso lo recordaré toda la vida. Durante un instante me siento mal por no haber sabido lo importante que era para él celebrar que estamos juntos, pero Kev está tan pendiente de mí que se da cuenta y no me permite entristecerme.

—Oh, no, Susana, nada de remordimientos —me dice apartándose—. Bésame.

Le beso, una y otra vez, le beso porque perderme en sus labios es lo más maravilloso del mundo. Porque no puedo creerme que me hubiera planteado en serio la posibilidad de pasarme el resto de mis días sin sus besos.

Le acaricio el pelo y noto que se le eriza la piel bajo mis dedos, esa reacción tan sincera, una que mis manos nunca habían despertado antes en ningún hombre, me demuestra, otra vez, que nacimos para estar juntos. Y de repente no me basta con besarlo. Le desabrocho la camisa que él acaba de ponerse y con las palmas de las manos dibujo su torso.

—Te necesito, Kev —le pido sin esconder mis deseos. Eso también me lo ha enseñado él—. Ahora.

Aflojo el botón del pantalón, me tiemblan los dedos y Kev los aparta para hacerlo él.

Entra dentro de mí y me hace el amor tal y como necesito, con fuerza y pasión, dejando que el amor que los dos sentimos nos envuelva. Me besa, le beso, me levanta del suelo y le rodeo la cintura con las piernas. Me muerde el labio inferior al notar que a mí se me escapa un gemido y después cura la herida con un beso. Le acaricio la nuca, el sudor le ha empapado de nuevo el pelo, y los músculos de los hombros vibran a mi paso.

—Te amo —susurra cuando el clímax le apresa y su cuerpo empieza a estremecerse.

—Te amo —es lo único que sale de mis labios antes de besarle y entregarme a él por completo.

Al terminar, Kev me llena el rostro de besos y me deja en el suelo con delicadeza. Me mira con un brillo mágico en los ojos y una sonrisa llena de sentimientos.

—¿Qué? —le pregunto sonrojada. Es ridículo que sienta vergüenza después de lo que ha sucedido entre los dos, pero no puedo evitarlo.

—Nada —contesta sonriendo—, solo quería decirte que estás muy guapa. Y que me has hecho muy feliz. Gracias por decir que sí.

Tengo que tragar saliva varias veces para encontrar la voz.

—Gracias por volver a preguntármelo.

—De nada, señora MacMurray—. Me da un beso y se aparta—. Y ahora, ¿qué te parece si volvemos a ducharnos y vamos a buscar a Lucas? Estoy impaciente por contarle que al final te he convencido.

Llegamos al hotel una hora tarde pero ni a Robert ni a Meredith, los padres de Kev, les importa. Están tan contentos jugando con Lucas que creo que incluso les molesta que hayamos ido a buscarlo.

—Estás preciosa, Susana —me dice Robert tras darme un beso en la mejilla.

—Gracias, Robert, lamento el retraso.

—No te preocupes —contesta Meredith—, nos lo estábamos pasando muy bien. ¿No es así, Lucas?

Mi hijo sonríe y su abuela cree que la ha entendido y le premia con otro paseo en brazos.

—¿Dónde diablos se ha metido Harrison? —le oigo decir a mi suegro, y veo que Kev se tensa. Es una reacción casi imperceptible, pero no para mí.

—Me ha llamado y me ha dicho que no vendrá —contesta Kev.

—Ese chico trabaja demasiado —añade Meredith.

Los hombros de Kev vuelven a delatarlo, pero antes de que pueda preguntarle qué le pasa me coge la mano y dice en voz alta:

—Susana y yo vamos a casarnos.

—Ya estáis casados —dice Robert confuso.

—Lo sé —sigue Kev—, pero no del todo—. Suspira exasperado—. ¿Por qué a todo el mundo le parece tan raro que quiera ver a Susana vestida de novia?

—A mí no me parece raro —aporta Meredith—. Me parece una gran idea.

—Gracias, mamá.

—¿Y cuándo vais a celebrar esta boda de verdad? —Robert le sigue el juego.

—La semana que viene, en el rancho del abuelo.

Oh, Dios mío.

Kev me ha dejado sin habla. Otra vez.

Y lo cierto es que me parece una idea maravillosa.

Vigesimotercera regla del futbol americano:

La formación Goal Line: *es una formación de carrera en la que dos jugadores laterales bloquean la línea ofensiva para abrir paso al jugador que lleva el balón y así este pueda anotar un* touchdown.

CAPÍTULO 23

La boda de Kev y Susana fue preciosa, mucho más que la primera, como no dejaba de recordarle el novio a la novia entre beso y beso.

El nuevo programa de Susana no iba a empezar hasta la semana siguiente, así que los tres, Kev, Susana y Lucas, se instalaron en el rancho para organizar la celebración. Iba a ser un acto íntimo, Kev nunca había sentido la necesidad de compartir ese momento tan personal con nadie, lo que él quería era regalarle esa ilusión, esos recuerdos, a Susana. Y sí, también a él.

Susana se compró el vestido de novia en secreto, la acompañó Pam, su mejor amiga, y mientras se lo probaba Susana le mandó fotos a Lisa para que también opinase. Su padre y ella iban a asistir a la boda, por supuesto (Lisa todavía estaba enfadada por no haber ido a la primera), y también sus hermanos, pero no iban a llegar al rancho hasta la noche antes del enlace.

Las reglas del juego

Como ya estaban legalmente casados, Kev fue a buscar a un sacerdote muy buen amigo de su abuelo, y excelente cowboy a pesar de sus más de setenta años, y le contó la historia. El hombre lo escuchó atentamente, lo invitó a un whisky y aceptó encargarse de la ceremonia que no iba a ser tal. Kev y Susana habían decidido que lo único que querían era declarar su amor delante de su familia y sus amigos y Duncan, el cowboy sacerdote, le aseguró a Kev que en eso era exactamente en lo que consistía casarse.

Sí, esa boda fue completamente distinta a la que Susana habría tenido con Tim, y eso la hizo absolutamente perfecta.

Tim, Amanda y Jeremy también asistieron, por supuesto. Amanda insistió en encargarse de la cena que iban a servir después de la boda y, aunque Kev y Susana intentaron negarse porque ella al fin y al cabo era una invitada, no sirvió de nada. Amanda cocinó y la comida fue exquisita.

Y estuvieron bailando hasta el amanecer.

Fue una noche perfecta, la boda que Susana siempre había querido tener y que se había negado a soñar.

Y Kev se la había regalado.

Ella nunca olvidaría el rostro de él cuando la vio salir por la puerta para acercarse a la tarima que habían construido en la glorieta de flores para intercambiar sus votos. Kev no esperó a que llegase, dejó a Duncan con la palabra en la boca y se acercó a ella para besarla.

La besó en medio del pasillo cubierto de pétalos blancos, le sujetó el rostro de esa manera que definía todos sus besos, y no la soltó hasta que Susana suspiró. Y entonces la miró a los ojos y susurró:

—Te amo, Susana.

Todos los invitados pudieron oírle, pues se habían quedado en silencio al presenciar el beso, y unos cuantos tuvieron que secarse unas lágrimas. Lucas, que estaba en brazos de Lilian, la hermana de Kev, les sonrió.

En ese instante, después de aquel beso, Susana comprendió mejor la necesidad de Kev por celebrar esa boda. Él tenía razón, tenían que celebrar su amor. Tal vez su historia no encajara en los patrones normales, tal vez hubieran tenido que romper unas cuantas reglas para estar juntos, pero lo estaban. Y lo estarían siempre.

Entonces Susana le sujetó por las solapas de la americana y le besó apasionadamente delante de todos. Y al terminar también le dijo que le amaba y que le amaría toda la vida.

Los invitados aplaudieron y Duncan dijo que ya no hacía falta que dijesen nada más, que ya estaban casados.

Kev se rio y tiró de Susana hasta el altar, aunque se detuvo frente a Lilian para coger a Lucas en brazos.

—Ya estamos aquí, padre —le dijo con mucha formalidad—. Puede casarnos.

Duncan miró a Kev como si fuese un niño de ocho años al que acabaran de pillar haciendo novillos y procedió a leer lo que había preparado.

Fue precioso, Tim dijo unas palabras, y también Mike, y Pam contó a todos los presentes que Kev y Susana estaban juntos gracias a ella y a unas botellas de tequila.

La única nota de tristeza la puso la ausencia de Harrison. Harry intentó asistir por todos los medios pero la noche antes de la celebración llamó a su hermano mayor para decirle que no iría, y para recordarle que le había prometido ayudarle. Kev intentó sonsacarle información, le exigió otra vez que le contase en qué estaba metido, pero Harrison no dijo nada y volvió a pedirle ayuda.

—Recuerda que me lo has prometido, Kev.

—No me olvidaré, Harry, pero llámame.

—Lo haré.

Susana se había acercado a Kev, que estaba sentado en el porche de la entrada hablando por teléfono, y se sentó a su lado. Le pasó una mano por la espalda y se mantuvo en silencio.

—Mañana será un día importante para mí —dijo Kev—. Te echaré de menos, Harrison.

Notar la presencia de Susana a su lado lo ayudó y la miró a los ojos.

—Lo sé, y lo siento. A mí también me gustaría estar a tu lado, pero no puedo. Créeme, es mejor así.

—Vas a hacer mucho daño a papá y a mamá, y a Lilian. ¿Lo sabes, no?

—Sí.

Nada más, silencio. La tensión y la determinación de Harry eran palpables.

—De acuerdo —convino Kev—. Cuenta conmigo.

—Gracias, Kev —suspiró aliviado, y colgó porque no podía decir nada más y porque su vida correría peligro si seguía allí parado un minuto más de la cuenta.

Al oír el ruido de la línea a través del auricular del teléfono, Kev apartó el aparato del rostro y tiró de Susana para abrazarla.

***

Ahora también se encontraban abrazados, desnudos en la cama. La fiesta había terminado y Kev y Susana estaban solos en el antiguo dormitorio de Kev. La familia de Susana estaba instalada en las habitaciones que había en el piso inferior y Lilian se había quedado a Lucas en la suya. El resto de invitados estaban en un precioso hotel cerca del rancho.

—¿Estás bien? —le preguntó Susana a Kev acariciándole el torso. Ella estaba acurrucada a su lado con la cabeza recostada encima del corazón de su esposo. Curioso, pensó Susana, ahora se sentía más casada que antes.

Sonrió.

—Sí, muy bien. ¿Y tú, por qué sonríes?

—Porque ahora me siento más casada —confesó sonrojada.

—Me alegro —ronroneó él satisfecho, pasándole una mano por el pelo.

Susana se incorporó un poco y le dio un beso.

Sí, seguía sin poder dejar de besarlo.

Kev le devolvió el beso y la rodeó con los brazos, la colocó con cuidado encima de él y le pidió que le hiciera de nuevo el amor.

—Solo siento cuando tú me tocas —le susurró antes de besarla y perderse dentro de ella.

—A mí me pasa lo mismo...

—Entonces, no dejes de tocarme nunca.

Ninguno de los dos iba a parar jamás.

NOTA DE LA AUTORA

Las reglas del juego no siempre son lo que parecen y sin duda la historia de amor de Kev y Susana tendría un final muy distinto si ellos dos no hubiesen estado dispuestos a saltárselas.

Si Kev no hubiese decidido cambiar de vida y arriesgar su corazón, o si Susana hubiese determinado seguir ocultando sus sentimientos, yo no habría podido contarte que a veces la pasión, incluso la más desenfrenada, es la mejor manera de atreverte con el amor.

Espero que te hayas emocionado con los bombones, que te hayas reído con el tequila y que te hayan conquistado las declaraciones de amor... Y si te preguntas por qué no sabes algo más de Tim y Amanda, por qué no te he contado qué sucede en París o qué sucedió hace años para que Amanda abandonase a Tim y le rompiese el corazón, lo único que puedo decirte es que lo sabrás muy pronto.

Las reglas del juego es para Kev y Susana, solo para ellos, su amor desordenado y su pasión imparable no dejaba espacio para otra historia de amor. Y Tim y Amanda se merecen su propia historia y las páginas necesarias para contarla. Te prometo que, si quieres, podrás leerla muy pronto. Y te aseguro que te enamorará.

Y en cuanto a Harrison, puedo adelantarte que Harry no es para nada lo que te esperas.

Me despido dándote las gracias a ti por haber elegido *Las reglas del juego* y a todo el equipo de HQÑ por haber cuidado tanto la historia de amor de Kev y Susana; en especial a M. Eugenia por haberme aconsejado que confiase en los sentimientos de mis personajes y les diese más voz.

Nos vemos en la próxima novela.

Últimos títulos publicados en Top Novel

El legado Moorehouse – J.R. WARD
Tras la traición – BRENDA JOYCE
A merced de la ira – LORI FOSTER
Palabras prohibidas – KASEY MICHAELS
El regreso del rebelde – LINDA LAEL MILLER
Víctima de una obsesión – DEANNA RAYBOURN
Los Cordina – NORA ROBERTS
Tierras salvajes – DIANA PALMER
Algo más que vecinos – ISABEL KEATS
Sueños de verano – SUSAN WIGGS
Tiempo de traiciones – ROSEMARY ROGERS
Nuevos comienzos – ROBYN CARR
Pasión de contrabando – BRENDA JOYCE
Los Montford – CANDACE CAMP
Tentando a la suerte – SUZANNE BROCKMANN
De repente, un verano – ROBYN CARR
Empezar de nuevo – ISABEL KEATS
Una luz en el mar – SUSAN WIGGS
Los Mackenzie – LINDA HOWARD
Una rosa en la tormenta – BRENDA JOYCE
Sabor a peligro – LORI FOSTER
Entre las azucenas olvidado – GEMA SAMARO
Cierra los ojos… – SUSAN WIGGS
Más allá del odio – DIANA PALMER
Historias nocturnas – NORA ROBERTS
Vacaciones al amor – ISABEL KEATS

www.ingramcontent.com/pod-product-compliance
Lightning Source LLC
LaVergne TN
LVHW030336070526
838199LV00067B/6310